唐宋城市与文学关系研究

The Study on the Relationships between Cities and
Literature in Tang and Song Dynasties

陈燕妮◎著

人民出版社

责任编辑：洪　琼

图书在版编目（CIP）数据

唐宋城市与文学关系研究 / 陈燕妮　著 . — 北京：人民出版社，2022.6
ISBN 978 - 7 - 01 - 024371 - 9

I. ①唐…　 II. ①陈…　 III. ①中国文学 – 古典文学研究 – 唐宋时期
　IV. ① I206.42

中国版本图书馆 CIP 数据核字（2022）第 009789 号

唐宋城市与文学关系研究

TANGSONG CHENGSHI YU WENXUE GUANXI YANJIU

陈燕妮　著

人民出版社 出版发行

（100706　北京市东城区隆福寺街 99 号）

北京汇林印务有限公司印刷　新华书店经销

2022 年 6 月第 1 版　2022 年 6 月北京第 1 次印刷
开本：710 毫米 ×1000 毫米 1/16　印张：16.25
字数：260 千字

ISBN 978 - 7 - 01 - 024371 - 9　定价：69.00 元

邮购地址 100706　北京市东城区隆福寺街 99 号
人民东方图书销售中心　电话（010）65250042　65289539

序 言
城市的"诗"与"思"

戴建业

在《文心雕龙·序志》中，刘勰曾谈到自己的学术选择。他认为最庄严的学术是"敷赞圣旨"，而"敷赞圣旨"的最佳途径"莫若注经"，可注经"马郑诸儒，弘之已精"，自己"就有深解"也"未足立家"。接着他阐述了自己写《文心雕龙》的原因："唯文章之用，实经典枝条……而去圣久远，文体解散，辞人爱奇，言贵浮诡，饰羽尚画，文绣鞶帨，离本弥甚，将遂讹滥……于是搦笔和墨，乃始论文。"假使当年刘勰跟着"马郑诸儒"注经，今天不仅看不到《文心雕龙》这部巨著，甚至也不知道世间曾有过刘勰其人。可见，明智地选择自己的研究方向，是学有所成最关键的一步，一旦研究方向选择不对，再努力也是南辕北辙。

学术选择并不像挑选衣服那么简单，要对各种研究有正确的价值判断，知道哪些选题是否有益；还要对研究现状了如指掌，知道哪些选题是否可行；也要明白自己的学术好恶，知道哪些选题自己做起来有趣；更要深知自己的学术才能，知道哪些选题不至于白费气力。学术选择当然离不开"学术敏感"，学术敏感不像人们想象得那么神秘，也许就是上面诸种才能的结晶。

十几年前，陈燕妮在罗时进先生门下读博士时，以古代的城市与文学作为博士论文的选题，已表现出良好的学术敏感，这一选题兼具学术价值与现实意义。她在导师指导下写成博士论文《居住的诗篇——论唐诗中的洛阳城市建筑景观》，2011 年由人民出版社出版以后，受到学界同仁的好评。现在她又完成《唐宋城市与文学关系研究》书稿，仅从书名就知道它是博士论文的拓展和深化。后者不仅比前者的论域更宽，也比前者的难度更大。

《唐宋城市与文学关系研究》，其实是一部城市的"诗"与"思"。全书共二十余万字，正文凡四章，分别论述"都市的建筑""都市的自然""都市的心灵""都市的超越"。如此系统深入地论析唐宋城市与文学的关系，我国学术界尚属首次。该著更让人眼亮的是，各章议论既很精彩，论述也逻辑严谨，语言更晓畅通达。

学术选题主要需要敏感和聪明，而学术研究更多地需要才华和功力。该著是一项综合研究，它必须具备扎实的古典文学功底，还少不了史学、历史地理学、建筑学、民俗学等方面的专业修养，从这本书可以看出作者宽广的知识结构。如第一章第五节"'吹台'的地点考察与景观意义"，先对"吹台"地址进行文献考辨，再对"吹台"景观的意义进行分析。没有前面的文献考辨，后面的"景观意义"便会凌空蹈虚。要想写好这本专著，作者得有"十八般武艺"。第三章"都市的心灵"和第四章"都市的超越"，从士人的心理、思想和宗教等方面入手，不仅视角新颖，阐释也有深度，表现了作者较强的理论思辨能力。第一章"都市的建筑"和第二章"都市的自然"，阐述都市的诗情诗境细腻入微，可以看出一位女性学者的灵襟秀气。

当然，该著也留下了一些遗憾：有些很有意思的议题未能深入展开，极少数地方的表述有欠准确，极个别用语似乎过于生僻。譬如，第四章第二节"白居易晚年的文学态式"，"文学态式"因语义多歧而使人费解。

第四章"都市的超越"疑点较多，如白居易晚年礼佛近道，及因此而超脱达观，与他身居都市有多大关系？身在黄州、惠州贬所，苏轼还不是照样礼佛好道？这到底是"诗人超越"还是"都市超越"？再说，"都市"又如何"超越"？又如，辛弃疾任武夷山冲佑观宫观官，当然可能导致他亲近道教，难道不任冲佑观的宫观官，辛弃疾就不可能近道吗？一个人的宗教取向与他的精神渴求有关，与他身居何处官居何职关系不大。另外，武夷山冲佑观能否划入"都市"？

　　任何聪明人都禁不起一个傻瓜连提几个问题,上面这些疑问绝非旁观者清,而是我自己站着说话不腰疼。除了圣人和伟人以外,每个人的书都会有这样那样的遗憾,有遗憾才有继续写下去的冲动,才有不断进步的可能。

　　看着陈燕妮从一个优秀学生,成长为一个优秀学者,我感到格外欣慰;眼看晚辈一个个青出于蓝而胜于蓝,难怪孔夫子慨叹"后生可畏"。

目　录

绪　论

城市与文学是一个丰富且双向互动的文学主题。每个时代每个国家都有这样的书写。它关注城市的外在风貌、城市景观（建筑景观与自然景观）、城市这个场所产生的生活方式、城市舆论以及滋生的城市精神和城市心理等方方面面，文学作为人类人文活动的一种突出和特殊的方式反映并表现时代中城市作为场所呈现的意义。在对城市各个方面的书写中，文人一方面表达着时代普遍的诉求，另一方面则表达出作为个体独特的主观感受。这种主观感受则受到书写者的经历、喜好、立场等种种因素的限制，因此，城市文学呈现出多彩且多面的城市感受。文人一方面书写自己独特的城市居住体验；另一方面城市独特的城市文脉与"城市母语"又对文人的书写构成了先入为主的影响，甚至在文人不由自主的书写中深化了城市自身的独特之处。

唐宋时期是中国城市发展的两个重要时期。唐代都市如长安、洛阳的城市盛况，不仅成为本土的骄傲，甚至唐风东渐，影响了东亚文化圈。中唐的白居易登上长安乐游原的观音台俯瞰长安城时有诗云："百千家似围棋局，十二街如种菜畦"（《登观音台望城》），足见长安城市布局的整齐有序和壮观大气；在今人马伯庸的小说《长安十二时辰》中长安一百零八坊的居民在日升月沉中秩序井然，呈现出玄宗天宝年间生动饱满的盛世气象与人间烟火。唐代都市的格局被东瀛日本所模仿。日本的京都分为东西两京，西京模仿长安，东京模仿洛阳。足以见出九世纪的唐代城市之盛大。至于宋代，城市得到进一步的发展，如学者吴钩所言，这个时期发生了一场"城市革命"，居住区坊与商业区市不再严格分开，且城市不再有宵禁，向着今天的城市规划和生活方式靠近。东京城在当时成为世界最为富丽的大都市。英国史学家汤因比曾说："如果让我选择，我愿意活在中国的宋朝。"

这两个时代文学成就也达到了相当的高度。唐诗成为一代文学的代名词，笼盖时代的各个层面，真切鲜活地显示出时代的气象；随着中唐的到来，城市中流行的传奇小说创作达到了巅峰，文人在真实的时间、地点用华美的笔触讲述着一个个似真似幻的故事。这些文学形式都浸染了唐代不同时期的文人对时代的体认与自身的独特感受。宋代的词继唐诗之后也成为一代文学的象征，文人以婉约或豪放的方式书写了时代给予人的种种感受。同时，宋诗在前朝唐诗的阴影下亦步亦趋又努力摆脱前朝文学的痕迹，试图树立起本朝文学的独特之处。宋诗与宋词并行发展又互相交缠，"以诗为词"的手法被苏轼提倡后，打通了诗词的文体限制，使得这两种文体相互吸收彼此所需，成长为宋代文学的双生花。在浩如烟海的唐宋文学中，城市书写成为其中重要的一个部分，为今天的我们试图窥见并复原唐宋城市风貌，了解这两个时代中城市居民的居住体验与心理留下了珍贵的文本记录。

唐人和宋人以相当数量的诗歌、词等文学文本写下了对城市建筑景观、自然景观的印象与个体的感受。城市尤其是国都是时代政治、经济、文化的中心，在国都耸立的建筑承载着唐宋帝国的象征意义。在承平时节，这些建筑或因华美的外在与不能随便出入的限制引发了文人观瞻时浪漫的想象，如唐代洛阳的上阳宫；或因战事平息由军事功能演化为沐浴皇恩与娱乐的功能使得文人情不自禁地歌咏盛世，如宋代东京的金明池；而在动乱的岁月，这些或沉寂下来或成为废墟的建筑又引发了唐人和宋人对承平时期的怀旧心理。在对城市建筑盛与衰的记录中，一个时代的命运历历可见，这座城市已经远去的繁华也似乎不曾消失。有的城市因为拥有天然的名山大川，成为南北往来的重要节点，吸引了好游历的唐人纷纷前来。如唐代襄阳的岘山因为西晋羊祜和盛唐孟浩然的登临拥有了广泛的声名，前赴后继的唐人来到这座城市以怀古的方式续写了羊祜焦虑与孟浩然忧伤的主题，即如何让个体的存在与名胜一样获得垂万世名的意义。这点又见于对浩渺美好如新醅美酒的襄阳汉水中"陵谷"传说的书写。这些关乎生命意识的书写指向未来，而对羊祐德政怀念的书写又指向唐朝襄阳城的当下，对当下的襄阳城市的治理有着严肃的监督意味，对于今天的襄阳也有着持续的现实意义。这些城市的建筑与自然山水在唐人宋人的书写中获得了各种各样的人文意义，成为寄托人类各种共鸣情感的"景观"。

唐人宋人不仅以文学描画了城市的外在，也以书写传达出居住在此中的各种城市心理，表达出日常生活中种种居住的诉求。如初唐洛阳以诗歌打造的一圈又一圈的社交圈，成为急欲成为新贵的唐人书写的重要背景，呈现出一派包含着野心与才华的初唐气象。如中唐长安城中围绕两大爱情传奇进行持续讨论甚至介入的城市舆论，在唐传奇中呈现出中唐城市居民对于真爱的推崇，颠覆了一直以来政治功利的爱情观。如11世纪的宋朝各大城市印象在柳永笔下显现出毕肖8个世纪之后西方"印象派"的理念，更显示出北宋城市居民与今天的我们一致的城市让生活更美好的享乐心理与北宋城市文明发展的夺目光亮。又如从唐至宋对扬州城市的互文书写与创新书写背后是宋人对唐朝繁华的仰慕与本朝国力羸弱的无奈心理，与此同时，宋人自我创造城市景观（平山堂）和书写城市景观又表现出试图树立本朝城市经典和城市文化的雄心。再如对持续了三百余年的宋朝城市世纪末情绪的考察，可见清晰地看见中国封建社会在"安史之乱"后无可避免地向下滑落的走向，并通过文人的书写感受到弥漫在整个宋代城市中浓重的伤感情绪。

唐人宋人以上城市书写中流露的城市心理指向世俗的一面，而对城市与宗教关系的考察则指向世俗之上超脱的一面，即怎样让心灵获得终极的归属感。本书考察了晚年白居易在洛阳居住和书写的文学态式。他一方面安居在洛阳城中安享城市的种种美好，另一方面又在城市中成为佛门俗家的居士，在思想上靠近佛禅，减轻死亡迫近的心理压力，又为生命的终极走向找到了方向。本书考察了宋代东京大相国寺在文人书写中的存在意义。这座位于城市中心的寺院成为皇室活动、民众礼佛、市场交易、政治情报收集来源种种复合功能的场所。它不离城市的世俗，又在城市中具有了形而上的精神超越功能。这种功能甚至使得它在经历了"靖康之变"后仍然持久存在。本书最后考察了南宋辛弃疾任冲佑观宫观官前后在信州与福州居住的心理。辛弃疾从卜居在靠近信州城区又靠近京畿临安的带湖到第二次卜居在信州的期思山水间，从这个时期的词作中可以看见的是，尽管他的报国之心依旧存在，担任宫观官带来的"士大夫道教"思想开始渐渐浓重地显示出来，使得他在遭到闲置、罢免的时期中能够获得精神上的超脱与自由。与此同时，辛弃疾作为英雄的另一面也显现出来，即他不再仅仅是被标签化的抗金英雄与爱国志士，而是一个有着正常喜怒哀乐的平常人。唐人和宋人在城市中寻求心灵上的终极超脱与归属，也是"城市让生活更美好"居住理念的延伸，他们不仅在现世中追求日常的美好，也在寻求生命终极之处可能走向的美好。

总体来说，城市作为一个意义复杂的空间载体，容纳了不同时代的人们在其中的各种活动，这些活动使得城市不再仅仅是物质的存在，而是充盈着各种意义的人文场所。这其中文人的到来与书写的意义特别突出，构成城市人文属性的重要一环。这些留下来的唐诗唐传奇宋诗宋词等典籍成为保存城市发展和盛衰变迁的重要资料，更重要的是这些篇章充满了城市中个体的独特主观感受，提供了比史料更为详细、更为真切的细节，更能够真实还原唐宋时期城市的完整风貌与居住感受。

从古至今，城市一直存在，一直在向前发展。这些城市书写传达出的各种感受都落脚在如何让生活更美好的层面上，古希腊亚里士多德如是说，今天的我们也是做如是设想。在城市中的我们希望时代更加富足美好，希望个体的各种合理欲望能够得到满足，希望城市中的爱情有一个美好的结局，希望安享太平的时间无限延长，希望城市一代比一代发展得更好，希望在精神上获得超越生死的高蹈。这些愿望从古至今都不曾改变，构成了城市物质层面之下的"城市文脉"，继续向前延伸。

第一章　都市的建筑

阅读一个城市历史的方式可以多样，其中对这个城市建筑景观的考察和阅读也未尝不是一种深刻而别致的方式。在那些饱含历史沧桑，刻烙着文明印迹的城市中，建筑总扮演着重要角色。

建筑是一座城市主要物质层面构成的部分，它可以是城市的政治中心——一座宫殿，可以是城市的血脉——通往各处的道路，可以是城市的娱乐场所——一座园林，也可以是城市怀古与雅集的场所——一座高台。这些建筑都具有各式的功用，因为文人的到来和书写，赋予了它们各种各样的特殊人文意义，在时空中显现出意义的传承，最后成为城市文脉的一部分。

城市书写赋予这些建筑以特殊象征意义，而人因这些建筑感知认知城市，进而审视城市存在的意义，开始赋予城市新的象征意味。这样，这些城市之中的建筑便不仅仅是物质性的存在，也承载了人参与创造城市历史的厚重意味，并在这个意义上，构成"景观"的意义。

第一节　城市建筑景观与文学的关系

城市的建筑因为文人的书写拥有了"景观"的意义，即人文意义。文学对这些建筑的书写中保留了这个时代与这座城市的历史影像与盛衰变幻、以及个体在其中的真切感受。文学的书写一方面表现城市的当下风貌；另一方面能够成为历史的补充，能够再现城市的昔日风貌。本章选取唐时洛阳的上阳宫，"洛阳道"，宋时东京的金明池与吹台来考察城市建筑景观与文学的关系。

上阳宫作为唐帝都洛阳城的标志性建筑景观，承载了帝国运作于此的实用功能和帝国代表的象征含义。而唐人对它的关注以及对其意义的体认催生了独属于这个城市的文学题材和文学形象。上阳宫在唐代洛阳的城市发展变迁史中始终存在。洛阳的天子宅第地位赋予了上阳宫建筑帝王东巡驻跸的实用价值，同时也赋予了其王朝威严象征的特殊意味。这座精美的建筑是唐王朝帝国秩序的一种形制。唐人在对它的仰望中对这座城市的帝都地位产生了一种稳定而持续的心理状态，即对唐王朝权威的确认和尊崇。这种状态很难为外界的武力征服而改变。这使有关这座建筑的城市文学（唐诗）在中晚唐都打上了追忆的烙印。

道路对于城市的作用是最为重要的。它是呈现这个城市居民的各种生活层面，联系不同生活方式的重要载体。唐代的洛阳在很多时候和长安齐名，是一个极其重要和极具意味的都市，因而以洛阳尤以"洛阳道"为主题的唐诗作品也自然繁多。在唐人的书写中，这些连接洛阳与外界场所的道路和连接洛阳城中各个场所之间的道路，或成为通往欲望之城的"洛阳道"，或是为展示人生百态的"洛阳桥"，或成为承载盛衰兴废的"洛阳道"。唐人借助"洛阳道"以歌咏寄兴，或表现享乐之欲望，或表现帝国之繁荣，或表现盛衰之叹息。这其中深刻地体现了城市与文学之间的相互关系，即城市成为文学描写的对象；而文学则记录并复活起这些早已消失的生动的城市状态。在唐诗对"洛阳道"的书写中，"洛阳道"不仅是有着单纯建筑功用和审美功能的建筑，也不仅是因为俗世生活的填充获得了"景观"意义的建筑，还有着被历史盛衰反复浸染，被人类用个体生命去反复丈量的建筑景观。

金明池作为北宋著名的皇家园林，在时间中逐渐淡化了最初的军事意义，逐渐转变为天子与民同乐的场所，如同异代的"昆明池"转变成"曲江池"。这种转变正是承平气象的表现。于是金明池的繁华成为了王朝帝国昌盛的一种象征，在北宋文人的歌咏中进一步强化了这种涵义。等到南渡之后，实体的金明池随着王朝的消亡渐成废墟，而它却在南渡宋人对故国的追思歌咏中鲜活再现。此时对它的提及，不仅是对故都不可磨灭的追忆，而且是对北伐还我河山的期盼。于是金明池不仅仅作为东京的建筑存在，在宋人赋予它的涵义中具备了景观的意义，即在物质的建筑上生成了审美意义和社会意义。这些记载金明池的诗歌作为城市文学的一种，在"文学表现并再现城市"这个角度上，一方面再现了北宋东京的情态，另一方面因文人加诸于此的涵义给予了消亡在历史中的东京永不褪色的存在意义。

从战国抵宋存在的"吹台"，被宋人主观嫁接了实际上存在于商丘的地点事件。"吹台"与梁孝王的联系在此被宋人生动地传承下来，抒发了对历史时空中这里曾经存在知遇的渴求。吹台又因与都城文人的雅集相连，成为城市的标志性景观而存在。这种观念直到南宋，在时空的阻隔中，仍然存在，成为文人对故国和王朝深情的眷念。在这些有关北宋东京的城市文本中，"吹台"作为建筑景观和文学景观而存在，构成了与这座城市息息相关的"城市文脉"。

第二节　宫苑："上阳宫"中的城市影像

唐代地处中部的洛阳城与西部的长安城是这个时代的两大城市。虽然洛阳城的地位随着君主政治性的思考浮沉起落，但其因重要的地理位置始终为史书所记载。从各种典籍中可知，这个城市的标志建筑不在少数。"上阳宫"便是其中之一，并频频出现在唐人的目光和歌咏之中。本节试从城市建筑景观的角度，以《全唐诗》中与"上阳宫"相关的篇目为主要考察文本，来观照其与唐代诗人创作的关系，并探微其与城市文学之唐诗的关联。

上阳宫是与天津桥双生的洛阳城市标志建筑。徐松在《唐两京城坊考》中考其所在为："上阳宫在禁苑之东，东接皇城之西南隅，南临洛水，西距谷水，东面即皇城右掖门之南，北连禁苑……"①它的诞生源于高宗一次临洛水登高远眺的美妙视角。《唐会要》卷三十的"洛阳宫"条目中称："上游于洛水之北，乘高临下，有登眺之美。乃敕韦机造一高馆。及成临幸。即令列岸修廊，连亘一里。又于涧曲疏建阴殿。……至仪凤四年，车驾入洛，乃移御之。即今之上阳宫也。"②《新唐书》中对营造时间也有记载："……上元中置，高宗之季常居。"③《唐六典》卷七对此也记为："上元中营造，高宗晚年常居此听政焉。"④

一般来洛阳的唐人大多会经由洛水自天津桥来到此处。因为临洛水的上阳宫就在天津桥西北处，抬头可见其巍峨，如以诗代答考试⑤的阎济美就写道："新霁洛城端，千家积雪寒。未收清禁色，偏向上阳残。"⑥再如刘禹锡在《洛中初冬拜表有怀上京故人》中写到的"凤楼南面控三条，拜表郎官早渡桥。清洛晓光铺碧簟，上阳霜叶剪红绡，"⑦就说到了洛阳城的标志建筑天津桥和上阳宫之间的方位关系。"凤楼南面控三条"指的是皇城南面正对着洛水上三条桥梁（黄道桥、天津桥、星津桥⑧）。上朝的官员应是取"御路之要"的天津桥进入皇城的正门端门。拂晓的晨光泄流洛水之上，辉映西边的上阳宫花树红影。上阳宫亦倒映洛水之中，"碎影入闲流"。而熟悉此处的

① 徐松撰，张穆校补：《唐两京城坊考》，中华书局1985年版，第150页。
② 王溥：《唐会要》卷三十《洛阳宫》条，上海古籍出版社1998年版。
③ 欧阳修等：《新唐书》卷二十八《地理志》，中华书局1975年版。
④ 李林甫：《唐六典》卷七，中华书局1992年版。
⑤ 李昉《太平广记》（中华书局1961年版）卷一百七十九《阎济美》条："（阎济美）具前白主司曰：'某早留心章句，不工帖书，必恐不及格。'主司曰：'可不知礼闱故事，亦许诗赎。'……某又遽前白主司曰：'侍郎开奖劝之路，许作诗赎帖，未见题出。'主司曰：'赋〈天津桥望洛城残雪〉诗'"。
⑥ 《全唐诗》卷二百八十一，彭定求等编，中华书局2003年版，第3197页。以下《全唐诗》皆用此版本。
⑦ 《全唐诗》卷三百五十九，第4053页。
⑧ 徐松《唐两京城坊考》（中华书局1985年版，第178页）中"洛水西自苑内上阳宫之南，流入外郭城。东流经积善坊之北，分三道，当端门之南立桥。"此处徐松下注："南枝曰星津桥，中枝曰天津桥，北枝曰黄道桥"。

唐人在离开洛阳时，不能不对这些眼前的景物心生感触，如"上阳秋晚萧萧雨，洛水寒来夜夜声"①（韦应物《赠王侍御》）。就是从远处高处眺望整个城市，上阳宫仍然是目光中不可或缺的景点之一，如从洛阳城南的龙门山上，"始上龙门望洛川，洛阳桃李艳阳天。最好当年二三月，上阳宫树千花发"②（顾况《洛阳行送洛阳韦七明府》）。

一、精美建筑催生的华美想象

这座宫殿之美究竟如何，在李庾的《东都赋》中可见一斑："上阳别宫，丹粉多状。鸳瓦鳞翠，虹梁叠壮，横延百堵，高量十丈。出地标图，临流写障。霄倚霞连，屹屹言言。翼太和而耸观，侧宾曜而疏轩。"③远望去，上阳宫应该是粉墙多叠。深浅不一的红色应是这座宫殿群的主色调。屋顶又是一色的翠色鸳鸯瓦斜铺。远望有飞桥横架空中，状如彩虹。徐松对此考为："西上阳宫在上阳宫之西南，两宫夹水驾虹桥，以通往来。"④可见此言不虚。李说有"横延百堵"的规模，同时徐松又考为有东西两处的上阳宫，于此可见上阳宫是一组宫殿建筑群。上阳宫不仅占地面积广阔，而且在建筑的高度上也达到了古代建筑偏好平地延展的少见高度，"高量十丈"，于是有"霄倚霞连"的绮丽比喻。而且这座宫殿的华美令朝臣有了非议："……尚书左仆射刘仁轨谓侍御史狄仁杰曰：'古之陂池台榭，皆在深宫重城之内。不欲外人见之。恐伤百姓之心也。韦机之作，列岸修廊，在于闉堞之外。万方朝谒，无不睹之。此岂致君尧舜之意哉?!'"⑤从此则记事中可以看到的是，过于侈丽的上阳宫"列岸修廊"，面临洛水，对外界呈现出非比寻常的建筑之

---

① 《全唐诗》卷一百八十七，第 1904 页。

② 《全唐诗》卷二百六十五，第 2949 页。

③ 李昉等：《文苑英华》卷四四，中华书局 2003 年版。

④ 徐松撰，张穆校补：《唐两京城坊考》，中华书局 1985 年版，第 142 页。

⑤ 王溥：《唐会要》卷三十，中华书局 1998 年版。

美。虽然建筑此宫的司农卿韦机因此遭到弹劾，"仁杰奏其太过，机竟坐免官"，① 但他为唐洛阳城提供了一个极其美妙的建筑视角。

但那毕竟是一个禁地，不同于洛阳城中那些随处可见，任意穿行的街衢。于是，文人常常在眺望的同时生出绮丽华美的想望。如王建的《上阳宫》②：

> 上阳花木不曾秋，洛水穿宫处处流。画阁红楼宫女笑，玉箫金管路人愁。幔城入涧橙花发，玉辇登山桂叶稠。曾读列仙王母传，九天未胜此中游。

那个宫墙之内的世界被想象得如同天上宫阙一般，有水木葱茏，花草鲜妍，楼台精巧，神女穿行，天音缭绕。王建一生沉沦，绝无机会入得大内，而其能以如许的生动笔触描绘其中，是因为其宗亲枢密使王守澄故。据唐范摅《云溪友议》卷二《琅琊忤》云："王建校书为渭南尉……渭南先祖内宫王枢密，尽宗人之分，然彼我不均，后怀轻谤之色。忽因过饮，语及桓灵，信任中官，多遭党锢之罪，而起兴废之事。枢密深憾其讥。诘曰'吾弟所作《宫词》，天下皆诵于口，禁掖深邃，何以知之？'建不能对。元公亲承圣旨，令隐其文，朝廷以孔光不言温树，何其慎静乎！二君将遭奏劾，因为诗以让之，乃脱其祸也。建诗曰：'先朝行坐镇相随，今上春宫见长时。脱下御衣偏得着，进来龙马每交骑。长承密旨还家少，独奏边机出殿迟。不是当家频向说，九重争遣外人知。'"③ 由此可见，王建宫词是据其宗亲枢密使王守澄常常向其言宫中事而成。王建终是难见其真实状况，而这种来自他人的转述在表达上又与真实隔了一层，所以王建对上阳宫的描写也是掺杂了想象的成分的。当然也有天子宠臣得到奉旨侍宴的机会，可以以一种夸张为主写实为辅的手

---

① 刘昫等：《旧唐书》卷九十三《狄仁杰传》，中华书局 1975 年版。

② 《全唐诗》卷三百，第 3416 页。

③ 范摅：《云溪友议》卷二《琅琊忤》，古典文学出版社 1957 年版。

法记录下那个难得一见的禁宫模样。如宗楚客的《奉和幸上阳宫侍宴应制》：

　　　　紫庭金凤阙，丹禁玉鸡川。似立蓬瀛上，疑游昆阆前。鸟将歌合转，花共锦争鲜。湛露飞尧酒，熏风入舜弦。水光摇落日，树色带晴烟。向夕回雕辇，佳气满岩泉。①

还有如薛曜的《正夜侍宴应诏》：

　　　　重关钟漏通，夕敞凤凰宫。双阙祥烟里，千门明月中。酒杯浮湛露，歌曲唱流风。②

　　薛曜的所见较之宗楚客之流要稍微显得写实一些。从徐松所考的"上阳宫"条③中，所记录的四方宫门确实不少，还有一些"不知其处"，确实当得起"千门明月中"的描述。原来那些宫城之外文人的想象与这些目睹上阳宫真容的描述并无二致，一样的神仙居处般的模样。不过是后者的诗题更令人信服一些。

　　可见洛水边的上阳宫对于唐人而言，是一种多么浪漫的想象对象。宫禁之内的主要生活人群是那些从各地以美丽才情选入以充实偌大宫院的宫女。文人常常因为一些与上阳宫相关的细节，杂以温情而香艳的想象，把描写对象落在那些年轻美丽的宫人上。如张泌的《满宫花》：

　　　　花正芳，楼似绮，寂寞上阳宫里。钿笼金锁睡鸳鸯，帘冷露华珠翠。娇艳轻盈香雪腻，细雨黄莺双起。东风惆怅欲清明，公子桥边沉醉。④

①《全唐诗》卷四十六，第561页。
②《全唐诗》卷八十，第870页。
③ 徐松撰，张穆校补：《唐两京城坊考》，中华书局1985年版。
④《全唐诗》卷八百九十八，第10147页。

这些无边美景，精致楼阁只为衬托一场个体生命的巨大惆怅。佳人娇美无双，却只能独起独宿，不及那些也安歇在此的"细雨黄莺"。那是对美好生命无人赏见的惋惜和怜惜。又如徐凝和顾况都因宫中御沟流水上的红叶联想到宫中那些寂寞而忧伤的美好女子：

　　洛下三分红叶秋，二分翻作上阳愁。千声万片御沟上，一片出宫何处流。（徐凝《上阳红叶》）①

　　花落深宫莺亦悲，上阳宫女断肠时。君恩不闭东流水，叶上题诗寄与谁。（顾况《叶上题诗从苑中流出》）②

那些寂寞而不甘的心情随着这些红艳而凄楚的红叶流出宫外，将所有的哀怨和渴望寄托在这个唯一能与外界互通消息的出口处。徐诗是一种代为叙事的口吻。那些寄托无限哀怨的红叶偶有一片流出宫外，却无有定向，一派苍茫。顾诗分明是有明白的对答口吻，他于上阳宫西北方的神都苑中或者附近拾得题诗于上的红叶，应答题诗叶上投入御沟。如此再三，居然与上阳宫中的天宝宫人互通情肠。唐孟棨《本事诗·情感》："顾况在洛，乘间与三诗友游于苑中，坐流水上，得大梧叶题诗上曰：'一入深宫里，年年不见春。（一作旧宠悲秋扇，新恩寄早春）聊题一片叶，寄与有情人。'况明日于上游，亦题叶上，放于波中。诗曰：'花落深宫莺亦悲，上阳宫女断肠时。帝城不禁东流水，叶上题诗欲寄谁？'后十余日，有客来苑中寻春，又于叶上得诗，以示况。诗曰：'一叶题诗出禁城，谁人酬和独含情。自嗟不及波中叶，荡漾乘春取次行。'"③ 这个发生在洛阳城上阳宫的故事成为中晚唐"红叶题诗"传奇中重要的一折，同时也使得上阳宫因此而留名其中。

　　其他唐人也多好对此咏叹，如"津桥春水浸红霞，烟柳风丝拂岸斜。翠

---

① 《全唐诗》卷四百七十四，第 5382 页。
② 《全唐诗》卷二百六十七，第 2970 页。
③ （唐）孟棨：《本事诗续本事诗》卷一《情感》，上海古籍出版社 1991 年版。

辇不来金殿闭，宫莺衔出上阳花"（雍陶《天津桥望春》）①。这是从洛水桥上远望上阳宫的纯客体感受。壮丽宫城外已经春意绚烂，而深锁宫门的宫内生活又是如何。只是偶见宫中飞鸟从城头花影穿过，那也许就是宫人寄托的化身。

　　尘满金炉不炷香，黄昏独自立重廊。笙歌何处承恩宠，一一随风入上阳。（柯崇《宫怨二首》之一）②

　　接影横空背雪飞，声声寒出玉关迟。上阳宫里三千梦，月冷风清闻过时。（林宽《闻雁》）③

这又是一种全知视角的描述，从洛阳的上空以悲悯的目光俯视这座精美宫殿中充斥的浓郁哀怨气息。

　　水北宫城夜柝严，宫西新月影纤纤。受环花幄小开镜，移烛瑶房皆卷帘。学织机边娥影静，拜新衣上露华沾。合裁班扇思行幸，愿托凉风箧笥嫌。（鲍溶《上阳宫月》）④

　　点点苔钱上玉墀，日斜空望六龙西。妆台尘暗青鸾掩，宫树月明黄鸟啼。庭草可怜分雨露，君恩深恨隔云泥。银蟾借与金波路，得入重轮伴羿妻。（徐夤《上阳宫词》）⑤

这又是唐人试图化身为上阳宫人的主体感受。玉阶苔生，瑶房烛冷，宫人起悲秋迟暮之感。鲍诗代为叹怀的美人"哀而不伤"含蓄矜持地对这种冷

<hr>

①　《全唐诗》卷五百一十八，第 5926 页。

②　《全唐诗》卷七百一十五，第 8215 页。

③　《全唐诗》卷六百零六，第 7004 页。

④　《全唐诗》卷四百八十七，第 5535 页。

⑤　《全唐诗》卷七百零九，第 8158 页。

清的宫院生活"怨而不怒"。而徐诗中这种哀怨的情绪就直接得多，简直要喷薄而出。这种于特殊地点对其中特殊群体的关注，成为唐人咏上阳宫的一个主要主题。

这座精美建筑催生的华美想象，不仅仅是对其中建筑构造细节，其中大致情形的想象，而且也是对其中居住的特殊群体满含温情关怀的想象。这些想象性的诗歌使得上阳宫并不仅仅成为一座皇家宫苑的建筑组合，而是成为这个物理意义上饱含人文关注和人文关怀的建筑景观。

二、乱世流离中皇家宫院的时代记忆

唐人对上阳宫的咏叹也不是仅仅停留在对其华美想象的层面上，随着唐代政局时局的变化，对其的关注渐渐转向对其寥落的状态考察。这些咏叹同时也反映出洛阳城在中晚唐的态势，诚如张祜所言的"元和天子昔平戎，惆怅金舆尚未通。尽日洛桥闲处看，秋风时节上阳宫"（张祜《洛中作》）①。以张祜为代表的唐人看待上阳宫的目光中，那些浪漫的华美想象已然不再。此时他们关注上阳宫是出于王朝平乱统一后帝王能否再次巡幸洛阳的期待心理。初盛唐诸帝频频幸洛的东巡行为是太平盛世的一种表现，而帝王金舆是否进住上阳宫成为唐人尤其是洛阳城中唐人对时局的一种企盼，是对已经成为过往盛世的一种追忆行为。

随着武周政权被李唐政权成功复辟，长安重新作为王朝中心崛起。相形之下，洛阳渐渐从帝都的位置降到了陪都的位置。因为此时长安比洛阳更能在意识形态上代表李唐王朝的权威性。这种降低洛阳城市地位的举措也是对武周王朝曾经中断李唐王朝统治痕迹的淡化和消弭。同时，长安漕运的改善更使洛阳曾经的经济交通优势不复存在。这一切都使帝王不再频频东巡，长住洛阳。而洛阳因为地理位置重要，中晚唐帝王往往安置了留守东都的官员

---

① 《全唐诗》卷五百一十一，第 5841 页。

在此。诚如白居易所言："翠华黄屋未东巡，碧洛青嵩付大臣。"(《送东都留守令狐尚书赴任》)①

上阳宫作为皇家宫院，最先感知了这种巨大落差的变化。从王建的《行宫词》中可以看到昔日因帝王频频长住于此，对上阳宫和其他行宫仔细维护的措施，"上阳宫到蓬莱殿，行宫岩岩遥相见。向前天子行幸多，马蹄车辙山川遍。当时州县每年修，皆留内人看玉案。"(王建《行宫词》)② 而从一些分司东都的官员诗作中，则可见这座承载了隆盛时期诸多人事活动的建筑已呈现出萧索残败的迹象。如窦庠在陪同长庆二年任命的东都留守韩皋③巡视洛阳宫城至上阳宫有诗为：

> 翠辇西归七十春，玉堂珠缀俨埃尘。武皇弓剑埋何处，泣问上阳宫里人。愁云漠漠草离离，太乙句陈处处疑。薄暮毁垣春雨里，残花犹发万年枝。(《陪留守韩仆射巡内至上阳宫感兴二首》)④

昔日帝王大宴群臣，处理传达事务，如蓬莱瑶台般的殿宇如今蛛网斜挂，遍惹尘埃；昔日如仙家居所的宫阙如今只剩残垣断壁，萧索在无人修剪的花木葱茏中。张籍提到"上阳宫树黄复绿，野豺入苑食麋鹿"⑤的景象表明，从上阳宫到神都苑都已经残破不堪，昔日圈养在神都苑中的珍奇异兽竟然遭遇了野兽的侵袭，可见洛阳的地位已然一落千丈。

上阳宫不仅遭遇了年久失修的境遇，还因为后来的战乱频繁发生在此，人为的破坏更是严重之极。如王建提到的自从"禁兵夺得明堂过，……官家

---

① 《全唐诗》卷四百四十九，第5061页。
② 《全唐诗》卷二百九十八，第3386页。
③ (后晋)刘昫等：《旧唐书》卷十六《穆宗记》(中华书局1975年版)："戊辰，以左仆射韩皋为东都留守、判尚书省事、东畿汝防御使"。
④ 《全唐诗》卷二百七十一，第3047页。
⑤ 《全唐诗》卷三百八十二，第4285页。

乏人作宫户，不泥宫墙斫宫树。两边仗屋半崩摧，夜火入林烧殿柱"(《行宫词》)，那些曾经"春半上阳花满楼"(罗邺《上阳宫》)① 的上阳花树被伐取，昔日"双阙祥烟里，千门明月中"(薛曜《正夜侍宴应诏》)的巍峨阙楼残破不支，摇摇欲坠，甚至被山火毁坏，却无人问津。

虽然帝王不再东巡，却仍然要维持形制。大量宫女都被留在此处。后期东都一些因罢黜而留守分司的官员其感触虽也堪沉重，但上阳宫人面对这种终生禁锢毫无希望的生活而平生的感触就更为悲哀：

> 苑路青青半是苔，翠华西去未知回。景阳春漏无人报，太液秋波有雁来。单影可堪明月照，红颜无奈落花催。谁能赋得长门事，不惜千金奉酒杯。(吴融《上阳宫辞》)②

> 上阳宫里女，玉色楚人多。西信无因得，东游奈乐何。(鲍溶《玉清坛》)③

> 玉辇西巡久未还，春光犹入上阳间。万木长承新雨露，千门空对旧河山。深花寂寂宫城闭，细草青青御路闲。独见彩云飞不尽，只应来去候龙颜。(刘长卿《上阳宫望幸》)④

> 自远凝疏守上阳，舞衣顿减旧朝香。帘垂粉阁春将尽，门掩梨花日渐长。草色深浓封辇路，水声低咽转宫墙。君王一去不回驾，皓齿青蛾空断肠。(李建勋《宫词》)⑤

> 春半上阳花满楼，太平天子昔巡游。千门虽对嵩山在，一笑还随洛水流。深锁笙歌巢燕听，遥瞻金碧路人愁。翠华却自登仙去，肠断宫城

---

① 《全唐诗》卷六百五十四，第 7508 页。
② 《全唐诗》卷六百八十六，第 7883 页。
③ 《全唐诗》卷四百八十六，第 5520 页。
④ 《全唐诗》卷一百五十一，第 1573 页。
⑤ 《全唐诗》卷七百三十九，第 8435 页。

望不休。（罗邺《上阳宫》）①

　　这些锁在深宫之中的上阳宫人在守望的岁月中，始终徘徊在绝望和希望之间，等待西驻长安的帝王再度东巡。年来岁去渐渐"朱颜辞镜花辞树"，青丝明眸渐成霜发枯目。这种等待竟然一去就是数十年，"玄宗末岁初选入，入时十六今六十"（白居易《上阳白发人》）。② 可见，这些上阳宫人的惨淡人生与这座唐宫苑的命运息息相通。

　　上阳宫随着帝王的冷落，藩镇的战乱，不复成为昔日中心帝都的标识。随着洛阳城市地位的衰落，它成了"寂寞"或者"冷落"居所的代名词。上阳宫人和那些晚唐的东都分司官员地处虽然不同，但实际境遇在某种程度上是相同的。代宗、德宗、宪宗三朝分司东都的官员很大一部分是因为安置罢黜在此。玄宗时与杨妃争宠落败的梅妃"……后竟为杨氏迁于上阳东宫"③。她自作《楼东赋》希望能效仿汉陈皇后事，重获君王宠爱。赋中也提到了其在上阳东宫如配入冷宫的情形："苦寂寞于蕙宫，但凝思乎兰殿……夺我之爱幸，斥我乎幽宫"（《楼东赋》）。唐人咏叹上阳宫人的最好作品莫过于白居易的《上阳白发人——愍怨旷也》：

　　上阳人，红颜暗老白发新。绿衣监使守宫门，一闭上阳多少春。玄宗末岁初选入，入时十六今六十。同时采择百余人，零落年深残此身。忆昔吞悲别亲族，扶入车中不教哭。皆云入内便承恩，脸似芙蓉胸似玉。未容君王得见面，已被杨妃遥侧目。妒令潜配上阳宫，一生遂向空房宿。宿空房，秋夜长，夜长无寐天不明。耿耿残灯背壁影，萧萧暗雨打窗声。春日迟，日迟独坐天难暮。宫莺百啭愁厌闻，梁燕双栖老休妒。莺归燕去长悄然，春往秋来不记年。唯向深宫望明月，东西四五百

　　① 《全唐诗》卷六百五十四，第 7508 页。
　　② 《全唐诗》卷四百二十六，第 4692 页。
　　③ 鲁迅编：《唐宋传奇集》卷八，三秦出版社 2019 年版，第 275 页。

回圆。今日宫中年最老，大家遥赐尚书号。小头鞋履窄衣裳，青黛点眉
眉细长。外人不见见应笑，天宝末年时世妆。上阳人，苦最多。少亦
苦，老亦苦，少苦老苦两如何。君不见昔时吕向美人赋，又不见今日上
阳白发歌。①

　　白氏在其中也提到了洛阳上阳宫实同冷宫的实情，"妒令潜配上阳宫，
一生遂向空房宿"。一位美丽的新选宫女因其出众的美貌被独宠专房的杨妃
得见，杨妃唯恐其为君王所幸，暗地将其安置在远离长安，君王绝迹的上阳
宫。这些宫人的命运与那些被罢黜到洛阳的官员命运有着异曲同工之处。不
过是前者更加绝望一些，"宫门一闭不复开，上阳花草青苔地"（元稹《和李
校书新题乐府十二首·上阳白发人》），② 此中上阳宫门不复洞开迎接皇家东
巡銮驾事，王建对此感叹为："休封中岳六十年，行宫不见人眼穿。"（《行宫
词》）这说的正是"玄宗开元二十二年行幸东都，二十四年还京，此后再无
行幸东都事"。③

　　自从玄宗不再东住洛阳后，洛阳城"繁华事逐东流水"。那些曾经见证
承载纷繁人事的建筑依然存在，如史书般将曾经的一页页光影留在洛阳城市
居民的记忆中。如张籍《洛阳行》中提到的"陌上老翁"面对洛阳宫一片冷
清寥落景象，"枭巢乳鸟藏蛰燕。御门空锁五十年，税彼农夫修玉殿。六街
朝暮鼓冬冬，禁兵持戟守空宫。百官月月拜章表，驿使相续长安道。上阳宫
树黄复绿，野豺入苑食麋鹿"，老翁不禁"双泪垂，共说武皇巡幸时"。而徐
夤在《东京次新安道中》也因面对洛阳频遭战乱之后的衰败景象，忍不住感
怀昔日的盛景时代。他写道："殊时异世为儒者，不见文皇与武皇。"④ 追忆
洛阳的全盛记忆都离不开两个时期，一是"文皇"，一是"武皇"。唐人作诗

---

① 《全唐诗》卷四百二十六，第 4692 页。
② 《全唐诗》卷四百一十九，第 4614 页。
③ 王建著，尹占华校注：《王建诗集校注》，巴蜀书社 2006 年版，第 76 页。
④ 《全唐诗》卷七百零九，第 8157 页。

好以汉代代指当下，主要是因为唐人认为在此之前只有汉代的国力能与之匹
敌；同时唐人也为尊者讳，批评时事以汉代对应名称来做叙述。"文皇"即
是汉代的汉文帝，在此是指本朝太宗皇帝，因为其谥号为"文皇帝"；而"武
皇"是指汉代的武帝，在唐诗中多用来指玄宗皇帝，如鲍溶《温泉宫》中有
"忆昔开元天地平，武皇十月幸华清"①句，罗隐的《中元甲子以辛丑驾幸蜀
四首》中有"子仪不起浑瑊亡，西幸谁人从武皇"②等，俱是用来指代玄宗。
这两个时期曾经是洛阳城最繁盛的时代代表。太宗不仅大修洛阳宫，"四
年……六月乙卯，发卒治洛阳宫"，还九次长住洛阳宫③。玄宗虽然后来降格
洛阳为"东京"，却也曾十一次"如东都"④。帝王频频东巡洛阳带来的城市
全盛时代，仍然成为洛阳城民的骄傲，一遍遍复活在他们的追忆之中。玄宗
时期就曾"在东都，遇正月望夜，移仗上阳宫，大陈影灯，设庭燎，自禁中
至于殿庭，皆设蜡炬，连属不绝。时有匠毛顺，巧思结创缯彩为灯楼三十
间，高一百五十尺，悬珠玉金银，微风一至，锵然成韵。乃以灯为龙凤虎豹
腾跃之状，似非人力"⑤。试想此中描述的当时情况：巍峨宫城尽在煌煌灯影
之中，通明于夜色中若神仙殿宇。灯火连接络绎不绝，迤逦逶迤成银河悬挂
倾泻如带。又有巧匠制成珍禽异兽的活动灯火，如神力驱使之。这成为洛阳
城民视野中难以忘怀的盛世城市节日建筑景观。

　　遭遇"安史之乱"后，洛阳这座城市一直命运多舛。上阳宫作为唐王朝
权威的一种实体象征建筑也遭受了城市动乱的影响，在唐人的诗篇下呈现出
那些变化起伏的王朝命运和时代心理：

　　　　御马南奔胡马蹙，宫女三千合宫弃。（元稹《和李校书新题乐府

---

① 《全唐诗》卷四百八十六，第5519页。
② 《全唐诗》卷六百六十二，第7592页。
③ 欧阳修等：《新唐书》卷二《本纪第二》，中华书局1975年版。
④ 欧阳修等：《新唐书》卷五《本纪第五》，中华书局1975年版。
⑤ 白居易：《白孔六帖（外三种）》卷四，上海古籍出版社1992年版。

十二首·上阳白发人》)①

　　廷臣例獐怯，诸将如赢奔。为贼扫上阳，捉人送潼关。（李商隐《行次西郊作一百韵》)②

　　鲸鲵掀东海，胡牙揭上阳。（杜牧《华清宫三十韵》)③

　　这些有关上阳宫在"安史之乱"中的陈述都记录了当时洛阳城中为叛军所攻占后的情形。安禄山攻占洛阳后，玄宗一行仓皇南逃，无暇东顾洛阳的皇亲贵戚，更不用提那些深锁在上阳宫中的宫人了，于是"宫女三千合宫弃"。这些留守在洛阳的上阳宫人面对突如其来的变故，遭遇了可怕的劫难，"胡牙揭上阳"。甚至还有一些留在洛阳的官员降了叛军后，主动为叛军洞开宫门，"为贼扫上阳"。此时的洛阳兵荒马乱，人心惶惶。这次战乱使洛阳的城市建筑遭到了巨大的破坏，"宫室焚烧，十不存一……"④但在中晚唐人笔下"上阳宫"仍然频频出现在诗篇之中。可见上阳宫虽有破坏，但一直存在于洛阳城市之中。

　　胡兵一动朔方尘，不使銮舆此重巡。清洛但流呜咽水，上阳深锁寂寥春。云收少室初晴雨，柳拂中桥晚渡津。欲问升平无故老，凤楼回首落花频。（李郢《故洛阳城》)⑤

　　李郢所描述的景象正是"天宝十四载十二月丁酉，陷东京"⑥之后的洛阳。李郢是文宗时人。他对洛阳的视角添上了沉重的时代心理所带来的忧伤

---

① 《全唐诗》卷四百一十九，第4614页。

② 《全唐诗》卷五百四十一，第6229页。

③ 《全唐诗》卷五百二十一，第5950页。

④ 刘昫等：《旧唐书》卷一百二十《郭子仪传》，中华书局1975年版。

⑤ 《全唐诗》卷五百九十，第6851页。

⑥ 欧阳修等：《新唐书》卷五《本纪第五》，中华书局1975年版。

怀旧气息。于是，李郢目光中城市景象都被"移情"进入唐人伤感的视野之中。横贯洛阳城的洛水水声凄惶呜咽，洛水之上的上阳宫宫门深锁无限寂寥。城外的江山中岳嵩山依然新雨初晴，而城中洛水之上的津渡桥梁都打上了时代的没落痕迹。那是接近帝国晚期的"洛阳道"。道上那些曾经熙熙攘攘，体验了洛阳城市巨大繁华的居民不复行走其中。诗人对这个城市残留下的皇家宫院投去追忆的目光，试图在幻觉中再见往日"平时东幸洛阳城，天乐宫中夜彻明"（张祜《李谟笛》）[1] 的景象。而此时上阳宫楼头的花落如雪，对这个时代和城市的遭际无言以对。李郢此时目光中的上阳宫仍然是城市的标志建筑，在乱世中仍然构成了建筑景观。而这个景观和城中"洛阳道"（中桥）一样具备了超离其作为物质存在的意义，见证着这个城市乃至这个时代的命运。

> 文争武战就神功，时似开元天宝中。已建玄戈收相土，应回翠帽过离宫。侯门草满宜寒兔，洛浦沙深下塞鸿。疑有女娥西望处，上阳烟树正秋风。（杜牧《洛阳》）[2]

杜牧也是文宗时人。文宗虽然为政颇受制于宦官，但较前几任中唐帝王来说还是颇为勤于政事的。[3] 此诗首联明白溢美文宗的为政清和，颔联说的是文宗在位期间军事上屈指可数的几次胜利。平定叛乱的唐军西归，途经洛阳。此时的洛阳在动荡局势下已经朱门离散，大道人稀。昔日南北二城区住满贵戚王侯的宅第野草丛生，充满游人仕女，谪官离客的洛浦也不再往来如

---

① 《全唐诗》卷五百一十一，第 5839 页。

② 《全唐诗》卷五百二十四，第 5995 页。

③ 刘昫等《新唐书》（中华书局 1975 年版）卷八《本纪第八》："文宗恭俭儒雅，出于天惟，尝读太宗《政要》，慨然慕之。及即位，锐意于治，每延英对宰臣，率漏下十一刻。唐制，天子以只日视朝，乃命辍朝、放朝皆用双日。凡除吏必召见访问，亲察其能否。故太和之初，政事脩伤，号为清明。"

流，河沙渐积，寒禽歇落。整个洛阳城在杜牧的笔下渐成空城。上阳宫也许那时已然荒废弃用。而杜牧选取的城市最终居住者或者说见证者竟然还是上阳宫人。在杜牧的心理中她们和这座残破的建筑仍然存在。她们于西风残照的高台之上，凝睇西望，充满着也许当世道渐渐承平，帝王会再次东巡到此的期待。

久经冷落的洛阳居然在唐王朝接近尾声的时候，再度充斥人声，楼阁通明起来。上阳宫是洛阳城市兴衰的一个标识。试看徐夤的《寄卢端公同年仁炯，时迁都洛阳，新立幼主》：

> 上阳宫阙翠华归，百辟伤心序汉仪。昆岳有炎琼玉碎，洛川无竹凤凰饥。须簪白笔匡明主，莫许黄口博少师。惆怅宸居远于日，长吁空摘鬓边丝。①

上阳宫再次仪仗队入，新皇入住其中。这看起来貌似如隔代之前玄宗诸帝在东都长住的景象，其实是唐王朝摇摇欲坠最终陨灭的前兆。徐夤是唐昭宗时人。此时朱温把持朝纲，时"邠、岐兵士侵逼京畿，帝因是上表，坚请昭宗幸洛，昭宗不得已而从之。帝乃率诸道丁匠财力，同构洛阳官，不数月而成"。②又有"梁祖迫昭宗东迁，命全义缮治洛阳宫城，累年方集"③的记载。可见此时洛阳诸宫城建筑在此时得到了较好的修缮。昭宗迁入洛阳不久，便被朱"害帝以绝人望"④，作为"大行皇帝大殓，（其）皇太子枢前即皇帝位"⑤。这便是唐哀帝。这正是发生在洛阳上阳宫中"时迁都洛阳，新立幼主"事。

---

① 《全唐诗》卷七百零九，第 8167 页。
② 薛居正：《旧五代史》卷二（梁书）《太祖纪二》，中华书局 1976 年版。
③ 薛居正：《旧五代史》卷六十三（唐书）《列传十五》，中华书局 1976 年版。
④ 刘昫等：《旧唐书》卷二十上《本纪第二十上》，中华书局 1975 年版。
⑤ 刘昫等：《旧唐书》卷二十下《本纪第二十下》，中华书局 1975 年版。

从上述可见，上阳宫在唐代洛阳的城市发展变迁史中始终存在。洛阳的天子宅第地位赋予了上阳宫建筑帝王东巡驻跸的实用价值，同时也赋予了其王朝威严象征的特殊意味。陈继会说："城市，它是一种心理状态，是各种礼俗和传统构成的整体，是这些礼俗中所包含、并随传统而流传的那些统一思想和感情所构成的整体。"①这座精美的建筑是唐王朝帝国秩序的一种形制。唐人在对它的仰望中对这座城市的帝都地位产生了一种稳定而持续的心理状态，即对唐王朝权威的确认和尊崇。这种状态很难为外界的武力征服而改变。这使有关这座建筑的城市文学（唐诗）在中晚唐都打上了追忆的烙印。

帝王是否进驻此宫成为唐人感受洛阳城市盛衰变迁的一个标志。这或是因为王朝的政治调整，或是因为王朝的时局动乱。上阳宫人作为这一城市标志建筑特殊居住群体，其命运也附入了洛阳城市的盛衰命运。唐人对她们的同情和关注在感叹时局之外，还是对她们遭际与城市命运一体的叹息。这便催生出独属于这座城市的文学题材和文学形象——"上阳宫人"。而上阳宫作为一座凝结能工巧匠妙思，展现大唐国力的精美建筑，在唐人视野中化为纯审美对象。那些美妙之极的歌咏想象是当下处于承平时代或是后人追忆承平时代的美好心理寄托。上阳宫实体建筑隔世异代之后，早已不复存在。今人检点那个时代有关它的文学描述和记载，尤其是在对唐诗这个唐代最常见的文学样式的阅读中，这个城市的影像和那个王朝的命运渐渐浮出。

---

① 陈继会：《关于城市文学的文化前考察》，《艺术广角》1991 年第 6 期。

（元）王振鹏《大明宫图》

　　唐人在对它（上阳宫）的仰望中对这座城市的帝都地位产生了一种稳定而持续的心理状态，即对唐王朝权威的确认和尊崇。这种状态很难为外界的武力征服而改变。这使得有关这座建筑的城市文学（唐诗）在中晚唐都打上了追忆的烙印。

第三节　道路："洛阳道"的文化意义

　　城市是一个融合了时代政治、经济、文化这些人类意识产物的综合体。人类围绕这些意识产物的种种活动以各种层面的世俗生活在城市这个场所之中展开。而道路之于城市的作用是最为重要的，它们使城市居民生活的各种层面在某种程度上得以呈现，同时也给予这些不同的生活方式以联系，使城市充满了各种生动的气息和脉搏①。洛阳在唐代是与长安齐名的都市之一，因为政治制度、地域优势、生态环境等因素，成为唐代一个极其重要而且极具意味的地方。故唐时各方诗人以洛阳尤其以"洛阳道"为题材的诗歌作品繁多，使其成为唐诗中的重要建筑景观，为后人认知那个时代的洛阳提供了重要的文本依据。

　　"洛阳道"在《全唐诗》中或为既定形式的曲辞，如《横吹曲辞·洛阳道》；或为一首以此为题，歌咏现世生活的诗篇。纵观唐诗中关于"洛阳道"的作品，可以发现：它们可为这座城市与外界各个场所取得联系的道路，如从四方通往洛阳或者以洛阳为辐射点发散到四方的"洛阳道"。

　　它们可为这座城市中连接各个场所之间的道路，如横贯唐洛阳城的洛水上方自西向东筑就的三座桥梁。

　　它们可为这座城市的"主动脉"——中轴线，是城中最为重要和最为繁盛的一个场所，如位于唐洛阳城中轴线——自城北面北邙山直贯城中宫城、皇城端门、天津桥、城南定鼎门，直达伊阙龙门一线上的"天门街"（端门到定鼎门）和"天津桥"。这些城外城内的"洛阳道"使华夏九州四方甚至域外四方的人竞驰于道，在中世纪唐朝这个伟大的城市之中相会又四散开去。他们不同的生活方式也在"洛阳道"上相遇或者融合，因此唐人借助"洛

---

① 这个观点从王保林、王翠萍《"墙"与"街"——中国城市规划中的文化问题》（《规划师》2000年第1期）一文中生发出来。

阳道"以歌咏寄兴，或表现享乐之欲望，或表现帝国之繁荣，或表现盛衰之叹息。可以说，唐诗中的"洛阳道"是城市历史的积淀和盛衰的见证。

一、通往欲望之城的"洛阳道"

以洛阳为中心辐射开去的"洛阳道"对于怀揣各种欲望的唐人而言，具有导向和指向的意义功能。洛阳地理位置得天独厚，居于天下之中，自古就是"贯通东西的水陆交通大通道"①。洛阳有五条官道可通往四方："一是京洛道；一是洛阳太原道；一是洛阳至卫、相、洺、邢道；一是洛阳至汴州道；还有洛阳（通）襄、荆道。"同时洛阳还是大运河的起点之一，水路可通南方诸州。② 这些外围的"洛阳道"建筑使洛阳作为"天下之中"的地理优势成为可能。此外，洛阳在初唐三帝（太宗、高宗、武后）的经营下达到城市发展的巅峰，成为一个几乎囊括所有城市功用的城市。它既是唐代统治的中心地带，又是商业和统治的前哨，也是军事营地。于是，位于"洛阳道"起点或者尽头的各色人等"皆为利来，皆为利往"，使洛阳成为人们心目中的"欲望之城"。

"利"的直接表现是财富。在古代中国，财富大多通过经商或求得政治功名而获得。洛阳自古就因为天然优良的地理优势，水陆皆通达于四方，甚至远至西域海外，四方辐辏。唐代洛阳承接前代繁华，亦是有过之而无不及。当时唐人若欲以经商来获取财富，洛阳显然是首选场所。若欲以政治上成功而获得财富，则需要帝国统治者的垂青或者由在唐代完善的科举制度的认可。初唐太宗就制《令河北淮南诸州举人诏》，使地方长官推荐贤才，首开唐代洛阳科举之风气。《唐会要》卷七《东都选》中载道，唐高宗永徽元

---

① 李久昌：《国家、空间与社会——古代洛阳都城空间演变研究》，三秦出版社 2007 年版，第 143 页。

② 洛阳市地方史志编纂委员会办公室编：《洛阳：丝绸之路的起点》，中州古籍出版社 1992 年版，第 429—435 页。

年"始置两都举……自大历十二年停东都举，是后不置"。① 洛阳贡举由此而拉开序幕。大历停止东都贡举是暂时的，据《旧唐书》和《唐会要》中记载，唐文宗大和年间在洛阳又开始了贡举的活动。由此可见，唐代大部分时间洛阳与长安同时作为士人的贡举中心。除此之外，据《新唐书》卷四五《选举志下》记载，洛阳还是铨选官员的中心之一，有别于长安的铨选称为"东选"。于是这两座城市在那时使天下士人举子趋之若鹜，据《全唐文》卷九八六《移刘吏部书》记载，出现"两京常调，五千余人，书判之流，亦有硕学之辈，莫不风趋洛邑，雾委咸京"的景象。这些贡举铨选活动在武后将洛阳作为"神都"时达到鼎盛。

可见，唐代洛阳城除了提供通过商贸获得成功的机会之外，还提供了士人进入仕途，获取"立功"的可能，因此呈现出交通川流不息，轩骑往来填塞其中的繁华景象。这在唐诗中得到充分的表现，如自洛阳城外进入城中的"洛阳道"，"出谷迷行洛阳道，乘流醉卧滑台城"（王季友《酬李十六岐》）；如出洛阳城的"洛阳道"，"天中洛阳道，海上使君归"（顾况《送使君》）；如自长安来此的"洛阳道"，"憧憧洛阳道，日夕皇华使"（刘长卿《洛阳主簿叔知和驿承恩赴选伏辞一首》）；如自江南而来的水路"洛阳道"，"遥遥洛阳道，夹道生春草"（陆龟蒙《江南曲》）；等等。它也可以是城中的"洛阳道"，如与刘禹锡公馆毗邻的道路，"门前洛阳道，门里桃花路。尘土与烟霞，其间十余步"（刘禹锡《题寿安甘棠馆二首》）；又如李德裕闲居洛阳日日散步穿行的道路，"虽游洛阳道，未识故园花"[李德裕《忆平泉杂咏·忆野花（余未尝春到故园）》]；或者是与许浑身处白马寺内相对的俗世道路，"墙外洛阳道，东西无尽时"（许浑《白马寺不出院僧》）；等等。

任翻的《洛阳道》道尽此路的特殊意味："憧憧洛阳道，尘下生春草。行者岂无家，无人在家老。鸡鸣前结束，争去恐不早。百年路傍尽，白日车

---

① 学者郭绍林在《唐五代洛阳的科举活动与河洛文化的地位》（《洛阳大学学报》2001年第1期）中对此提出疑问，并认为"早于永昌元年四个年头的垂拱元年洛阳即有科举活动的说法"。

中晓。求富江海狭，取贵山岳小。二端立在途，奔走无由了。"这些不管是城中还是城外往来洛阳的道路，都在来往的天下士人心理上刻下别样的意味。因为这些道路的终端和起点，正是唐帝国早期的权力中心——洛阳城。而通过靠近代表权力中心的城市来获取个体价值的实现，最终以城市主人身份自居的心态从容行走其中，这正是天下士人自四方来此的理想。这种对城市的期望心理使这些城外或者城中的各条洛阳道成为熙熙攘攘的功利之路。

城市不仅仅成为个体野心实现的场所，同时还是一个展现日常生活细节的场所。前者暗含忐忑不安的紧张，举目无措的茫然等心理状态；而后者则是以生活的常态令城市中人感到轻松惬意。这一切都在唐人笔下的"洛阳道"上展现开来。

刘禹锡在洛阳城中不仅与白居易的私交频繁，还留下颇为香艳的回忆："忆春草，处处多情洛阳道。金谷园中见日迟，铜驼陌上迎风早……"[刘禹锡《忆春草（春草，乐天舞妓名）》] 而圣眷恩隆的天子近臣沈佺期在城中大道上无限优越地展现着他的春风得意："白日青春道，轩裳半下朝。乘羊稚子看，拾翠美人娇。"（沈佺期《洛阳道》）卢照邻和陈子昂在城中与故识新交风云际会，之后各自风流云散，只剩追忆："风云洛阳道，花月茂陵田。相悲共相乐，交骑复交筵……"（卢照邻《哭明堂裴主簿》）"银烛吐青烟，金樽对绮筵。离堂思琴瑟，别路绕山川。明月隐高树，长河没晓天。悠悠洛阳道，此会在何年"。（陈子昂《春夜别友人二首其一》）

洛阳道更多的时候是属于整个市民的。"路岐无乐处，时节倍思家。彩索飏轻吹，黄鹂啼落花。连乾驰宝马，历禄斗香车。行客胜回首，看看春日斜。"（吴融《寒食洛阳道》）洛阳道上声色犬马，仕女游侠的城市喧嚣冲散了寒食清明节冷清萧索的味道。城市的烟火消解了传统节日主题的严肃性，也消解了城市中羁旅行客的乡愁。与此同时，城市提供了各种商业性质的娱乐场所，使城市中人的各种情绪得到释放缓解。如储光羲的所写的失意少年："洛水照千门，千门碧空里。少年不得志，走马游新市。"（储光羲《洛阳道五首献吕四郎中其五》）

城市居民对一座城市的深刻感受并不是在进入这个城市之时，而是在生活了一段时间之后，感受了这个城市给予其种种喜怒哀乐的复杂情感，特别是即将离开的刹那。当他们离开所在城市前往异地，那些对洛阳城的追忆常常滤去真实存在过的否定性片段，只留下初次来此的憧憬期望。于是这种追忆在离开洛阳的文人笔下成为一种亲切而迫切地想望，如"都邑西楼芳树间，逶迤霁色绕江山。山月夜从公署出，江云晚对讼庭还。谁知春色朝朝好，二月飞花满江草。一见湖边杨柳风，遥忆青青洛阳道"。（孙逖《山阴县西楼》）孙逖抛却眼前美景，只念草色青青的"洛阳道"。因为与这个一切开始复苏生长的季节相对应的是，"洛阳道"上唐人涨满憧憬的心境以及那些春日里洛阳城中种种美好的过往。

可见，"洛阳道"在唐人的笔下，除了具有指向性的意义之外，还构成唐人日常行为发生的一个场所。这使得"洛阳道"并不仅仅只是这个城市建筑的一个部分，还因为人们多种行为的发生成为一种展示城市生活的景观。

二、展示人生百态的"洛阳桥"

唐代洛阳城中主要的道路当属连接洛阳城南北两部分的"洛阳桥"。徐松《唐两京城坊考》"东京"部分中"洛渠"条对横贯洛阳城的洛水上桥梁设置的情况作了详细的描述，可知洛水上有"星津桥（后毁坏，合入天津桥），天津桥，黄道桥，中桥，浮桥"这许多桥梁。此中最为有名的是坐落在洛阳城中轴线上的天津桥。此外还有中桥与浮桥。

天津桥位于洛阳城中轴线上的中心位置，它北接皇城通往城南外郭城的端门，南启城南天门街①。如果说晋时石崇留下的金谷园遗址成为洛阳"历史文脉"中一个标志性建筑景观的话，那么在唐代，天津桥则成为洛阳城"历史文脉"中逐渐延伸的一节。唐代洛阳城是在隋洛阳城的基础上加以营建的，

---

① 徐松撰，李健超增订：《增订唐两京城坊考》卷五，三秦出版社 2006 年版，第 284 页。

其中的天津桥也沿隋称。但其在唐代规模如何未见记载。从唐代杜宝《大业杂记》中记载的隋代天津桥可推想出唐代天津桥的形制。可知，这样的桥梁必是巨制。这种巨制与洛阳城得天独厚的地理优势是相匹配的。《旧唐书》卷三八中记到洛阳城"北据邙山，南对伊阙，洛水贯都，有河汉之象"。洛水既像"河汉之象"，所以其间桥梁当然也有着相应的称谓。这使得洛阳城和其中的天津桥都颇具神话般的气息。白居易就以比较夸张的口吻表现了这种城市因形制胜于规划而带来的城市心理，"上阳宫里晓钟后，天津桥头残月前。空阔境疑非下界，飘飘身似在寥天。星河隐映初生日，楼阁葱茏半出烟。此处相逢倾一盏，始知地上有神仙。"（白居易《晓上天津桥闲望偶逢卢郎中、张员外携酒同倾》）

　　天津桥在唐人笔下更多是以城市中心要道出现。唐人阎德隐的《三月歌》中写道："洛阳城路九春衢，洛阳城外柳千株。能得来时作眼觅，天津桥侧锦屠苏。"李白的《忆旧游寄谯郡元参军》中也写道："忆昔洛阳董糟丘，为余天津桥南造酒楼。黄金白璧买歌笑，一醉累月轻王侯。"从这两首诗中可以看出，当时的商人已经将此地作为城中最繁华的地带而着意经营了，可谓城市中心之中心。武后时期的天子宠臣沈佺期常常以招摇的方式渡过桥面："天津御柳碧遥遥，轩骑相从半下朝"（沈佺期《和上巳连寒食有怀京洛》）。另外，这条城中的"洛阳道"常常是皇家婚嫁出入的要道。张说在此目睹了武李两家联姻的盛况："……鸾车凤传王子来，龙楼月殿天孙出。平台火树连上阳，紫炬红轮十二行。丹炉飞铁驰炎焰，炎霞烁电吐明光。绿軿绀幰纷如雾，节鼓清笳前启路。城隅靡靡稍东还，桥上鳞鳞转南渡。五方观者聚中京，四合尘烟涨洛城。……"（张说《安乐郡主花烛行》）张说所描写的正是从皇城经过天津桥，归于洛阳城南的仪仗情形。整个洛阳城因此盛典成了火树银花的不夜城。皇家车驾如云，喜乐喧天，渐渐经行过天津桥，"桥上鳞鳞转南渡"。天津桥桥南就是洛阳的外郭城了，庶民贵族杂居其间。于是，车驾经行之处开始承接"观者如山色沮丧"的观礼人群。

　　天津桥既是洛阳城内的交通要道，还是洛阳城与其他城市或者处所的连接枢纽。桥下便是洛水，滔滔洛水由此东流而去，所以此处也成为唐人赠别之处。"何处送客洛桥头，洛水泛泛中行舟"（张说《离会曲》）说的正是此处告别的常景。皇甫冉的天津别愁更为多情"洛阳岁暮作征客，□□□□□□□（按：原缺此七字）。相望依然一水间，相思已如千年隔。晴烟霁景满天津，凤阁龙楼映水滨。岂无朝夕轩车度，其奈相逢非所亲。巩树甘陵愁远道，他乡一望人堪老。君报还期在早春，桥边日日看芳草。"（皇甫冉《送包佶赋得天津桥》）。

天津桥除了作为交通要道，还是洛阳城中一大风景幽美的景观之地。徐松在《河南志》中将天津桥列为城中"胜地"，究其原因，一是因为位置处于中心，还因为其周围环境甚妙。徐松对此考为："过桥，又合而东流，经尚善、旌善二坊之北，南溢为魏王池(与洛水隔堤。初建都，筑堤壅水北流，余水停成此池。下与洛水潜通，深处至数顷，水鸟翔泳，荷芰翻复，为都城之胜地)。"① 因此唐人多喜于桥上闲步顾盼桥上周围美景，"君不见天津桥下东流水，东望龙门北朝市。杨柳青青宛地垂，桃红李白花参差。花参差，柳堪结，此时忆君心断绝。"（苏颋《杂曲歌辞·长相思》）"清洛象天河，东流形胜多。朝来逢宴喜，春尽却妍和。泉鲔欢时跃，林莺醉里歌。赐恩频若此，为乐奈人何。"（张九龄《天津桥东旬宴得歌字韵》）白居易更是此处的常客。他不仅在此遥望天津桥的四时美景，还与友人相唱和于此处，有《春尽日天津桥醉吟偶呈李尹侍郎》《晓上天津桥闲望偶逢卢郎中、张员外携酒同倾》《雪后早过天津桥偶呈诸客》等诗篇。此外天津桥东有"斗门亭"②，是天津桥景观的一部分。白居易在《天津桥》中写道："津桥东北斗亭西，到此令人诗思迷。眉月晚生神女浦，脸波春傍窈娘堤。柳丝袅袅风缲出，草缕茸茸雨剪齐。报道前驱少呼喝，恐惊黄鸟不成啼。"可见此处也是风景尤佳之处，也成为唐人流连行吟的场所。唐人在天津桥上的观赏视野并不仅仅

① 徐松撰，李健超增订：《增订唐两京城坊考》卷五，三秦出版社 2006 年版，第 443 页。
② 徐松撰，李健超增订：《增订唐两京城坊考》卷五，三秦出版社 2006 年版，第 443 页。

限于自然风物，还在于人的活动构成的特殊景观。因为此地是为交通要道，于是在桥上的行走成为一种个体期望获得人群关注的一种方式，如李白的《洛阳陌》："白玉谁家郎，回车渡天津。看花东上陌，惊动洛阳人。"李白关注的这个高车轩驾中的如玉少年（抑或自诩）那种魏晋风流般的行为举止，正是其希望获得满城惊动效果的传神写照。而骆宾王在桥上闲望之间不意捕获了有洛神之美的倩影。"美女出东邻，容与上天津。整衣香满路，移步袜生尘。水下看妆影，眉头画月新。寄言曹子建，个是洛川神。"（骆宾王《咏美人在天津桥》）桥上还有一些身怀绝技，经历传奇的奇人，被诗人元稹写于笔下，"三陷思明三突围，铁衣抛尽衲禅衣。天津桥上无人识，闲凭栏干望落晖。"（元稹《智度师二首》）

洛水向东又有"旧中桥"和"新中桥"。[①] 中桥与天津桥同是南北两城区的重要津渡。中唐时，分司官员多居于洛阳外郭城东南处。于是，洛水上较为偏东的新中桥成为这些分司官员出入皇城和宫城的主要途径，这些在唐诗中亦有描述。如白居易在《拜表早出，赠皇甫宾客》中写道："一月一回同拜表，莫辞侵早过中桥。"元稹也有《送刘太白（太白居从善坊）》："洛阳大底居人少，从善坊西最寂寥。想得刘君独骑马，古堤愁树隔中桥。"白居易居于外郭城东南的履道坊，而元稹所说的刘太白（刘禹锡）则是居于外郭城东的从善坊。此外中桥和天津桥一般也是唐人的赠别之处和风光秀丽的所在，"洛水桥边雁影疏，陆机兄弟驻行车。欲陈汉帝登封草，犹待萧郎寄内书。"（李益《中桥北送穆质兄弟应制，戏赠萧二策》）唐人有诗云"斜拂中桥远映楼，翠光骀荡晓烟收。洛阳才子多情思，横把金鞭约马头"（翁承赞《柳》）。

中桥之东又有浮桥，同是唐人的赠别处所和冶游佳处。刘希夷有《洛中晴月送殷四入关》："清洛浮桥南渡头，天晶万里散华洲。晴看石濑光无数，晓入寒潭浸不流。微云一点曙烟起，南陌憧憧遍行子。欲将此意与君论，复道秦关尚千里。"此处还是唐人冶游的处所。张说有《晦日》："晦日嫌春浅，

---

① 　徐松撰，李健超增订：《增订唐两京城坊考》卷五，三秦出版社 2006 年版，第 443 页。

江浦看潩衣。道傍花欲合，枝上鸟犹稀。共忆浮桥晚，无人不醉归。寄书题此日，雁过洛阳飞。"张说所写的"晦日"是唐代重要的节日。《旧唐书》卷一三《德宗纪下》中载："今方隅无事、烝庶小康，其正月晦日、三月三日、九月九日三节日，宜任文武官僚选胜地追赏为乐。"由此可见，张说与友人将"晦日"出游选在"浮桥"附近，说明此处应为风景"胜地"。

这些洛水上的"洛阳桥"俱成为洛阳城中重要的"洛阳道"，具有桥梁的功能和渡口的功用。它们在连接南北两处城区的同时，还成为洛阳城与外界联系的一个枢纽和交叉点。桥梁附近人为景观（栽植花木）和自然景观（远望可见嵩山数峰）俱佳，使得这些地方在实用功能之外平添了审美功能。这些建筑的功能在唐人的种种活动中被再次审美化，成为书写和吟咏的对象，进入到城市文学的领域。

三、承载盛衰兴废的"洛阳道"

"洛阳道"被代代不息的行人奔来驰往，随着这些人事活动的变迁，承载着洛阳如流水般的盛衰，渐成这个城市越来越厚重的历史划痕。城市的盛衰虽然与城市周围环境、经济动向等因素有关，但最直接与最重要的因素则是这座城市是否在国家统治者关注的视野之中。武后称帝建朝于洛阳，使其发展达到了巅峰状态。而当李唐王朝夺权成功后，出于恢复王朝尊严的考虑，还都于长安，并有意降低了洛阳的城市地位。"天宝元年（742年）二月玄宗诏改'东都为东京'。在此之前，自开元二十四年（736年）之后李唐皇帝再无巡幸东都之举。肃宗上元二年（761年）又短时'罢京'，洛阳被停用'东京'名号，旋又恢复。洛阳东都名号的改称及其旋罢旋复事件的发生，表明此时洛阳的地位已大不同前……"①洛阳城如日中天的繁华顿改

---

① 李久昌：《国家、空间与社会——古代洛阳都城空间演变研究》，三秦出版社2007年版，第143页。

盛况，也使往来于其道上的唐人因此而顿生怅然之感。

"万乘西都去，千门正位虚。凿龙横碧落，提象出华胥。望幸宫嫔老，迎春海燕初。保厘才半仗，容卫尽空庐。要自词难拟，繇来画不如。散郎无所属，聊事穆清居。"（窦牟《天津晓望因寄呈分司一二省郎》）窦诗是针对国家政治中心迁移而作的典型时事咏怀。洛阳因为君主西入长安，昔日的九天阊阖洛阳宫开始呈现出"虚"的状态。宫中留守的宫人在等待中渐渐老去，宫中御制的礼仪因帝王不再东幸而零落减半，那些留守的东都官员也因实无事务而百无聊赖。因这一切而平生的盛衰感慨在城中要道的天津桥上尤为显著。孟郊于天津桥上的感怀甚为直观而落寞，"天津桥下冰初结，洛阳陌上人行绝。榆柳萧疏楼阁闲，月明直见嵩山雪。"（孟郊《洛桥晚望》）全诗以"零度叙事"的方式白描了天津桥上的索寞情形。

昔日"马声回合青云外，人影动摇绿波里"（刘希夷《公子行》）的桥上桥下现在人声绝迹，流水冻结；

昔日"杨柳青青宛地垂"（苏颋《长相思》）今成"萧疏"之貌；

昔日"黄金白璧买歌笑，一醉累月轻王侯"（李白《忆旧游，寄谯郡元参军》）的桥畔酒家楼阁如今是"闲"待宾客。当所有在天津桥周围的人事活动失去声响后，以前作为城市背景的周围景物开始进入诗人的视野之中。这种特殊季节气候状态下带来的冷落景象亦是暗合城市寥落的味道，在这座曾经的中心建筑上萦绕徘徊。这种寥落的味道即使在繁花似锦的春天也挥之不去。"津桥春水浸红霞，烟柳风丝拂岸斜。翠辇不来金殿闭，宫莺衔出上阳花。"（雍陶《天津桥望春》）天津桥周围依然是花自嫣然水自流，而天津桥西北之处的上阳宫却因君王不再东顾而紧闭垂锁，不见昔日"画阁红楼宫女笑，玉箫金管路人愁。嫚城入涧橙花发，玉辇登山桂叶稠"（王建《上阳宫》）的景象。宫墙之内的声响活动不再是因人而生，居然是那些不识变迁的鸟雀而作，何等冷清寥落。

"安史之乱"后，洛阳城战火缭乱，胡尘扬天。昔日安乐闲游的天津桥和中桥都清冷下来。冯著有《洛阳道》云："洛阳宫中花柳春，洛阳道上无行人。皮裘毡帐不相识，万户千门闭春色。春色深，春色深，君王一去何时寻。春雨洒，春雨洒，周南一望堪泪下。蓬莱殿中寝胡人，鸂鹊楼前放胡马。闻君欲行西入秦，君行不用过天津。天津桥上多胡尘，洛阳道上愁杀人。"李郢有《故洛阳城》："胡兵一动朔方尘，不使銮舆此重巡。清洛但流呜咽水，上阳深锁寂寥春。云收少室初晴雨，柳拂中桥晚渡津。欲问升平无故老，凤楼回首落花频。"都写到了洛阳城市在战乱中和乱后的情形。此时虽已经春色满城，却不见昔日太平年中景象，"天津桥下阳春水，天津桥上繁华子。……"（刘希夷《公子行》）此时道上行人绝迹，门户紧闭。占据了洛阳的胡兵在城中各处肆意走动。这令幸存的唐人悲愤而无奈。

罗邺有《洛阳春望》也是这般愁肠。他是晚唐僖宗时人。此时洛阳已收复，回光返照出末世来临前最后的繁华，"洛阳春霁绝尘埃，嵩少烟岚画障开。草色花光惹襟袖，箫声歌响隔楼台。人心但觉闲多少，马足方知倦往来。"此时的罗邺却清醒地看见了唐帝国的暮色已近昏沉，"愁上中桥桥上望，碧波东去夕阳催。"

城市作为一个容纳人事的场所而存在。正是这些人事活动创造了城市盛衰交替的历史。而城市中的人物和景物作为有限的存在，都会受到时空的制约。相反，那些地点的存在相对于只有百岁之期的人或者数百年的王朝的存在，总是要长久一些。人事兴废不过时光流转之中的一瞬，而地点却亘古存在。洛阳城是如此，城中城外的洛阳道也是如此。于是过往于城中的唐人往往起堪破世情的兴废之感。

许浑有《洛阳道中》："洛阳多旧迹，一日几堪愁。风起林花晚，月明陵树秋。兴亡不可问，自古水东流。"

崔涂有《夕次洛阳道中》："秋风吹故城，城下独吟行。高树鸟已息，古原人尚耕。流年川暗度，往事月空明。不复叹岐路，马前尘夜生。"

郑遨有《洛阳道》："客亭门外路东西，多少喧腾事不齐。杨柳惹鞭公子醉，苎麻掩泪鲁人迷。通宵尘土飞山月，是处经营夹御堤。顷刻知音几存殁，半回依约认轮蹄。"这些诗篇不同于"安史之乱"后的唐人以动乱前

的洛阳城市景观为参照，来感怀当下。这些诗篇的作者站在这个场所时空
中的当下，以这个场所中曾经的过往和可能的未来状态为参照，对个体的
生命活动作出脆弱和短暂的慨叹。这个城市里外所有"洛阳道"上奔驰的
烟尘，往来的人事在顷刻已是前尘旧事。而于武陵的《洛阳道》："浮世若
浮云，千回故复新。旋添青草冢，更有白头人。岁暮容将老，雪晴山欲春。
行行车与马，不尽洛阳尘"，以及李白的《古风》"天津三月时，千门桃与李。
朝为断肠花，暮逐东流水。前水复后水，古今相续流。新人非旧人，年年
桥上游"，却并无伤悲之心。人作为个体虽只具有短暂的存在可能，但人类
作为群体的生命和伴随的活动有如相续之流，犹如行车马于洛阳道上，无
有断绝。

　　仔细分析这些咏叹洛阳兴废的唐人作者，以乐观的情绪淡看这种变迁的
几乎都是盛唐人。而那些以悲伤而清冷的心境感怀这一切的基本上是那些
经历了帝国盛衰变故，而中兴无望，渐生幻灭之心的中晚唐人。他们笔下
的"洛阳道"在对城市、个体生命的感悟中获得了更为深刻的意味。在其中
的行走和咏叹，对于每一个个体而言，都是一次对历史的检索和对生命的
感悟。

　　这些出现在诗歌中的"洛阳道"之于那个已经不复存在的唐代洛阳城，
具备"断片"的意义。"这些断片所属的世界，本身是而且帮助形成了一条
连接过去与现在的纽带。"①随着这些"断片"在唐人文本叙述中的逐渐展开，
实现了远去城市的立体复活。这其中深刻地体现了城市与文学之间最为基
本的一种相互关系，即城市为文学描写的主要对象，而文学则以种种优美
的形式记录下这些早已消失的城市名称，复活起地理图志上仅仅作为一个
符号存在的城市中的一个个"场所"和"空间"。在唐人对它们一遍遍吟咏
的过程中，不仅城市的百态呼之欲出，而且这个城市命运也在它们身上历
历可见，也使它们不仅因形制还因其中活动的人事成为那个时代的标志性

────────

① 宇文所安:《追忆》，三联书店 2005 年版，第 76—77 页。

建筑景观。在唐诗对"洛阳道"的书写中，它们不仅是有着单纯建筑功用和审美功能的建筑，也不仅是因为俗世生活的填充获得了"景观"意义的建筑，还是有着被历史盛衰反复浸染，被人类用个体生命去反复丈量这样厚重意味的建筑景观。

在唐诗对"洛阳道"的书写中，它们不仅是有着单纯建筑功用和审美功能的建筑，也不仅是因为俗世生活的填充获得了"景观"意义的建筑，还是有着被历史盛衰反复浸染，被人类用个体生命去反复丈量这样厚重意味的建筑景观。

（宋）张择端《清明上河图》

第四节　园林："金明池"的场所意义

东京作为北宋的首都存世一百余年。在此期间，太平日久，城市经济文化得到空前的发展，成为当时世界著名的都市，真可谓"八荒争凑，万国咸通"。在这座城市中，不仅经济繁华，而且城市建筑也堪称美，"军营马监，无不高严；佛寺道宫，悉皆壮丽"①。不仅如此，整个城市还布满多处大大小小的园林。宋人袁褧《枫窗小牍》卷下中就提到当时不独洛阳有园林擅天下，"汴中园圃亦以名胜当时。"在诸多的园林中，又以坐落在东京城西的金明池最为有名，是东京当时最具标志性的建筑景观。这不仅因为它是天子与民同乐的皇家园林，还因为文人在此"题咏甚众"②，为这座城市建筑景观增添了丰富的文化内涵，并作为城市文学的一种形态而存在。而"一个城市的历史表征，最能体现的就是建筑、街道和世俗生活——这是最直接的人类文化图式"。③ 同时，"建筑可以成为文学描写的对象，文学可以为建筑增辉。文学可以成为建筑的装潢材料，提升建筑的文化内涵"④。在这层关系中，建筑因为文学的加入，具备了景观的含义。因此，本节试从城市建筑景观的角度，以《全宋诗》中与"金明池"相关的篇目作为主要考察文本，来看待城市与文学的关联。

一、金明池的存在时间考

金明池又称"教池""西池"。在孟元老避难江左，回忆东京梦华的岁月中就曾称金明池为"教池"，因为金明池在北宋"以教神卫虎翼水军习舟楫"⑤。它被称"西池"则因为金明池位于东京城西。有关金明池始建于何时，

---

① 赵汝愚：《宋名臣奏议》卷一四五，见《景印文渊阁四库全书》，台湾"商务印书馆"1986年版，第432册，第853页。

② 周城：《宋东京考》卷十，中华书局1988年版，第186页。

③ 李森：《当下都市文化的隐喻》，《都市空间与文化想象》，上海三联书店2008年版，第318页。

④ 陈兰村、毛徐俊、冯堡蔚：《文学为建筑增辉——文学与建筑关系漫谈》，《中外建筑》2007年第2期。

⑤ 叶梦得：《石林燕语》卷一，见《景印文渊阁四库全书》，台湾"商务印书馆"1986年版，第863册，第539页。

史籍中有两种说法，一说凿于五代周世宗时期，一说凿于宋太宗年间。本书倾向于第一种说法。第一，明代李濂的《汴京遗迹志》卷八中就记到，金明池位于"在西郑门外西北，周迥九百里。周世宗显德四年，欲伐南唐，始凿，内习水战"。他不仅把周世宗建金明池的时间地点说得明白，而且把建池的目的和作用也交代清楚了。第二，宋元时代著名学者马端临的《文献通考》卷一百五十八中记道："开宝九年，太祖幸金明池习水战"。这条史料证明金明池早于宋太祖时就已存在。第三，宋人王应麟的《玉海》，宋人宋敏求的《春明退朝录》，宋人叶梦得的《石林燕语》等都提到金明池。虽然他们记录开凿的时间均为"太宗太平兴国元年"，但凿池的目的则变为"水嬉"或"水戏"。显然，"水嬉"（"水戏"）的功能转变是在"水战"之后，在太宗之前。第四，马端临记载的"开宝九年"和王应麟等人记载的"太平兴国元年"，虽是同一年公元976年，但太祖即位在先，说明金明池早已存在。因此，可作这样的推论，金明池在周世宗时开凿，才有了"太祖幸金明池习水战"，才有了太宗"复凿金明池于苑北"①。所以，本书认为金明池应是在五代周世宗年间开凿，于宋太宗初年复凿，这样较为客观。

二、金明池的功能演化

金明池在从五代周世宗凿建到太宗太平兴国元年这近十年内，其功能逐渐演变，大体经历了"内习水战""以阅水嬉""皇家宴游之所""与民同乐"这四个阶段。

金明池出现的初期，其用途如同汉武帝在元狩三年于长安西南郊所凿的昆明池一样，是用来以习水战的。对此典籍多有记载，"周世宗显德四年，

---

① 叶梦得：《石林燕语》卷一，见《景印文渊阁四库全书》，台湾"商务印书馆"1986年版，第863册，第539页。

欲伐南唐，始凿，内习水战。"①"（开宝）九年四月，（太祖）幸金明池习水战。上御水心殿，命从臣列坐，以观战舰角胜，鼓噪以进，往来驰突，为回旋击刺之状。"②

随着南方战事的平定，金明池的用途开始从实用转向娱乐。其间虽然也有水战"时习之"，但只是为了"不忘武功"③。在太宗时期，"水战"基本转为"水戏"，"太宗于西郊凿金明池，中有台榭，以阅水戏。"④ 又有"金明，水战不复习，而诸军尤为鬼神戏，谓之'旱教'"⑤。

太宗后期，金明池成为皇家御池。此时，田锡在《上太宗条奏事宜》中称："陛下又新西苑，复广御池。池若汉之昆明，苑若周之灵囿，足以为陛下宴游之所，足以为圣朝宏大之规"。⑥ 可见金明池慢慢转化为皇家"宴游之所"。

随着时间推移，金明池变成了向都城百姓定时开放，皇家与民同乐的所在。叶梦得在《石林燕语》卷一中提到，"岁以二月开，命士庶纵观，谓之'开池'。至上巳，车驾临幸毕，即闭。"孟元老在《东京梦华录》卷七中记录的时间有所不同："三月一日，州西顺天门外开金明池琼林苑，每日教习车驾上池仪范。虽禁从士庶许纵赏，御史台有榜不得弹劾……车驾临幸往往取二十日"，"自三月一日至四月八日闭池"。另周城的《宋东京考》卷十收

---

① 李濂：《汴京遗迹志》卷八，见《景印文渊阁四库全书》，台湾"商务印书馆"1986年版，第 587 册，第 598 页。

② 马端临：《文献通考》卷一五八，见《景印文渊阁四库全书》，台湾"商务印书馆"1986年版，第 613 册，第 547 页。

③ 马端临：《文献通考》卷一五八，见《景印文渊阁四库全书》，台湾"商务印书馆"1986年版，第 613 册，第 547 页。

④ 宋敏求：《春明退朝录》卷中，见《景印文渊阁四库全书》，台湾"商务印书馆"1986年版，第 862 册，第 519 页。

⑤ 叶梦得：《石林燕语》卷一，见《景印文渊阁四库全书》，台湾"商务印书馆"1986年版，第 863 册，第 539 页。

⑥ 赵汝愚：《宋名臣奏议》卷一四五，见《景印文渊阁四库全书》，台湾"商务印书馆"1986年版，第 432 册，第 853 页。

录的《岁时记》中也载道"每岁三月一日开金明池，御史出榜晓示，许人游赏"。虽然两种说法在时间上有所差异，但都昭示了金明池定时对外开放是肯定的。同时，不管哪种说法，从金明池开放的时间来看，都几乎有一月之久。在孟元老的详述中，可以看到皇家车驾"观争标锡宴于此"，"观骑射百戏于此池之东岸"，"驾幸宝津楼诸军呈百戏"的同时，金明池"不禁游人，殿上下回廊，皆关扑钱物、饮食，伎艺人作场、勾肆，罗列左右……游人还往，荷盖相望"①。

金明池这一演变过程被仁宗朝的苏颂在《和胡俛学士游西池书事》一诗中最为全面地表现了出来："皇都有沧池，……非同泗渊滥，盖用昆夷策。……一时军事严，四表皇威赫。承平垂百年，声教重九译。朝惟讲文物，民亦厌金革。楼戈无复用，池篽因不易。……灵囿无禁止，都人任游适。轮蹄去若狂，锦绣委如积。临流错杯盘，列肆张幄帟。金缯乐挥散，采翠乱狼藉……"②

他讲到了最初此处如同汉武帝凿昆明池一般，以平南方战事。太祖与百官亲临此处，以阅水师演习。想见那时，池上水色碧透，百舸争流，阵法多变。随着承平时期的到来，北宋重文抑武，水战转为水嬉，为时代增色。池开不禁，都人车如流水马如龙来此度过春日佳节，或流觞曲水，或翠幄张天，雅集作乐。

随着战事的平定，皇室对金明池逐渐开放。从这个意义上讲，金明池功能的演变也标志着太平盛世的到来。

三、金明池的建筑景观形成过程

金明池的景观建筑与发展过程应该是北宋政治经济文化的缩影。既是对

---

① 孟元老著，姜汉椿译注：《东京梦华录全译》卷七，贵州人民出版社 2009 年版，第 122 页。

② 本书引用诗歌都来自《全宋诗》，北京大学古文献研究所编者，北京大学出版社 1999 年版。

历史文化的传承，也是园林建筑水平的一大创新，成为与唐代"曲江池"并美的城市建筑景观。

宋初至于中期，此处建筑景观还只是寥寥，"中有台榭"①，"有水心五殿，……西有教场亭殿"②。生于真宗年间的宋敏求在《春明退朝录》卷中曾遗憾地道来："唐曲江，开元、天宝中，旁有殿宇，安史之乱后尽圮废。文宗览杜甫诗云：'江头宫殿锁千门，细柳新蒲为谁绿？'因建紫云楼、落霞亭，岁时赐宴。又诏百司于两岸建亭馆。太宗于西郊凿金明池，中有台榭，以阅水戏。而士人游观。而士人游观，无存泊之所。若两岸如唐制设亭馆，即踰曲江之盛也。"此中便写到了金明池中仅有皇家观览的场所，缺乏游人栖息的地方。但从仁宗时期蔡襄的《城西金明池小饮二首》其二的"……从此曲江芳物好，定知重到更疑留"诗中，可见得此时的金明池已经给人异代曲江的感受，建筑景观在不断丰富。宋敏求卒于神宗元丰二年，可惜无缘目睹金明池在徽宗年间大修之后的盛况，"徽宗政和中，于池内建殿宇，池门内南岸西去百余步有临水殿，北去百余步有仙桥，朱漆栏楯，下排雁柱，中间隆起，如飞虹之状。桥尽处而殿正在池中，四岸石甃。南有高台，上有横观，广百丈许，曰宝津楼。楼之南有宴殿，殿西有射殿，南有横街，牙道柳径，乃都人击球之所。车驾临幸，观骑射百戏于此。"③这段记录与约生于徽宗年间的孟元老在《东京梦华录》中卷七《三月一日开金明池琼林苑》中的记载两相吻合。可知，金明池的景观建筑逐渐在完善，至徽宗年间达到鼎盛。

---

① 宋敏求：《春明退朝录》卷中，见《景印文渊阁四库全书》，台湾"商务印书馆"1986年版，第862册，第519页。

② 王应麟：《玉海》卷一四七，见《景印文渊阁四库全书》，台湾"商务印书馆"1986年版，第946册，第804页。

③ 李濂：《汴京遗迹志》卷八，见《景印文渊阁四库全书》，台湾"商务印书馆"1986年版，第587册，第598页。

四、承接北宋繁华的金明池

金明池在北宋初年便逐渐淡化军事气息，皇家车驾与庶民游踪混杂其间，文人多对此有所吟咏，使之成为北宋时期经济文化繁荣，天下太平祥和、百姓安居乐业的象征。

宋太宗驾临金明池上，留下《缘识》一首："朱明日盛残花卉，琼苑争游諠帝里。宝马香车去复来，几许人心欢不已。金明水上浮仙岛，画舸龙舟非草草。世宁清静验如然，老者携小少随老。匼匝烟云杨柳岸，罗绮纵横长不断。五谷丰登顺四时，亿兆歌谣绝愁叹。康哉阗咽芳林下，一看难酬千万价。千平听在乐声中，比屋可封民自化。"诗中颇见北宋开国初年的气象。都人在初春时节都涌向都城西面的金明池，熙熙攘攘，笑语喧天，共同庆祝这割据分裂了近百年之后的太平盛世。此诗中宋太宗为缔造了这一盛世的自得自满之意油然溢出。梅尧臣对此也有所题咏"三月天池上，都人袨服多。水明摇碧玉，岸响集灵鼍。画舸龙延尾，长桥霓饮波。苑光花粲粲，女齿笑瑳瑳。行袂相朋接，游肩与贱摩。津楼金间采，幄殿锦文窠。挈榼车傍缀，归郎马上歌。川鱼应望幸，几日翠华过"。（《金明池游》）在他的诗中，更为全面地展现了金明池三月开池的盛况。此间人人春服既成，接踵摩肩地相继来此。皇家与庶民各自乐有其所。金明池中的宝津楼和水心殿在日光水波的光影间错金缕彩。明艳动人的似锦繁花与明眸皓齿的如花仕女花面交相辉映，又有翩翩佳公子驻马行歌而归。这种都市的盛况之美震动了初次来此的仁宗时人韩维。他写诗记道："绣鞯金羁十里尘，共传恩诏乐芳辰。千重翠木开珍圃，百尺朱楼压宝津。御麦初长遮雉雉，宫花未识骇游人。自怜穷僻看山眼，来对天池禁籞春"。（《城西二首》其一）另一位仁宗时人刘敞的《春日作》更是将北宋繁华如金明池水平铺春色的景象道来："天王城西金明池，三月欲尽花菲菲。游人白马黄金羁，騑骖结驷来金堤。禁城恩波无远迩，清光面面均流水。"

金明池上最有特色的莫过于由"水战"转化的"水嬉"。仁宗庆历二年进士苏颂在《和胡俛学士游西池书事》中更是详述了金明池"水嬉"热烈竞技的情状，"……舟师校艨冲，乐佾锵金石。翔禽鼓轻翰，潜鳞跃修额。鸣鼍促繁节，阴兽荡精魄。浮吹时往来，彩标纵争获。鱼龙随变态，波浪相激射。何妨试趫勇，岂徒观戏剧。吾皇兹豫顺，庶物遂阛怿。……"昔年的肃杀水战演习演化为嬉水游戏。水上有"浮吹"乐作，这说的正是孟元老在《东京梦华录》卷七"驾幸临水殿观争标锡宴"中提到的配合乐声进行的"水傀儡""水秋千"。它们是诸船准备竞标的前戏。孟元老在此卷此条中接着详述了"彩标纵争获"的情景："……又以旗招之，则诸船皆列五殿之东面，对水殿排成行列，则有小舟一军校执一竿，上挂以锦彩银碗之类，谓之'标竿'，插在近殿水中。又见旗招之，则两行舟鸣鼓并进，捷者得标，则山呼拜舞……"对此水嬉，也惊动了久闭深宫的宫人，"内人稀见水秋千，争擘珠帘帐殿前。第一锦标谁夺得，右军轮却小龙船。"（王珪《宫词》）足以推想这些水嬉活动是如何扣人心弦，最后争标得胜后的欢呼如在眼前。对此仁宗时人夏竦在《奉和御制幸金明池》也有表述："……珠网金铺兮豫章馆，风樯桂楫兮木兰船。象潢仪汉兮澄波远，激水寻橦兮妙戏全。仁帝晖兮凝制跸，人焕衍兮欢心逸……"，"……岂同周穆临瑶水，凯乐雍容浃庶民……"在金明夺标的活动中，天子与民同乐的气氛达到高潮。

从这些记录城市繁华的诗歌中也可得知，并非每年天子都会来此。仁宗时的王珪的《宫词》中就记下了一次御驾未来的记录："三月金明柳絮飞，岸花堤草弄春时。楼船百戏催宣赐，御辇今年不上池。"旧时融合天气，金明池上楼船巍峨，宝津楼下百戏喧扬，却未见天子车驾，在春日中略显寥落。

金明池除了在娱乐功能上如同唐代曲江池，还因与南面琼林苑南北相对，成为及第进士登第后的游览之所。

叶梦得的《石林燕语》卷五中载道："余时正登第在京师。初成，琼林赐燕，蔡鲁公为承旨，中休往登以观，至半辄坠水（金明池），几不免相继。"从这条记录可看出，琼林苑的活动往往与金明池相继。在宋人的诗歌中也可看出这种痕迹。在晏殊的《上巳琼林苑宴二府同游池上即事口占》诗题中可印证叶梦得所言不虚。在王禹偁的《谪居感事》中就提到他从琼林苑前往金明池的一系列殿前君臣互相唱和的活动:"……琼苑观云稼,金明阅水嬉。赏花临凤沼,侍钓立鱼坻。拂面黄金柳,酡颜白玉卮。分题宣险韵,翻势得仙棋。竟举窥天管,争燃煮豆萁。恨无才应副,空有表虔祈。睿睠偏称赏,天颜极抚绥。中官赐文字,院吏捧巾綦……"仁宗时期的进士文同在《和子山种花》其三中也回忆起在这两处的春风得意时:"曾宴琼林烂熳红,宝津楼下看春风。今朝忽向君家见,犹忆当年醉眼中。"王安石在异地临津相似的风景中也追忆起在此中的黄金岁月,"临津艳艳花千树,夹径斜斜柳数行。却忆金明池上路,红裙争看绿衣郎。"(《临津》)这一年身着御赐绿袍的新晋进士中走来了王安石。他于庆历二年登杨寘榜进士第四名。他对运转了将近百年的北宋怀着挥斥方遒,指点江山的热情初入宦海。而他于熙宁五年所作的《九日赐宴琼林苑作》中却流露出忧国忧民,时不我待的情绪来:"金明驰道柳参天,投老重来听管弦。饱食太官还惜日,夕阳临水意茫然。"此时正值他变法时期,他在北宋的表面繁华中看到了帝国的隐忧。也有"黄金榜上,暂失龙头望"的士子落第于此,在金明池中排解心情,"骑杀青都白玉麟,归来狂醉后池春。人间得丧寻常事,不避郎君走马尘。"(郑獬《下第游金明池》)金明池与琼林苑的活动相连,更进一步强化了此处的文人气息,赋予了金明池别样的意味。在更多的时候,金明池和琼林苑成为"开池"期间的游览场所。从秦观的《西城宴集元祐七年三月上巳日诏赐馆阁官花酒以中澣日游金明池琼林苑又会于国夫人园会者二十有六人二首》题目上可知他们在农历三月十一至二十日中澣日中游览金明池和琼林苑。

"城市内有一系列大小的城市空间……不同的空间形式和各种空间的有机结合使人们形成了对城市的印象。城市空间激发人们对自己城市的归属感和自豪感……"①在东京这座城市的金明池空间中,这种祥和喜乐的城市氛

---

① 唐思风、邹楠:《古代城市街巷空间艺术的浅探》,《建筑与环境》2007年第2期。

围浸淫着城市的居民，也使他们形成了对这座富庶的王朝都城的居留印象。于是帝都的繁华令经历过此处的士人念念不忘，成为他们心目中难以忘却的都市标志性景观回忆，如张先在《次韵蔡君谟侍郎寒食西湖》中对着眼前景色想到了金明池的水嬉："飞飞画舰绕花洲，霁雨浮花出岸流。谁广金明为水战，自来银汉有霓舟……"神宗时期的沈辽在《郊外马嘶》中动情地写道："春草满空春水流，土人放马白苹洲。细风迟日嘶鸣处，遥忆金明池上游。"贺铸也在《上巳有怀金明池游赏》中提到"西城小雨宿尘消，春水溶溶拍画桥。拾翠汀洲白苹发，披香宫殿紫云高。彩舟日晚绮罗醉，油幕风晴丝管焦。侠少朋游应念我，一年佳赏负今朝"，怀念起在金明池"少年侠气，交结五都雄"的情形。身在扬州的李廌忆帝乡的回忆中也选择了金明池："上国兹晨每豫游，仙仗缭绕来瀛洲。天王高御宝津楼，侍臣壁立环诸侯。箫韶引风摇树羽，晴波飞影动宸旒。阑干仙人深雾縠，楼前彩缆系龙舟。锦标霞举夺日精，万楫竞渡驰蛟虬。天颜一解四海春，乐岁已忘凶年忧。况今持盈戒欹器，不使逸豫常从流。锦帆高张亦佳耳，清汴东注贯扬州。"

五、承载东京梦华的金明池

北宋的繁华被"靖康之难"的突如其来生生中断。金兵攻入东京，对这座城市造成巨大的破坏。郑刚中《北山集》卷十三《西征道里记并序》中说："琼林苑，北人尝以为营。至今围以小小城。金明池，断栋颓壁望之萧然。"一代御苑成为了金人驻扎之所，残垣断壁中胡尘弥漫。《汴京遗迹志》卷八中也记到了金明池在战乱中的结局，"后毁于金兵"。南宋晚年的汪元量在被迫北房的过程中也写下"昨日金明池上来，艮岳凄凉麋鹿邅。麦青青，黍离离，万年枝上鸦乱啼"（《夷山醉歌》其一）这样凄凉的诗句。

孟元老在《东京梦华录》"序言"中，解释了何谓"东京梦华"，"古人有梦游华胥之国，其乐无涯者，仆今追念，回首怅然，岂非华胥之梦觉哉！"金明池虽然逐渐成为废墟，但它作为北宋都城的标志性建筑景观和北宋王朝的承平象征频频出现在南渡文人和南宋文人的诗中，成为永不消逝的壮丽城市景观。他们用诗作再现了一座不朽的金明池和一个太平日久的王朝背影，或表达对远去安然岁月的怀念，或以此表达还我河山的壮志，或表达从未相见的遗憾，总之，金明池承载着他们东京梦华的追忆。

徽宗进士王之道南渡避难江左时，在江南的烟花几万重中抒发着自己霜发三千丈的忧愁："看花令我忆金明，五月尊罍竹叶青。窈窕宝津楼下路，断肠千里四周星。"(《榴花》)又有徽宗进士沈与求在《山西行》中就借歌咏山西健儿的勇猛借以抒发收复故土的情怀："山西健儿好身手，气如车轮胆如斗。……自夸豪健天下无，誓为官家扫群丑。蛮夷共事古来危，监军巧落他人机。黑山未靖黄河沸，边尘倏忽连紫微。长驱中州斥候绝，已闻饮马金明池……"在这首歌行体中，他怀想山西壮士长驱直入，所向披靡，以饮马金明池作为还我河山的重要标识。

徽宗时人朱翌避难流落荆楚，观端午时招魂楚大夫屈原的江上龙舟竞技时，也对此怀念起亲身经历过的汴京金明池水嬉：

> 英英屈大夫，遗骨沦湘湄。楚人念何深，叫空冤水妃。虽无些词招，顾有铙鼓悲。忆昨上巳日，纵观金明池。突殿隐负鳌，长桥低卧蜿。诸公贵人来，珠幢绀幰随。两军各气焰，万楫生光辉。龟鱼戢影避，虎龙挟翼飞。想当大军后，益觉游子稀。况我中兴君，高拱绝宴嬉。羁人老淮楚，古寺临长溪。节物亦撩人，风俗自随时。往来两舴艋，规模具体微。邑人乐丰年，聚观眼不移。捐金赏先至，顿足助绝驰。在昔攻战具，今但娱群儿。因而语兵法，可以威四夷。八宝水中央，大海压左坼。其中椎剥奸，连舰扬鼓旗。先事能预防，在易则见几。作诗示周郎，赤壁有成师。(《竞渡示周宰》)

> 楝花角黍五色缕，一吊湘累作端午。越人哀君槭迎汝，呼声动地汗流雨。鱼虾走避无处所，小试勒兵吾有取。楼船将军下潢浦，佽飞射士彍强弩。大堤士女立如堵，乐事年年动荆楚。却忆金明三月天，春风引

出大龙船。二十余年成一梦，梦中犹记水秋千。三军罢休各就舍，一江烟雨朱帘夜。隐隐滩声细卷沙，沙浅滩平双鹭下。（《端午观竞渡曲江》）

相似的场景时时勾起南渡来此的北人的故国情怀和异乡之感。在战乱中，朱翌多么希望这种水嬉还原成最初的"水战"，如赤壁之战"舳舻千里，旌旗蔽空"一般大胜而还。而偏安南方的居民却在苟安求和的岁月中忘记了战争，忘记了屈辱。在一切喧嚣结束之后，烟雨江南中的朱翌有一种落寞的情怀在滩声拍击中回荡不止。

还有一些生长于南宋时期的文人，无缘得见金明池的盛况，只能向文献、向故人口耳相传的传说中去想象曾经的东京梦华，如生于绍兴二十二年为宋南渡名将张俊曾孙的张镃在《三月望日微雨泛舟西湖四首》其三中写道："倭缋帘垂柳外楼，睹妆微露玉搔头。承平气象应如此，忆杀金明水殿游。"临安皇都的三月西湖景致也如许撩人，催人联想宋朝全盛时期的气象。他对金明池的水嬉的联想仍构成"故国平居有所思"的情怀。生于淳熙十年的岳飞之孙岳珂作《宫词一百首》，自序元："……比因棠湖纶钓之暇，适犹子规从军自汴归，诵言宫殿、钟簴俨然犹在。慨想东都盛际，文物典章之伟观，圣君贤臣之懿范，了然在目。辄用其体，成一百首，以示黍离宗周之未忘。其间事核文详，监今陈古，固有不待美刺而足以具文见意者。辒轩下采，或者转而上彻乙夜之观，庶几有补于万一云。"他以此表达对陷于沦陷区的故都的黍离之叹。其中其一和其二十四都提到了他想象中的金明池："五色云烟覆帝城，御沟流水接金明。晓来珂伞沙堤闹，万岁声中贺太平。""十里金明贯宝津，鸭头新绿水粼粼。玉卮齐献尧阶寿，柳色花光一样春。"随着金明池全盛时期的场景之再现，岳珂对故国的怀想也越发加深。

这是一种城市的"文化想象"。这种想象属于城市的存在状态之一。城市的存在状态有三种：第一是城市的当下状态，第二是城市的历史形态，第三则是关于城市的各种想象。这种想象超离于当下状态之上，但与当下相关，是对当下城市缺失状态的想象弥补。这种想象又与城市的历史形态紧密相关。它的发生主要来自于城市的历史影像。"积淀在各种历史文本之中的都市的文化碎片，散落在读者的心田，读者会把这些东西与他对当下的都市的认识混同起来，结果在他的脑海中形成了对于这个都市的文化想象。"①无缘得见金明池的盛况的南宋文人用这种"文化想象"再现了消逝在历史时间深处的东京和北宋王朝。

而"当文学给予城市以想象性的现实的同时，城市的变化反过来也促进文学文本的转变"，②当消失在时间中的金明池在这些文人的城市文本中再生的同时，东京的巨变也使得关于金明池的表述从"表现"变成了"再现"。

金明池作为北宋著名的皇家园林，在时间中逐渐淡化了最初的军事意义，逐渐转变为天子与民同乐的场所，如同异代的"昆明池"转变成"曲江池"。这种转变正是承平气象的表现。于是金明池的繁华成为王朝帝国昌盛的一种象征，在北宋文人的歌咏中进一步强化了这种涵义。等到南渡之后，实体的金明池随着王朝的消亡渐成废墟，而它却在南渡宋人对故国的追思歌咏中鲜活再现。此时对它的提及，不仅是对故都不可磨灭的追忆，而且是对北伐还我河山的期盼。于是金明池不仅仅作为东京的建筑存在，在宋人赋予它的涵义中具备了景观的意义，即在物质的建筑上生成了审美意义和社会意义。

这些记载金明池的诗歌作为城市文学的一种，在"文学表现并再现城市"这个角度上，一方面表现了北宋东京的情态，一方面因文人加诸于此的涵义给予了消亡在历史中的东京永不褪色的存在意义。前者是城市生活加之于文学形式的结果，后者则是文学形式加之于城市生活的结果。因此，这种城市与文学的关系正契合了理查德·利罕在《文学中的城市》一书中提出的中心观点"城市是都市生活加之于文学形式和文学形式加之于都市生活的持续不

---

① 刘旭光：《作为审美对象的城市》，见《城市史与城市社会学》，上海三联书店 2013 年版，第 148 页。

② 理查德·利罕：《文学中的城市》，上海人民出版社 2009 年版，"前言和致谢"第 3 页。

断的双重建构"。① 都城东京赋予金明池北宋繁华的象征意义，文人因此而感知认知这座城市乃至这个王朝。在这个过程中，文人用城市文学之一种，即诗歌的文本确认了这种对应。这些北宋的城市文本又反过来影响了南宋乃至后人对这座城市的认知印象，并形成了新的象征意味。于是，金明池便不仅仅是为物质性的存在，而是承载了人参与并创造城市历史的厚重意味。这些渐渐构成了"城市的历史文脉"②。而"帝国的兴衰是任何城市历史的重要主题之一"。③ 在城市的文本宋诗中，承载着"东京繁华"和"东京梦华"的金明池在某种程度上折射着这个都城背后宋帝国的盛衰命运。

　　"倭鬟帘垂柳外楼，睹妆微露玉搔头。承平气象应如此，忆杀金明水殿游。"

（元）王振鹏《龙池竞渡图卷》

---

① 理查德·利罕：《文学中的城市》，上海人民出版社 2009 年版，第 3 页。

② 荆其敏、张丽安：《城市母语——漫谈城市建筑与环境》，百花文艺出版社 2004 年版，第 364 页。

③ 理查德·利罕：《文学中的城市》，上海人民出版社 2009 年版，第 28 页。

第五节　雅集："吹台"的地点考察与景观意义

北宋都城东京是一座历史悠久的古都。在北宋建都之前，战国时期的魏，西汉时的梁国、五代时期的后梁、后晋、后汉、后周都曾以此作为首都。在这座古都中，朝代的演义、人事的变迁使其形成了积淀深厚的"城市母语"。"城市母语是人内心对城市的认知、思考的最具体也最完整的呈现，是人对城市建筑风貌、特点的体验和反映，具有深厚的人文内涵。"① 于是，位于城市中的，那些越过朝代纷繁仍然存在的建筑或遗址因为有了历史人事的浸淫，成为城市与人关联的重要链接。与此同时，文人在此停留的歌咏也使其具有了超越于建筑物质意义之外的"超验"感，成为城市景观之一。这些"文本中的建筑承担着人物活动的场所、时间推移的标志、情节推进的手段、情感抒发的媒介乃至主题意蕴的折射等诸多功能，是城市书写之不可或缺的组成部分，也应当是城市文学研究中的重要观照对象"。② 在这其中的"吹台"便是其中著名的建筑景观之一。本书试从城市建筑景观的角度，以《全宋诗》中与"吹台"相关的篇目作为主要考察文本，来看待城市与文学的关联。

一、被宋人嫁接典故的"吹台"

"吹台"在清代学者周城《宋东京考》卷十的记载中位于"城东南三里许，一名平台"。除此之外，它还有别名，"本师旷吹台，汉梁孝王增筑之，为鼓吹台，一名梁台。"在北魏郦道元的《水经注》卷二二中，它因"晋世丧乱，乞活凭居，削堕故基，遂成二层，上基犹方四五十步，高一丈余，世

---

① 荆其敏、张丽安：《城市母语——漫谈城市建筑与环境》，百花文艺出版社 2004 年版，第 1 页。

② 赵坤：《中国城市文学中的建筑书写》，武汉大学博士论文，2012 年。

谓之乞活台"。它"后有繁氏居其侧，里人乃以姓呼之""繁台"（乐史《太平寰宇记》卷一）。在明人陈耀文撰写的《天中记》卷一五中，又因"谢惠连于此赋雪，又名雪台"。不仅如此，"古人见诸歌咏者多矣"（周城：《宋东京考》卷十）。正始时期的阮籍就在此有"驾言发魏都，南向望吹台。箫管有遗音，梁王安在哉"的《咏怀诗》。在唐时，杜甫"尝从白及高适过汴州，酒酣登吹台，慷慨怀古，人莫测也"。（欧阳修等《新唐书》卷二〇一）在此留下《遣怀》诗："昔我游宋中，惟梁孝王都。名今陈留亚，剧则贝魏俱。……忆与高李辈，论交入酒垆。两公壮藻思，得我色敷腴。气酣登吹台，怀古视平芜……"中唐的李贺有《梁台古意》："梁王台沼空中立，天河之水夜飞入。台前斗玉作蛟龙，绿粉扫天愁露湿……"至于五代宋朝，于此登临游览的文人也堪称纷纭。江少虞《宋朝事实类苑》卷第三九记到，五代的王仁裕与门生曾于此雅集，"……适暮春，与同门生五六人，从公登繁台佛舍。繁台，即梁孝王吹台也。公是日饮酒赋诗，甚欢，抵夜方散。尝记得公诗曰：'柳阴如雾絮成堆，又引门生上吹台。淑景即随风雨去，芳樽宜命管弦催。谩夸列鼎鸣钟贵，宁免朝乌夜兔摧。烂醉也须诗一首，不能空放马头回。'其天才纵逸，风韵闲适，皆此类也。"北宋初期的梅尧臣也在此与好友登台有感，"在昔梁惠王，筑台聚歌吹。笙箫无复闻，黄土化珠翠。当时秦兵强，今亦归厚地。"（《同江邻几龚辅之陈和叔登吹台有感》）可见吹台在春秋战国时出现，直到宋依然存在。

文人提到此处时，有了两种说法。按照阮籍和梅尧臣的歌咏，可见是战国时梁惠王所筑。而按照杜甫、李贺、王仁裕的说法，则与西汉时期的梁孝王刘武有关。我认为吹台最先是与梁惠王有关，随着历史的推移，它逐渐与梁孝王合为一体。

今人赵为民在《开封古吹台肇建考》一文中对此作出了详细考证。晋人阮籍《咏怀》诗云："驾言发魏都，南向望吹台。箫管有遗音，梁王安在哉？战士食糟糠，贤者处蒿莱。歌舞曲未终，秦兵已复来。夷林非吾有，朱宫生尘埃。军败华阳下，身竟为土灰。"从诗中的"魏都"和"秦兵"以及"华阳"这些词句，都指向战国时期以大梁为国都的魏国之往事。将这首诗与梅尧臣的"在昔梁惠王，筑台聚歌吹。笙箫无复闻，黄土化珠翠。当时秦兵强，今亦归厚地"（《同江邻几龚辅之陈和叔登吹台有感》）诗两相印证，可知古大梁今汴京的吹台最早是与梁惠王有关。赵为民最后认为，"开封古吹台创建于战国时期，为梁惠王所筑。相传师旷筑吹台，实为梁惠王为纪念师旷而筑吹台之误。梁孝王创建吹台或增筑吹台之说，实为筑商丘平台之误。"①他这种说法是有根据的，但也有值得商榷的地方。虽然他谈到，关于梁孝王与开封古吹台之关系，明人刘昌即已提出质疑。刘昌《吹台驻节诗序》云："夫孝王国于梁，自是梁郡（郡，当为国）在归德州睢阳宋城之间，李白所作'梁园吟'正指此。开封在汉为陈留郡，非孝王封内，则吹台乌得孝王台邪？"（李濂《汴京遗迹志》卷十五），但也有其他的说法。郦道元的《水经注》卷二二就记到"《竹书纪年》梁惠成王六年四月甲寅，徙都大梁是也。秦灭魏以为县。汉文帝封孝王于梁。孝王以土地下湿，东都睢阳，又改曰梁"。唐李吉甫《元和郡县志》卷八也记到"梁王都大梁，以其地卑湿，东徙睢阳，今宋州是也"，可见历史上梁孝王有过一次迁都的行为，从大梁（开封）迁往睢阳（商丘）。虽然睢阳属宋州，但国号仍以"梁"继。因此，在某种程度上，就将睢阳也加上了"梁"的地域名称。除此之外，梁孝王在睢阳大筑宫室园林，"……于是孝王筑东苑方三百余里，广睢阳城七十里，大治宫室；为复道，自宫连属于平台五十余里……"（司马迁《史记》卷五十八）不仅如此，他在离开大梁时，还在大梁筑起了一道"蓼堤"连接到"宋州"睢阳。"蓼堤在（开封）县东北六里，高六丈，广四丈，梁孝王都大梁，以其地卑湿，东徙睢阳，乃筑此堤至宋州，凡三百里。"（李吉甫《元和郡县志》卷八）因此，就有学者认为"此蓼堤当是与'东苑'相配合以连接梁宋。这说明梁园的范围确甚广阔，在前人心目中，'梁园'概念所反映的区域似已是东起

---

① 赵为民：《开封古吹台肇建考》，《音乐研究》1996 年第 4 期。

雏阳，西达开封。"①周城的《宋东京考》卷十就记载，"梁园"也是在京"城东南三里许。世传为汉梁孝王游赏之所"。这种说法依此当有根据，并非误传。可见得，在开封和商丘各有一处高台，而且梁孝王在两处都留下痕迹，因此位于开封的吹台渐渐与梁孝王紧密相连了，就连在商丘的平台也渐渐与此合为一体。唐时，李白、高适、杜甫三人曾游于此。按照他们的作品考证，应是在商丘，即杜甫所言的"昔我游宋中，惟梁孝王都"。李白也在此写下了《梁园吟》"平台为客忧思多"。杜甫应是晚年误记，才写下了他们登上的是"陈留（开封）"的"吹台"②。而就在这样的误记中，赋予了位于开封的吹台被嫁接的含义。这种说法逐渐被因袭下来，"甲午，以高明门外繁台为讲武台，是台西汉梁孝王之时，尝按歌阅乐于此，当时因名曰吹台。其后有繁氏居于其侧，里人乃以姓呼之，时代绵寝，虽官吏亦从俗焉。"（薛居正等《旧五代史》卷四）

在宋人的视角中，他们并非不知位于汴京吹台与战国时期的梁惠王有关。除了梅尧臣提出了这样的看法外，仁宗时进士刘敞也从另一个角度如此认知。他有《送晏公留守南都》诗。从诗题看，就指向北宋的南京商丘，题中"晏公"是晏殊。他于公元1027年，留守南京，在此兴办教育。"自五代以来，天下学校废，兴学自殊始"（脱脱《宋史》卷三百十一）刘敞尾句"复道平台弥百里，邹阳何处曳长裾"中的"复道平台"指的正是历史中实际上位于商丘的梁孝王吹台。他最后对晏殊的南行寄托了殷殷的厚望，希望他恢复起此地消失已久的文坛佳话。显然，宋人已知"吹台"的真实所指和所在，却将位于汴京的吹台多赋予汉代梁孝王的故事，并以此展开吟咏。

由五代南唐入宋的徐铉在《使浙西先寄献燕王侍中》诗中写到在浙西想念京都，设想与友相约游玩的情形，"……五年不见鸾台长，明日将陪兔

---

① 谢宇衡：《杜甫〈遣怀〉诗"吹台"辩》，《文学遗产》1991年第3期。

② 谢宇衡：《杜甫〈遣怀〉诗"吹台"辩》，《文学遗产》1991年第3期。

苑游。欲问平台门下吏，相君还许吐茵不"。这其中提到的"兔苑"指的正是京城与梁孝王有关的"梁园"或"梁苑"，因此尾联的"平台"也与此有关。可见宋人将在商丘的梁园和平台都嫁接于东京了。仁宗时进士宋庠有《暑雨初霁》。按照诗意，宋庠此时应不在汴京。在描写了雨后清爽清丽的景色后，他在倚栏杆处平生出对远方京华的无限相思，"凭高更结京华恨，魂绕梁园旧吹台"。在诗中，他明确把吹台梁园与汴京两处联系在一起。王安石也有《梁王吹台》诗提到了这种联系，"繁台繁姓人，埋灭为蒿蓬。况乃汉骄子，魂游谁肯逢。缅思当盛时，警跸在虚空。蛾眉倚高寒，环佩吹玲珑。大梁千万家，回首云蒙蒙。仰不见王处，云间指青红。宾客有司马，邹枚避其锋。洒笔飞鸟上，为王赋雌雄。惜今此不传，楚辞擅无穷。空余一丘土，千载播悲风。"首先他提到了梁王吹台即汴京的"繁台"。虽然随着时间流逝，王侯名士云集吹台的吟咏歌吹慢慢风流雨打风吹去，沦落为平民聚居的寻常所在，但这个地点的存在意义却来自前者。他依托史料的记载，"梁王与邹、枚、相如之徒，欢游于其上，故亦一时之盛事"（陈耀文《天中记》卷十五），怀想出汉时此处的盛况。云间高台之上，在梁孝王招贤纳士的诏令下，在大汉帝国广袤的版图上，四方的才子云集在此。歌舞婆娑，环佩玲珑，宛若天音，从高台上散落成落英缤纷。在歌吹欢笑中，来自蜀中的司马相如，从狱中获释被奉为上宾的邹阳，从吴国投奔至此的枚乘各自以自己五色的彩笔在此书写这个时代最华丽的赋章，凤凰一样翱翔在这个历史的时空中。其时，司马相如的《子虚赋》成为西汉大赋的名篇，光芒湮没了枚乘的《柳赋》,《梁王菟园赋》，如今却篇存人亡。王安石的追忆屡屡被当下呼啸而过的悲风打断。云深压城，那些出现过的人事片段地闪过，又慢慢淡出历史的时空。战国时期的大梁正是王安石彼时的汴京，很显然，他将历史上存在于商丘的梁王故事移植到此。就是生活在南宋的刘克庄也依照这种思维写下了《和高九万雪诗》，在慨叹高九万贫士不遇的同时，也为他的才华作出了有力的肯定和展望，"君才堪续梁台赋，早晚楼船济汴河"。

除此之外，明人陈耀文也认为此处称雪台不妥，"夫谢居江左，赋假相如，安得云'于此赋雪'耶？通志因之，俱误。"（陈耀文《天中记》卷十五）但吹台又名"雪台"的称谓也被宋人承袭下来。刘克庄有《十迭》其五中提道："赋繁台雪云将暮。"很显然，刘在这里用的正是谢惠连于此赋雪的典故。

因此，在宋人的视角中，"吹台"多作为一种与文学有关的地点所在被转移到了东京。"吹台"这一被嫁接意义的历史过程本身充满了文学意味。在这个地点，重叠着历史留下的一个个典故，因此"吹台"不仅仅作为东京的一个建筑存在，在这些意义的叠加中，它成为与这个城市有关的建筑景观和文学景观。

二、作为怀古幽情的对象和寄托怀才不遇情怀的"吹台"

法国建筑师鲍赞巴克所说："语言是我们学习和分享的共同回忆，我们也可将之转化成个人拥有的、独一无二的财富。每个人的空间和看见的事物都属于私人的回忆，但也属于情感的体验，建筑物的世界、各地的城市帮助我们将之转化为共同分享的记忆。因此，如果说建筑就像语言一样工作，或者说建筑旨在成为一种语言，这并不是一种愚蠢的说法。……在数个世纪中，建筑的核心理念，旨在分享所有人都可触及的回忆，因为它是一种公众的艺术。"[1] 承接了几千年历史的"吹台"在宋人眼中，就是这样成为一种分享回忆的公众场所所在，作为怀古之幽情的对象而存在。

真宗时期进士穆修有《城南五题》，其中的《朱亥墓》就写到了这种情怀："闲登朱亥游侠墓，却望梁王歌吹台。台上墓边芳草绿，游人心事立徘徊。"按照周城的《宋东京考》卷二十中记载，"朱亥墓，在城西南"。可见得，穆

---

[1] 鲍赞巴克、索尔莱斯：《观看，书写：建筑与文学的对话》，广西师范大学出版社 2010 年版，第 142—143 页。

修是在此眺望城东南的"梁王吹台"。两处皆芳草萋萋，战国风云从历史的时空汹涌而过，斯人斯事历历分明却又倏忽远去，只留下不尽怀想和感慨。而吹台值得后人怀想的正是它与汉代梁孝王的关系。它作为君臣风云际会的象征为后世文人所感怀，因此它成为文坛佳话和怀才不遇抑或意欲得到知遇的典故频频出现在宋诗中。

仁宗时的宋祁有《看雪》，慨叹"平台宾客今何在，谁继邹枚从孝王"，以抒发此时的寥落之感。同时期的文同也抒发了这样的感受。他写到此时独自吟哦的寂寥后，引发了对昔日文坛唱和的羡慕之情，"……与谁把酒邀明月，独自吟诗到夕阳。因念平台有佳兴，邹生枚叟奉梁王。"（《登陵阳云山阁寄上吴尹》）

仁宗时的夏竦在《和太师相公秋兴十首》其十中先自谦了才华不及，文不成武不就后，明白抒发了自己时不我待的焦虑，"彤管少文堪约史，霜戈无艺可防边。孟诸苍莽平台远，坐对秋光又一年。"古宋国的大泽孟诸苍茫无边，梁王的平台杳渺，正如他昏暗不明的前景，他坐对时光的流逝忧虑而无奈。仁宗进士宋庠有《送巢邑孙簿兼过江南家墅》，他对友人的才华无人识深为惋惜，对其的"督租勾簿"的现状作了展望式的宽慰，"督租勾簿真沈俊，终冀梁台一召邹。"仁宗时人刘敞有《晨起汴上口占寄韩玉汝》，也表达着随时身入长安，东山再起的希冀，"……去远不堪登灞浐，言归时复念东山。梁台客在文章盛，修竹何当复共攀。"

神宗时人晁说之有《海陵闲居》，在描写了自己闲居海陵的悠闲时光后，仍然对暗暗滋生的白发有了惊心动魄之感。他的魂梦在明月下远逐梁王吹台而去，他的壮心未已，"莫话艰难催白发，从教颠倒长青苔。明朝此兴如能在，梦到梁王旧吹台。"徽宗时人张纲有《次韵苏晋翁见寄》，以反讽的笔调写下了对朝堂的失望，"不见梁王旧吹台，年来愁眼向谁开。求贤廊庙无虚日，报国涓尘自乏才……"南宋宁宗时人李龏的《梅花集句》其三七中以萧索荒凉的时代气象入诗，"听钟投宿入孤烟，旅馆寒灯照不眠。竹里江梅寒未吐，平台宾客有谁怜？"他以诗游士大夫间，似曾短期出仕。时代的江河日下和曳裾侯门的稻粱之谋使得宋季文人成为江湖游士,来去山林与城市之间,此中辛酸与落魄唯有自知。李龏作为时代文人的代表,在自怜之余,仍对自己的才华有着自负,却生不逢时。

"吹台"在宋人笔下,或成为真实歌咏的对象,或成为抒发情怀的典故。就在这样的书写下,宋人在这个真实或是虚拟的城市地点与历史对话,获得了一种心理上的慰藉和假想中的满足。与此同时,他们的书写也赋予了城市与这个建筑景观的紧密联系,构成城市的"文脉"。

三、作为都城胜地的"地标"和赠别之处的"吹台"

吹台在宋人的视角中,还是都城的一处名胜,一年四季都成为游览的佳处。王安石弟王安礼有《常州寄吕进之五言一首》。诗中极力地书写对分隔两地的友人的思念后,在尾联提出了与友人相聚京都,春游吹台的想望,"何时春风来,从我繁台游"。诗中的"春风"既是对时节的描述,也是对皇恩浩荡的期盼。神宗进士李之仪从战乱之地的河朔归来都城,在春日中也思念与友郊游的吹台,"河朔初辞爨析骸,都城还许谢烦埃。日长穷巷春归后,万绿阴阴锁吹台。"(《试笔柬赵德麟二绝》其一)

按照宋人的书写,在东京的文人多在重阳"九日"这天左右,登此吹台游览并题咏。国初的徐铉有《十日和张少监》,就写到了在此处雅集的情形,"重阳高会古平台,吟徧秋光始下来。黄菊后期香未减,新诗捧得眼还开。每因佳节知身老,却忆前欢似梦回。且喜清时屡行乐,是非名利尽悠哉。"他身处五代时的旧时岁月如梦般远去,进入新朝的他安于这种现世太平、岁月静好的悠悠时光。在登高度过佳节的吟咏中,他有一种"古今多少事,渔唱起三更""万事转头空"的情怀。贺铸有《九日怀京都旧游》,"昔年九日登临处,把酒梁王旧吹台。今年九日登临处,江上黄华殊未开。一川落日随潮下,万里西风送雁来。节物可惊人更老,宦情归计两悠哉。"在诗中他写到自己的京华岁月。在九日这天,他与仙侣侠朋相约登此吹台,把盏临风,思今怀古。而今相同的时间，不同的地点，引发的是他对年华老去，英雄迟暮的叹息。九日的怀想不仅是对时间流逝的追忆，更是对旧时京都的吹台上"少年侠气，结交五都雄。肝胆洞，毛发耸，立谈中，死生同，一诺千金重"的少年贺铸的深情追忆。北宋末年的胡寅也有《和李生九日二首》，其二中也提到了曾经的京华旧游，"骚客悲秋心易催，主人醾醴正时哉。登高何必仙家术，酬节聊凭笑口开。凤岭胜游诗自好，龙山高宴首空回。独余眇莽梁园念，想见黄花满吹台"。可见，曾经的九日佳节，胡寅与友人必是在吹台有过登临和雅集。而今又是九日，吹台上西风斜照，黄花满地，却不见旧时踪影。

吹台不仅是秋日登临的所在，而且在冬日也是出游的首选。神宗时人赵鼎臣的《次韵夏倪均父见和辕字韵诗六首》其六中就写到他与友人何得之，常子然在京都的游踪，"探花梁苑春骑马，踏雪繁台夜叩门"。很显然，赵将"谢惠连于此赋雪，又名雪台"的故事嫁接在此，进一步延续古人的文脉。

正因为"吹台"为都城名胜，哲宗时人胡刍与友人写下了在此盘桓的交游记录，"何郎闽越英，畴昔昧平生。邂逅同衾宿，夷犹共舸行。繁台半床梦，颍水一篙清……"（《口占赠何秀才》）仁宗时人宋庠也曾与友人聚于此地，效古人高会，"岁钥愁云暮，朋簪夕宴开。贤如颍川聚，兴是剡溪来。泻酒蟾波溜，雕章烛刻催。三英知绝拟，况复是平台。"（《凌景阳寺丞与韩综监簿，蔡襄秀才，雪夕会饮联诗数十韵以相示因成诗句》）这其中的"三英"指的正是被杜甫嫁接到此的与李白、高适登此台的典故。

因此吹台作为东京的地标，在离开京都的文人心中成为"望京"意象。梅尧臣有《乙酉六月二十一日，予应辟许昌。京师内外之亲，则有刁氏昆弟、蔡氏子、予之二季，友人则胥平叔、宋中道、裴如晦，各携肴酒送我于王氏之园，尽欢而去。明日予作诗以寄焉》。诗中详细写到在王氏之园中友人相送的深情，在尾句写到赠别的雅集风流云散后，他再度向这个友人所在的城市深情回望，"……酒阑各分散，白日将西颓。城隅遂有隔，北道望吹台。"他的视角正落在城东南的吹台上。仁宗时进士胡宿于雄州视远亭的登览中，在从历史的角度对历史上的人事作了总结"由来封略非三代，大抵渔樵似五湖"之后，也试图远望京都所在，"欲望繁台何处是，繁台不见见平芜"（《登雄州视远亭》），无尽延展的平芜将他的"望京"心理伸展到远方。

而宋人也多好在此赠别。宋初的田锡在诗中就写到这里曾经的别宴，"……都门柳色早春天，繁台寺中排祖筵。离杯满劝不惜醉，醉别上马魂黯然。客心易感须如是，回思故国三千里……"（《代书呈苏易简学士希宠和见寄以便题之于郡斋也》）诗中的"繁台寺"应是"天清寺"，周城在《宋东京考》卷十中记道："天清寺在宣化门外繁台前"。梅尧臣在吹台送友人南归，"梁王吹台侧，五月多荷花。荷开对翘鹭，吴客还思家。家在水中城，四面如铺霞。焉能长相守，千里独起嗟。补官东海上，物景莫言赊。"（《送李信臣尉节县先归湖州》）诗中提到了吹台侧有荷花池。仁宗进士文同有诗云"吹台北下凝祥池"（《采茨》），可与此相互印证。据周城的《宋东京考》卷十中载道："凝祥池，在普济水门西北会灵观侧。真宗时凿。夹岸垂杨，菰蒲莲荷，凫雁游泳其间，桥亭台榭棊布相峙。"可见吹台周围景致之佳。仁宗时人宋庠于漫天飞雪中在此送别失职的友人，有《送窦员外失职掌廪于沙苑牧监》，"平台飞雪欲成花，有客西征感鬓华。内史江淹空入梦，下邽罗雀此还家。鸿声不断关云黑，角弄初休陇月斜。驷牧未妨称吏隐，田园自有故侯瓜。"徽宗时人韩驹在十月寒风中赠别友人赴任，《送赵承之秘监出守南阳》："繁台十月寒飕飗，置酒共祖南阳侯。九士一客相献酬，皆言南阳山水幽。……"韩驹和其他友人以南阳山水风物之美劝慰即将离开的赵承之，却在临别时分潸然泪下。异地风物虽美，不抵此地人情之美。

"吹台"在宋人的往来和书写中，它的文学意义被进一步加强，成为都城登临的胜地，进而成为城市的地标，更成为与这所城市分离时的节点。这一切与此相关的文学活动进一步加深了此地景观的含义。

四、成为南宋文人对故国追思象征的"吹台"

南渡之后，宋帝国半壁江山落入异族之手，汴京沦为金国的首都。而在一百多年的南宋时期，时战时和的北伐战争仍然成为时代的主题，激动人心。就是到了宋季，这样的热望依然存在。南宋文人诗歌中"吹台"仍然存在，但因为地域的阻隔，远在沦陷区的"吹台"成为南宋文人的一种"城市想象"。而"城市想象""基于城市经验与城市叙述的不同性，它强调被赋予意义的'文本中的城市'，而意义的赋予则表明人们对文本的文化诉求"。①出现在南宋文人笔下，作为汴京标志性景观的"吹台"或是寄托了南宋人对故国的追思，或是寄托了北伐中原的决心，或是寄托了对时代没落的伤感。

南宋的韩淲，祖籍开封，在风雨中"凉风吹雨过城头"，在时节"不近重阳不是秋"中，平生出"断送清樽欺老病，吹台供得几多愁"的感受。(《禅月台》其三) 故国千里，只在梦中。林宾旸的《病鹤》更是以鹤比人抒发了对故国的思念，"松梢秋气怯霜衣，犹为山人守石扉。仙国灵丹无处觅，故乡华表几时归。心知海上云霄□，眼见林间燕雀飞。却恨吹台消息断，草烟城郭照斜晖。"刘克庄有《与客西湖上感事》："湖头双桨藕花新，五嫂鱼羹曲院春。只道西陵松柏下，繁台宾客更何人。"在假面繁华的南方临安，他仍然把关注的目光放到了北方的汴京。他微微地慨叹登临吹台的不是宋人了。金代学者赵秉文在《归潜志》卷九中就曾写道："……心知契阔留陈土，时复登临上吹台。目极天低雁回处，西风忽送好诗来。"可见吹台依旧存在，只是转换了人事。

理宗时人李伯玉写下了《送萧晋卿西行》："上马能击贼，下马能草檄。萧郎负此文武之全才，当卧元龙楼百尺。……贺兰鼠子不足平，底用西征出师表。凉州久苦寒烟埋，今年定见玉关开。凯旋只在春风后，趁取闲闲登吹台。"他高度赞美了友人的才华后，对北伐战争做了美好的设想，最后海清

---

① 张鸿声：《"文学中的城市"与"城市想象"研究》，《文学评论》2007 年第 1 期。

河晏，以登临汴京的标志性建筑景观吹台作结。

而南宋末年的诗人汪元量在《夷山醉歌》其一中，写到了城破国亡之后，被迫掳到北方的见闻："楚狂醉歌歌正发，更上梁台望明月。朔风猎猎吹我衣，绝代佳人皎如雪。挝羯鼓，弹箜篌，烹羊宰牛坐糟丘，一笑再笑扬清讴。遥看汴水波声小，锦棹忘还事多少。昨日金明池上来，艮岳凄凉麋鹿遶。麦青青，黍离离，万年枝上鸦乱啼。二龙北狩不复返，六龙南渡无还

"吹台"在宋人的往来和书写中，它的文学意义被进一步加强，成为都城登临的胜地，进而成为城市的地标，更成为与这所城市分离时的节点。这一切与此相关的文学活动进一步加深了此地景观的含义。

（元）夏永《黄鹤楼图》

期。金铜泪迸露盘湿，画阑桂柱酸风急。鸠居鹊构苍隼入，蛇出燕巢白狐立。东南地陷妖氛黑，双凤高飞海南陌。吴山日落天沉沉，母子同行向天北。关河万里雨露深，小儒何必悲苦辛。归来耳热忘头白，买笑挥金莫相失。呼奚奴，吹霹篥，美人纵复横，今夕复何夕。楚狂醉歌歌欲辍，老猿为我啼竹裂。"此番回到故国登临吹台，所见所感莫不令人追忆起百年前的北宋风华和变故，并联想到百年后此时的南宋王朝末日，心胆俱碎，伤悲无极。他无力改变历史的走势，只能沉湎酒杯和歌舞，在狂欢的背后是无法掩饰的悲凉。他站在时代的转折点，对时代慨叹的视角仍然选择了东京标志景观的"吹台"。

从战国直抵宋存在的"吹台"，被宋人主观嫁接了实际上存在于商丘的地点事件。"吹台"在宋代东京，伫立于城市的一角，被往来的文人登临，感怀，并见证了城市的纷纭变迁，构成了与这座城市息息相关的"城市文脉"。吹台与梁孝王的联系在此被宋人生动地传承下来，抒发了对历史时空中曾经存在知遇的渴求。吹台又因与都城文人的雅集相连，成为城市的标志性景观而存在。这种观念直到南宋，在空间和时间的阻隔中，仍然存在，仍成为他们对故国和王朝深情的眷念。在这些有关北宋东京的城市文本中，吹台作为建筑景观和文学景观而存在。透过这个颇有意味的城市建筑景观，我们"既能拾得现实社会所投射和散落的纷繁影像和意象，也能觅见城市'被观念化'的历史和被赋予的种种隐喻、象征；既能体验到作家在城市中的生活空间、生存境遇和城市体验，也能发现作家对城市的情感态度、认识想象"。①

---

① 赵坤：《中国城市文学中的建筑书写》，武汉大学博士论文，2012 年。

第二章　都市的自然

研究一座城市的城市景观可以看到这座城市的文脉和区别于其他城市的特色。而城市中的名山与贯穿城市的河流同样具有这样一个漫长的演化痕迹和双重特征。它首先作为自然景观出现，在人类的文明活动中逐渐演化为人文景观并进一步成为这个城市的代表景观。襄阳是一座历史悠久，地理位置重要，人文渊薮的古城。而唐代又是襄阳鼎盛时期之一。在襄阳境内有名山岘山，大川汉水，使得唐人频频到访并留下大量的诗篇，使之成为"唐诗之山"和"唐诗之水"。

第一节　城市自然景观与文学的关系

地点是人在自然空间维度上主观划定的一个区域，或者一个场所，是人类赖以存在的最基本、最重要的载体和容器。这种区域或场所可以之于一个国家，也可以之于一个城市，甚至可以之于城市中的某一处景观。当人类的种种活动与这个区域、这个城市和具体的景观发生持续的、多种的联系时，这个地点和场所就不再仅仅是作为人类得以生存的载体，而是"人类赋予地点（场所）许多重要的意义"。[①] 这其中最具价值的是通过人与自然的广泛交流、对话与融合，增添了新的人文内涵，使自然、自然景观逐渐成为丰富

---

① 安东尼·奥罗姆：《城市的世界——对地点的比较分析和历史分析》，陈向明译，世纪出版集团、上海人民出版社 2005 年版，第 19 页。

的文化场所。

襄阳城在唐代是四大都市之一，历史悠久，境内自然人文景观渊薮。其中"岘山"足可堪称之首。这是因为它不仅是优美的自然景观，尤以西晋羊祜的德政和登临而扬名，更因为诸多唐人以诗篇传承了有关它的典故，并赋予了它新的含义。来此怀古的唐人既有在怀古的同时，被激发出与时空同在的追求与思考；也对现实有着监督与批判之意。同时在唐人的笔下岘山还凸显出三大特征：它是唐人的赠别、登临雅集之所、高人逸士隐居之地。于是，唐时的襄阳岘山成为人化的自然和城市景观以及文化场所。这体现了城市与文学的关系，一方面城市，城市景观作为一个场所容纳了种种发生其中的文学活动；另一方面，文学活动又使得场所被赋予了种种"人化""诗化"的意义。这些意义对于当下的襄阳仍有着持久的意味和影响。

流经襄阳的汉水是唐时一条重要的水道，也是唐人吟咏的一个重要主题。唐时诸多文人曾会集于此，对襄阳境内的汉水多有吟咏，留下许多不朽诗篇。他们或为汉水清澈丰美的特质所倾倒，或在汉水其上倾吐对京华和故土不尽的相思与叹息，或对汉水相关的传说加以持续地想象，或在此思考个体生命如何永恒的主题，或在此留下风流佳话，为汉水注入了新的文化内涵。本节试从唐人笔下襄阳"汉水"这个极具代表性的城市景观和文化场所来看城市与文学的关系，并进一步挖掘这座城市在其鼎盛时期之一的时代中所突出的城市文脉，为彰显今天该城市特色作思考。

第二节　唐诗之山：襄阳岘山

本节选择唐代襄阳境内的岘山作为研究对象，是因为襄阳这座城挟名山而兼大川，拥自然而富人文，显外美而蕴内秀，是一座地理位置重要、历史悠久、人文渊薮的古城。而唐代又是襄阳鼎盛的时期之一：唐代元和年间，襄阳是全国四个人口达十万户以上的州治所之一①。唐诗又是唐代文学之代表。本节试从唐人笔下唐代襄阳的"岘山"这个极具代表性的城市景观和文化场所来看城市与文学的关系，并进一步挖掘这座城市在其鼎盛时期之一的时代中所突出的城市文脉，为彰显今天该城市特色作思考。

一、唐人笔下的襄阳城：区位显赫、历史悠久、人文渊薮之城

襄阳位于中国中部，因为地处襄水之阳而得名，"襄阳县本汉旧县也，属南郡，在襄水之阳，故以为名"②。在唐代，襄阳有二称，它或为襄州，"贞观六年废都督府改为州"③；它或是山南道襄阳节度使理所下辖的襄州管县其中之一襄阳县。

古时之襄阳"北接宛洛，跨对樊沔，为荆郢之北门，代为重镇"④的位置，受到历朝历代的重视，多作为兵家常争之地。至于唐代统一帝国时期，襄阳则转换为南来北往的重要枢纽之地。唐人李吉甫记到了"襄州八到：西北至上都一千二百五十里；北至东都八百二十五里；东至随州三百五十里；南至江陵府四百七十里；西至房州陆路四百二十里，水路五百八十四里；东南至郢州三百二十里；西北至均州三百六十里"。⑤宋人王应麟（公元

---

① 李吉甫著，贺次君注：《山南道二》，见《元和郡县图志》卷二十一，中华书局1983年版，第527页。据李吉甫的记载，在唐代襄阳已经是令人瞠目的发展规模，"开元户三万六千三百五十七，乡七十七"。至于中唐元和年间，达到"户十万七千一百七，乡一百六十二"。
② 李吉甫著，贺次君注：《山南道二》，见《元和郡县图志》卷二十一，中华书局1983年版，第528页。
③ 李吉甫著，贺次君注：《山南道二》，见《元和郡县图志》卷二十一，中华书局1983年版，第528页。
④ 李吉甫著，贺次君注：《山南道二》，见《元和郡县图志》卷二十一，中华书局1983年版，第528页。
⑤ 李吉甫著，贺次君注：《山南道二》，见《元和郡县图志》卷二十一，中华书局1983年版，第528页。

1223—1296 年）也记道"襄阳上流门户，北通汝洛，西带秦蜀，南遮湖广，东瞰吴越"①。

　　唐初李百药（公元 565—648 年）在《王师渡汉水经襄阳》中写道："延波接荆梦，通望迩沮漳。"②《左传》中记到"江、汉、沮、漳，楚之望也"③。他写到了发源襄阳的两条著名水流以及经过襄阳的汉水水路。岑参（约公元 715—770 年）在《饯王岑判官赴襄阳道》写道"故人汉阳使，走马向南荆"。杜甫（公元 712—770 年）准备从蜀中返回故乡的途中也提到途经襄阳，在《闻官军收河南河北》中写道"即从巴峡穿巫峡，便下襄阳向洛阳"。白居易（公元 772—846 年）的《襄阳舟夜》有："下马襄阳郡，移舟汉阴驿。"司空曙（约公元 720—790？年）也写到了襄阳连接南北的地理位置，"观山回首望秦关，南向荆州几日还。"（《登岘亭》）

　　正是因为唐时襄阳具有南船北马，交通便捷的优势，诸多文人墨客经行于此，留下许多诗篇，从而形成襄阳作为唐时重要水陆交通枢纽的文化意象——"襄阳道"的书写和概念。当城市和城市景观一旦有文人情怀渗透其中，便成为文学发生发展的场所，加之文人对城市和景观的感受各不相同，就使得城市和景观的文化现象多元而丰富起来。

　　唐代受贬谪的官员数量是历代最多的时期之一。而受贬的官员大多都是当时著名的诗人。唐诗中的"襄阳道"也常常是谪客从中央贬到偏远地方或再应朝廷征召返京的必经之路。他们在"襄阳道"上的感慨为"襄阳道"赋予了新的内涵。李百药被贬为桂州司马，经行过襄阳，留下《渡汉江》一首，从"客心既多绪，长歌且代劳"中足见其内心的苍茫之感。又如武后宠臣宋之问（约公元 656—约 712 年）"三次流放南方，每次必经襄阳……由

---

① 王应麟著，傅林祥点校：《三国形势考上》，见《通鉴地理通释》卷十一，中华书局 2013 年版，第 322 页。

② 彭定求等编校：《全唐诗》，中华书局 1999 年版。以下唐诗俱是引自这个版本。

③ 王应麟著，傅林祥点校：《十道山川考》，见《通鉴地理通释》卷五，中华书局 2013 年版，第 136 页。

西安、洛阳而襄阳再南下，归途则相反"。[①] 他于神龙二年，从岭南逃回洛阳，经襄阳写下了他悲喜交加的心情，"岭外音书断，经冬复立春。近乡情更怯，不敢问来人"（《渡汉江》）。他还在《汉水宴别》中深情地写道："戏游不可极，留恨此山川"，过了襄阳，便是另一个世界了，是殊荣生活和凄苦生涯的分野。还有，初唐诗人张说（公元667—730年）在玄宗朝被贬为岳州刺史，在被贬南下途径襄阳留下《襄州景空寺题融上人若兰》。而他在应召北归时又路过襄阳。此时正逢寒食节，他感慨万千地写下"去年寒食洞庭波，今年寒食襄阳路"（《襄阳路逢寒食》）的诗句来回顾他风尘仆仆的行程。尤其值得一提的是，元稹（公元779—831年）和白居易在"永贞革新"中落败后，被贬司马。白居易在被贬往江州的路上，途经襄阳，寄诗与贬往通州的元稹。元稹和诗与白，有《酬乐天赴江州路上见寄三首》，其二中就有"襄阳大堤绕，我向堤前住"，在往来不息的"襄阳道"上发出"有身有离别，无地无岐路。风尘同古今，人世劳新故"的深重感慨和叹息。由此可见，在文人的书写中，"襄阳道"的陆路和水路都成了有特定意味的城市景观和文化场所。

唐人李吉甫在《元和郡县图志》卷二十一"襄阳县"条下不仅对襄阳城的特殊地理交通区位优势作了详细记载，而且对襄阳城内自然人文景观渊薮的镜像也作了全面系统的描述：

> 岘山在县东南九里，山东临汉水，古今大路。羊祜镇襄阳，与邹润甫共登此山，后人立碑谓之堕泪碑，其铭文即蜀人李安所制。万山一名汉皋山。在县西十一里，与南阳郡邓县分界处，古谚曰襄阳无西，言其界促近。檀溪在县西南，初梁高祖镇荆州，闻齐主崩，令萧遥光等五人辅政，谓之五贵，叹曰政出多门，乱其阶矣。阴怀平京师之意，潜造器械，多伐斫竹木，沈于檀溪，为舟装之备。参军吕僧珍独悟其旨，亦私

---

① 陈新剑：《历代诗人咏襄阳》，上海三联书店2010年版，第50页。

具橹数百张。及义师起，乃取檀溪竹木装战舰，诸将争橹。僧珍每船付二张事克集。今溪已涸，非其旧矣。州理中城在县东边，一处有土赤色。昔苻丕攻襄阳，朱序用道法，以朱砂熏之，至今土色有异。西北角有夫人城。苻丕之攻也，朱序母深识兵势，登城履行，知此处必偏受敌，令加修筑，寇肆力来攻，果衄而退，因谓之夫人城。刘琦台，县东三里，琦与诸葛亮登台去梯言之所也。诸葛亮宅在县西北二十里。习郁池县南十四里。①

这其中写到了"岘山""万山""檀溪""夫人城""刘琦台""习家池"等城市景观。唐人对此多有吟咏。他们在对这些城市自然人文景观的书写中，或写实、或用典，使之被审美化和诗化，从而使这些景观的内涵、意义得到深化和加强。

如"万山"，襄阳本土诗人孟浩然（公元 689—740 年）在《陪独孤使君同与萧员外证登万山亭》中写道："万山青嶂曲，千骑使君游。神女鸣环佩，仙郎接献酬。遍观云梦野，自爱江城楼。何必东南守，空传沈隐侯。"还有在《万山潭作》，《和张判官登万山亭，因赠洪府都督韩公》都不仅写到了"万山"之秀丽景色，更表达了诗人对家乡的深情。

又如"檀溪"，唐人胡曾（约公元 840—?）的《咏史诗·檀溪》最有代表性："三月襄阳绿草齐，王孙相引到檀溪。的卢何处埋龙骨，流水依前绕大堤。"这里传承的是三国时刘备马跃檀溪的故事。还有唐人欧阳詹（公元 755—800 年）《秋夜寄僧（一作秋夜寄弘济上人）》，陆龟蒙（?—881 年）的《和袭美寒日书斋即事三首，每篇各用一韵》，齐己（约公元 863—约 937 年）的《谢元愿上人远寄〈檀溪集〉》，卢照邻（约公元 636—约 680 年）的《酬张少府柬之》都提到这条著名的溪流，留下诗人个人不尽慨叹。

---

① 李吉甫著，贺次君注：《山南道二》，见《元和郡县图志》卷二十一，中华书局 1983 年版，第 528—529 页。

东晋时守护襄阳的"夫人城"出现在岑参的《饯王岑判官赴襄阳道》中："故人汉阳使，走马向南荆。不厌楚山路，只怜襄水清。津头习氏宅，江上夫人城。夜入橘花宿，朝穿桐叶行。害群应自慑，持法固须平。暂得青门醉，斜光速去程。"这也是诗人以典颂景的代表作，加深了"夫人城"对后世的影响力。

"习郁池"，是襄阳荆土豪族习氏所建有，西晋镇此的山简（公元253—312年）常常在此游冶豪饮。《晋书》卷四十三"列传第十三"对此记道："于时四方寇乱，天下分崩，王威不振，朝野危惧。简优游卒岁，唯酒是耽。诸习氏，荆土豪族，有佳园池，简每出嬉游，多之池上，置酒辄醉，名之曰高阳池。时有童儿歌曰：'山公出何许，往至高阳池。日夕倒载归，酩酊无所知。时时能骑马，倒着白接篱。举鞭问葛疆：何如并州儿？'疆家在并州，简爱将也。"山简于乱世间以饮酒来忘却世道的行径有如阮籍一般，在任性荒诞的行为背后隐藏着他对这个时代巨大而深重的关注之情。这种追求个体性灵自由舒展的行为成为一种"魏晋风流"被记载下来并流传于世，渐渐演化成一种风雅的方式。

唐代著名诗人李白（公元701—762年）曾有《襄阳曲》一首："且醉习家池，莫看堕泪碑。山公欲上马，笑杀襄阳儿。"严维（生卒年未详）的《赠送朱放》，郑旷（公元700—777年）的《落花》，武元衡（公元758—815年）的《酬元十二》，贾岛（公元779—843年）的《行次汉上》，李颀（生卒年未详）的《送郝判官》也都提及此处。而最具代表性的诗作是孟浩然的《高阳池送朱二》：

当昔襄阳雄盛时，山公常醉习家池。池边钓女日相随，妆成照影竞来窥。澄波澹澹芙蓉发，绿岸毵毵杨柳垂。一朝物变人亦非，四面荒凉人径稀。意气豪华何处在，空余草露湿罗衣。此地朝来饯行者，翻向此中牧征马。征马分飞日渐斜，见此空为人所嗟。殷勤为访桃源路，予亦归来松子家。

孟浩然在习家池原址以最大想象还原了昔年山简在此的盛况。至于唐代，这里虽有名，但早已零落，"一朝物变人亦非，四面荒凉人径稀。意气豪华何处在，空余草露湿罗衣"，不复当年盛况，转为饯别之所。虽然物是人非，但正是有诸多唐人的吟咏而使"习家池"与山简的风流行径天下闻名。

"刘琦台"亦是如此，它成为一个典故化入到唐人韩偓（约公元842—约923年）的诗中："去梯言必尽"[《感事三十四韵（丁卯已后）》]，讲述着这里曾经一段隐秘自保的往事……

总之，襄阳在唐之前就因重要的地理位置成为古人关注的焦点，拥有了厚重的历史和人文内涵，成为一个巨大的文化场所。唐人以不朽诗篇的书写，并以自己的生命轨迹和体验赋予了"襄阳道"和渊薮的人文自然景观以新的意味，进一步加强了襄阳城的人文意义。

二、唐人笔下的"岘山"：怀古、刺今，登临、雅集的载体

襄阳城市景观虽多，但如唐人李颀所言："岘山枕襄阳，滔滔江汉长。"（《送皇甫曾游襄阳山水兼谒韦太守》）在唐人眼中，"岘山"是足以代表襄阳城的首要城市景观。

根据李吉甫的记载，"岘山在县东南九里，山东临汉水，古今大路。羊祜镇襄阳，与邹润甫共登此山，后人立碑谓之堕泪碑，其铭文即蜀人李安所制。"①

在襄阳的历史中，岘山因为西晋羊祜（公元221—278年）的德政和登临成为一处著名的城市历史景观。由于羊祜在襄阳镇守期间屯田兴学，以德怀柔，政绩卓越，为西晋平吴打下了坚实的基础，深受襄阳城民的爱戴。然而羊祜却也拥有一种身与名俱终将湮灭于时空中的惶恐和不安。《晋书》卷

---

① 李吉甫著，贺次君注：《山南道二》，见《元和郡县图志》卷二十一，中华书局1983年版，第528页。

三十四对此详细地记道"祜乐山水，每风景必造岘山，置酒言咏，终日不倦。尝慨然叹息，顾谓从事中郎邹湛等曰：'自有宇宙，便有此山，由来贤达胜士登此远望如我与卿者多矣，皆湮灭无闻，使人悲伤，如百岁后有知，魂魄犹应登此也'。湛曰'公德冠四海，道嗣前哲，令闻令望，必与此山俱传，至若湛辈，乃当如公言耳。'"羊祜是以德政与岘山、与襄阳俱名传于后世。《晋书》卷三十四佐证如是："襄阳百姓于岘山祜平生游憩之所，建碑立庙，岁时飨祭焉，望其碑者，莫不流涕。杜预因名为'堕泪碑'。荆州人为祜讳，名屋室皆以门为称，改户曹为辞曹焉。"这个有关岘山的典故赋予了岘山一种与永恒同在的意义。

唐人在此的无数登临徘徊、对这个典故的持续吟咏，以及在此的雅集、赠别、栖居，使"自有宇宙，便有此山"的岘山不再是纯粹的自然景观，而是步步趋向人文景观。它成为一个文学符号频频出现在唐人的诗歌中，并获得了被赋予的新的意义，成为一个重要的文化场所。

（一）岘山怀古：实现自我价值的生命意识

有学者认为，"羊祜缅怀古代贤达胜士，自身也成为后人追怀的对象；后人之望碑流涕者，同感于生命代序，也必然要成为历史的一部分。生命的消逝赓续构成了历史的演进，'后之视今，亦由今之视昔，悲夫！'（王羲之《兰亭集序》）这种恒久的无法解脱的悲剧性，使得'堕泪碑'几乎成为羊祜、岘山的代名词，悲伤的感情基调也弥漫在后世对该主题的咏叹中"。①而这种悲伤的感情基调往往来自于唐人被这个伟大的时代激发的极力渴望个体不朽的热望与得不到的焦虑，即与羊祜有关的岘山激发了诸多唐人与羊祜一样，去实现自我价值自我期许的风发意气，留下了如何与时间同在的深刻思考。

---

① 程磊：《"岘山汉水"怀古主题的唐宋嬗变——兼论"山水怀古"》，《南昌大学学报（人社科版）》2010 年第 5 期。

　　唐代对于岘山的咏怀最著名的诗篇莫过于襄阳本土诗人孟浩然的《与诸子登岘山》:"人事有代谢,往来成古今。江山留胜迹,我辈复登临。水落鱼梁浅,天寒梦泽深。羊公碑字在,读罢泪沾襟。"孟浩然虽然"红颜弃轩冕,白首卧松云",但在"气蒸云梦泽,波撼岳阳城"的大唐盛世中他仍有着建功立业的想望,无奈命运多蹇,寂寞如斯。他在羊祜百年后登上岘山,也发出了与当年羊祜相同的感慨,在感念羊祜德政之余,对自己无法"立功"永垂不朽,寂寞身后事的命运有着深深的叹息。

　　陈子昂(公元约659—约700年)在调露元年自蜀来京,经过襄阳时,留下《岘山怀古》一首:"秣马临荒甸,登高览旧都。犹悲堕泪碣,尚想卧龙图。城邑遥分楚,山川半入吴。丘陵徒自出,贤圣几凋枯。野树苍烟断,津楼晚气孤。谁知万里客,怀古正踟蹰。"明唐汝询《唐诗解》卷四十五中对此解为:"踟蹰怀古,弥不胜情,然无可为俗人言者,观'谁知'二字可见。"陈子昂登岘山,望襄阳,所怀之人无论是意欲吞吴的羊祜还是雄分天下的诸葛亮,都是在时代和历史中完成个人价值的个体。他也同样怀着一腔抱负走进这个壮丽的时代,希冀在其中书写下自己同样不凡的人生,与历史宇宙同在。因此,这个得风气先的唐人在此处的所感如闻一多先生所言是一种伟大的孤独感。

　　大唐宰相张九龄(公元678—740年)被贬荆州长史,经过襄阳时也有着政治落败后的惆怅,"昔年亟攀践,征马复来过。信若山川旧,谁如岁月何。蜀相吟安在,羊公碣已磨。令图犹寂寞,嘉会亦蹉跎。宛宛樊城岸,悠悠汉水波。逶迤春日远,感寄客情多。地本原林秀,朝来烟景和。同心不同赏,留叹此岩阿。"(《登襄阳岘山》)他登高怀古,与百年之前的古人心意相通,留下另一番失意的慨叹:诸葛亮虽有宏图但身后寂寞,羊祜虽在此宴游欢极一时但也是时光虚掷,而自己虽有抱负但贬谪至此也只能徒然感慨功业未竟,岁月蹉跎。

　　就是潇洒行过大唐数万里锦绣河山的不羁李白也在此处有着同样的意味:"昔为大堤客,曾上山公楼。开窗碧嶂满,拂镜沧江流。高冠佩雄剑,长揖韩荆州。此地别夫子，今来思旧游。朱颜君未老，白发我先秋。壮志恐蹉跎，功名若云浮。归心结远梦，落日悬春愁。空思羊叔子，堕泪岘山头。"（《忆襄阳旧游，赠马少府巨》）韶光短暂，带给李白触目惊心"朝如青丝暮成雪"的感慨。虽然李白也曾"心雄万夫"（《上韩荆州书》），而岁月竟去，壮志未酬，功名未就，想到襄阳岘山的羊祜，不能不令人叹息悠悠。故他又在《襄阳曲》中叹息："岘山临汉江，水渌沙如雪。上有堕泪碑，青苔久磨灭。"唐末诗人任翻（？—846 年）在此留下了"羊公传化地，千古事空存。碑已无文字，人犹敬子孙。岘山长闭恨，汉水自流恩。数处烟岚色，分明是泪痕"。（《经堕泪碑》）他出身贫寒，又落第而归，在襄阳慨叹羊祜的"立德"的同时，也对自己的"不遇"和时代的没落发出深远的叹息。

　　唐人的诸多怀古诗作在后世和当代人看来，虽然因各种原因未能像羊祜那样以"立功"和"立德"来实现自己的生命期许，但他们有着或是以怀古的行为或是以"立言"的想望来求得永恒的心理。诚如宇文所安诙谐地言道："最终来自中国四面八方的访问者来到这座碑前流泪，则是回忆起了他（羊祜）对无名先人的回忆。他具体体现了回忆前人者将为后人所回忆这样一份合同，这样的合同给后世的人带来了希望，使他们相信他们有可能同羊祜一样，被他们身后的人记住。"①这些前赴后继来此凭吊怀古的唐人在某种程度上也希望加入这个被人怀念的行列中。

　　宇文所安又认为"而后人通过回忆羊祜，只需'立言'，就能把自己的名字刻在回忆的链条上"。②源源不绝的唐人来到此处，竞相书写自我的生命感受。他们书写得越是忧伤越是绝望，他们渴望不朽的生命意识越是强烈，并被无限放大。王尧衢《唐诗合解》卷八云："惟江山古今不改，胜迹常留，所以我辈得有今日岘山之登临也。须登临人方可登临，我辈自负不浅。"来此登临的唐人，人人都认为自己就是那个被时间被江山等到的人，

---

① 宇文所安：《追忆》，郑学勤译，三联书店 2005 年版，第 29 页。

② 宇文所安：《追忆》，郑学勤译，三联书店 2005 年版，第 29 页。

并成为历史中不朽的一员。

岘山承载着这些被叠加的生命意识存在于时间中，对其的登临，对这些相关典故的检索和阅读以及书写就是一遍又一遍地继续生成永恒意味的过程。这些文学活动和流传下来的文学文本赋予并强化了岘山代表个体生命永恒的意义。

（二）岘山怀古：对当下襄阳治世理世的评判

这种岘山怀古的行为又在唐人的书写中渐渐成为一种治世理世的标准，具有对当下的监督与批判的作用。中唐诗人刘长卿（约公元 726—约 786 年）在歌颂辛大夫德政时，也加强了这种意味，"月晦逢休浣，年光逐宴移。早莺留客醉，春日为人迟。蒉草全无叶，梅花遍压枝。政闲风景好，莫比岘山时。"（《晦日陪辛大夫宴南亭》）治下太平日久，方有此兴致赏景。中唐时人李涉（约公元 806 年前后在世，卒年不详）在《过襄阳上于司空頔》中则借羊祜之仁委婉劝诫宪宗时政声严苛的襄州刺史、山南东道节度观察使，司空于頔（？—818 年）当以此为法，"方城汉水旧城池，陵谷依然世自移。歇马独来寻故事，逢人唯说岘山碑。"中唐的元稹也在《襄阳道》中写到两位在襄阳颇有政声的地方大员，一为羊祜，一为曾经的初唐襄州刺史，山南东道节度使曹王李皋（公元 733—792 年）。李皋任用正直的马彝的事迹打动了敢于直谏的元稹。而今城池还在，这些古人却都风流云散。此时路过襄阳遭贬的元稹平生出一种巨大的物是人非的感受，"羊公名渐远，唯有岘山碑。近日称难继，曹王任马彝。椒兰俱下世，城郭到今时。汉水清如玉，流来本为谁。"至于末世的唐人在战火遍地的环境中更是感念襄阳在羊祜治下的太平岁月。晚唐僧人齐己（公元 863—937 年）有"三载羊公政，千年岘首碑。何人更堕泪，此道亦殊时。兵火烧文缺，江云触藓滋。那堪望黎庶，匝地是疮痍"。（《读岘山碑》）晚唐懿宗时人胡曾（生卒年不详）有《咏史诗·岘山》诗："晓日登临感晋臣，古碑零落岘山春。松间残露频频滴，酷似当时堕泪人。"他们和晚唐的司空曙一样，在登临时流下怀古之泪和伤今之泪，感慨如今版图破碎，何处有百年前羊祜治下的静好风景："岘山回首望秦关，南向荆州几日还。今日登临唯有泪，不知风景在何山。"（《登岘亭》）

岘山与羊祜的联系总是使得唐人将此作为一个重要的世道评判标准，去与当下世道两相比较。几个世纪之前的西晋羊祜治下的襄阳已经定格在史书的记载中，远去成一个世外桃源般的背影让唐人追慕不已。那时的襄阳并非传说，而是真实存在过。这更加激起唐人对当下世道的关注和严格要求的述求。在这个与现实相关的意味中，岘山被赋予了一种严肃的现世意义。

（三）岘山：唐人赠别、雅集之所

岘山因为"东临汉水，古今大路"，还多是唐人的赠别之所。孟浩然有《送贾升主簿之荆府》："奉使推能者，勤王不暂闲。观风随按察，乘骑度荆关。送别登何处，开筵旧岘山。征轩明日远，空望郢门间。"有《岘山饯房管、崔宗之》："贵贱平生隔，轩车是日来。青阳一觐止，云路豁然开。祖道衣冠列，分亭驿骑催。方期九日聚，还待二星回。"又有《岘山送萧员外之荆州》："岘山江岸曲，郢水郭门前。自古登临处，非今独黯然。亭楼明落照，井邑秀通川。涧竹生幽兴，林风入管弦。再飞鹏激水，一举鹤冲天。伫立三荆使，看君驷马旋。"三首诗都写到了孟浩然对友人此去腾达的羡慕和祝福。还有《岘山送张去非游巴东（一题作岘山亭送朱大）》："岘山南郭外，送别每登临。沙岸江村近，松门山寺深。一言予有赠，三峡尔将寻。祖席宜城酒，征途云梦林。蹉跎游子意，眷恋故人心。去矣勿淹滞，巴东猿夜吟。"孟浩然在结句里，于送友人的深情中侧面写到了襄阳山水之美胜过有"猿鸣三声泪沾裳"的巴东。

岘山风景秀丽，唐人吕岩（公元796年—?）就写道"岘山一夜玉龙寒，凤林千树梨花老。襄阳城里没人知，襄阳城外江山好"（《剑画此诗于襄阳雪中》），足见此处风景之美，因此也成为往来襄阳城文人的登临雅集之所。孟浩然在《登岘山亭，寄晋陵张少府》中写道："岘首风湍急，云帆若鸟飞。凭轩试一问，张翰欲来归。"从诗意可知，他的这位好友晋陵张少府应也是襄阳人氏，故有"张翰欲来归"辞官归田之问。也可推知，他也曾与这位好友有过岘山之游。

岘山在襄阳城"九日"登高的地点中也常常成为首选。孟浩然有《卢明府九日岘山宴袁使君、张郎中、崔员外》："宇宙谁开辟，江山此郁盘。登临今古用，风俗岁时观。地理荆州分，天涯楚塞宽。百城今刺史，华省旧郎官。共美重阳节，俱怀落帽欢。酒邀彭泽载，琴辍武城弹。献寿先浮菊，寻幽或藉兰。烟虹铺藻翰，松竹挂衣冠。叔子神如在，山公兴未阑。传闻骑马醉，还向习池看。"孟浩然也有《和贾主簿弁九日登岘山》："楚万重阳日，群公赏宴来。共乘休沐暇，同醉菊花杯。逸思高秋发，欢情落景催。国人咸寡和，遥愧洛阳才。"从诗意可知，岘山成为襄阳官员赏秋的重要地点。这使得孟浩然在异地的"九日"也怀想起岘山的山水，"去国似如昨，倏然经杪秋。岘山不可见，风景令人愁。谁采篱下菊，应闲池上楼。宜城多美酒，归与葛强游。"（《九日怀襄阳》）

在这些或迎来送往，或相邀雅集的活动中，作为自然景观的岘山被赋予了襄阳城地标的意义。在南船北马的往来中，在携酒赏菊的吟咏中，它承载着不尽的相思或雅意。

（四）岘山：高人逸士隐居之地

在唐代，襄阳岘山还多隐居着高人逸士。

首先襄阳本土诗人孟浩然就是隐居在襄阳鹿门山的隐士。他有一些相交的友人隐居在岘山之中。他有《伤岘山云表观主》："少小学书剑，秦吴多岁年。归来一登眺，陵谷尚依然。岂意餐霞客，溘随朝露先。因之问闾里，把臂几人全。"从诗意可知，岘山有一道观云表观，其观主溘然早逝，令好友孟浩然平生苍茫之意。

李白有《赠参寥子》："白鹤飞天书，南荆访高士。五云在岘山，果得参寥子。肮脏辞故园，昂藏入君门。天子分玉帛，百官接话言。毫墨时洒落，探玄有奇作。着论穷天人，千春秘麟阁。长揖不受官，拂衣归林峦。余亦去金马，藤萝同所欢。相思在何处，桂树青云端。"从诗中"南荆访高士"可知是在襄阳境内李白访得了这位行迹脱略的"参寥子"。该隐士曾以玄言惊动天下，但仍然"长揖不受官，拂衣归林峦"的行为深深打动了以有同样行径的鲁仲连为偶像的李白，使得他有辞官归隐之思。

晚唐诗僧齐己写下了《寄岘山愿公三首》："形影更谁亲，应怀漆道人。片言酬凿齿，半偈伏姚秦。榛莽池经烧，蒿莱寺过春。心期重西去，一共吊遗尘。"（其一）"相思恨相远，至理那时何。道笑忘言甚，诗嫌背俗多。青苔闲阁闭，白日断人过。独上西楼望，荆门千万坡。"（其二）"彼此无消息，所思江汉遥。转闻多患难，甚说远相招。老至何悲叹，生知便寂寥。终期踏松影，携手虎溪桥。"（其三）从诗意可知，岘山有寺庙僧人为齐己好友。三首都表达了对岘山僧人愿公的思念之意。齐己还有《答无愿上人书》："郑生驱蹇岘山回，传得安公好信来。千里阻修俱老骨，八行重迭慰寒灰。春残桃李犹开户，雪满松杉始上台。必有南游山水兴，汉江平稳好浮杯。"可见得岘山还有"无愿上人"。此外齐己还有道教的友人在岘山中："凤门高对鹿门青，往岁经过恨未平。辩鼎上人方话道，卧龙丞相忽追兵。炉峰已负重回计，华岳终悬未去情。闻说东周天子圣，会摇金锡却西行。"（《寄岘山道人》）

而孟浩然于月照烟树之下，岩扉松径之上，幽人来去的高远行迹和清淡的诗风又为此处城市景观进一步加强了其含义。中晚唐诗人施肩吾（公元780—861年）在登临岘山时就深情地怀念其"风流天下闻"的孟夫子："岘山自高水自绿，后辈词人心眼俗。鹿门才子不再生，怪景幽奇无管属。"（《登岘亭怀孟生》）在这首诗歌的书写中，"红颜弃轩冕，白首卧松云"的孟浩然成为襄阳隐逸之风的代表人物，为岘山加强和增添了疏离于世的意味。

至此，岘山呈现出生命的两面，一方面它激励着个体在现世中追求功名，在时间中划下自我的印记；另一方面又出现了不为名利所动的众多高人隐士。可见得岘山在唐代是一处含义丰富，极富意味的城市景观，或昭示着永恒的意义，或容纳着紫陌红尘之外生命的自给自足。

"与时间和空间概念一样，场所（地方）是无所不在的，人离不开场所，场所是人于地球和宇宙中的立足之处，场所使无变为有，使抽象变为具体，使人在冥冥之中有了一个认识和把握外界空间和认识及定位自己的出发点和终点。哲学家们把场所上升到了一个哲学概念，用以探讨世界观及人生（Casey，1998；Heidegger，1971）；而地理学家、建筑及景观理论学者又将其带到了理解景观现象的更深层次。"①城市可以是一个场所，而其中的城市景观也可以作为一个场所而存在，其中的文化活动赋予了这个场所许多重要的意义。唐人以诗歌的书写加强或重新赋予了岘山这座自然景观许多"人化自然"的意味：他们在晚于西晋三个多世纪之后来到襄阳的岘山，相继持续地凭吊在纪念羊祜的"堕泪碑"前，怀念羊祜的同时艳羡羊祜的生命价值的实现，与岘山与襄阳同在。他们也在此感慨自己的不遇和蹉跎。他们极力渴望不朽的生命意识被放大被加强被镌刻在此。他们以凭吊和书写的形式使岘山从自然景观永恒获得了人文景观永恒的意味。羊祜治下的襄阳政通人和，在历史的深处成为襄阳的黄金岁月。这使得唐人常常以此和当下的世道作对比，以此为标准对当下提出更高的政治诉求和追忆。他们的诗歌中或严厉地对当下进行批判，或怅惘地对物是人非的襄阳发出深远的遗憾之感，或面对版图破碎，烽火四起的当下追忆起西晋襄阳的太平岁月。这些文学书写又使岘山获得一种严肃的警示与参照意义。岘山地理位置为往来要道，更兼风景秀丽，成为唐人赠别和雅集的重要场所。在这些文化活动中，岘山承载着故人不尽相思之意和无限雅致的风尚，成为襄阳城的地标。而更有意味的是，岘山在激励着唐人于滚滚红尘中追求生命的不朽的同时，又有多位世外高人居住于此，与世界相疏离，自成一番天地，留给追慕至此的唐人不尽"只在此山中，云深不知处"的意味。唐人以诗歌留下了这些世外高人在岘山中的痕迹，赋予了岘山世外仙山的意味。岘山作为文人怀古，往来，雅集，登临的载体，已不再仅仅是自然景观，而成为了人化的自然和城市景观以及文化交流场所。这一切使得岘山在自然景观的意义上添加了许多人为赋予的意

---

① 俞孔坚：《景观的含义》，《时代建筑》2002 年第 1 期。

义，使得它给人一种超离于物质载体之上的观感，并成为唐代襄阳城重要的城市景观和多元性的文化交流场所。

这里体现了深刻的城市与文学的关系，一方面，城市、城市景观作为一个场所容纳了种种发生其中的文学活动，使之存在于历史的时空之中；另一方面，文学活动又使得城市这个场所，城市景观这个场所被赋予了种种"人化"的意义。在这个过程中，自然景观成为人文景观，进而成为城市代表景观，与这座城市一起扬名于时空之中。对这个场所文化活动的发掘和梳理，使得其所蕴涵的文化意义——浮现于当下。

对于今天的襄阳城，这些文本的意义在于它仍然有着鲜活的价值。首先

岘山作为文人怀古，往来，雅集，登临的载体，已不再仅仅是自然景观，而成为了人化的自然和城市景观以及文化交流场所。这一切使得岘山在自然景观的意义上添加了许多人为赋予的意义，使得它给人一种超离于物质载体之上的观感，并成为唐代襄阳城重要的城市景观和多元性的文化交流场所。

（宋）王希孟《千里江山图》

它对当下城市文化的深层心理影响仍然存在，能激发城市居民和来到此处的行人去延续和加强其包含的生命意识的意义，去延续和加强它之于当下世道的评判功能；其次使今天的襄阳城市居民更加珍爱这座存在于城市中的名山，使之成为襄阳城不朽的地标和文化场所。

第三节　唐诗之水：襄阳汉水

在城市中，城市景观是一个值得研究的对象。因为"城市是一个流动的生生不息的有机体，城市景观与这一机体的时空相关联，城市在历史的长河中处于动态的演变之中，城市景观也随着时间的推移不断地演化与更新。在城市不断发展的过程中，一方面作为人文景观的城市与其赖以生存的自然地理环境紧密结合在一起，形成了城市景观的地域特征，这种特征所形成的城市总体格局久而久之作为景观特色成为人们的共识；另一方面，在城市演化的不同历史时期，所产生的人文景观及历史印记反映了特定时期的政治、经济、文化特征。作为'人化自然'，值得珍惜和保护的历史遗产形成了城市人文景观的基本特征。这种地域及人文景观特征，共同构建起城市独特的景观风貌。显然，'景观风貌'不是一朝一夕形成的，它是历史痕迹叠加的结果，它的延续是城市自然景观与人文景观不间断演化与更新的结果"。[①] 研究一座城市的城市景观可以看到这座城市的文脉和区别于其他城市的特色。而贯穿城市的河流同样具有这样一个漫长的演化痕迹和双重特征。它首先作为自然景观出现，在人类的文明活动中逐渐演化为人文景观并进一步成为这个城市的代表景观。

本节选择唐代的襄阳境内的汉水作为研究对象，是因为汉水是唐时一条重要的水道，也是唐人吟咏的一个重要主题。开元天宝时人梁洽的《观汉水》

---

① 郑阳：《城市历史景观文脉的延续》，《文艺研究》2006 年第 10 期。

详细地记载解释了汉水的发源和走向，"发源自嶓冢，东注经襄阳。一道入溟渤，别流为沧浪。"他写到汉水发源陕西。胡渭《禹贡锥指》卷十一下中指出："《山海经》云，'汉水出鲋愚山，盖嶓冢之别名也'。本在汉中郡沔阳县界，西南接葭萌，自后魏以来，言山之所在，曰嶓冢，曰西县，曰金牛，曰三泉，曰大安，曰宁羌，地名六变，而山则一，皆在古梁州之域，其为禹贡之嶓冢也无疑。"他也写到了汉水经过襄阳的走向与别名，《禹贡指南》卷一中记到"嶓冢导漾，东流为汉，又东为沧浪之水……"除此之外，台湾学者刘希为在《隋唐交通》中也考证到："汉水水线，从南方到襄州和洋州者多利用之。汉水北连丹水可至商州，又可北连灞水至京都，与渭水相通。汉水在洋州界由洋县向北又有骆水，在梁州界（今汉中南郑）向北又有褒水，褒水北和斜水道通过短距离的陆运可和渭水接通，这便是有名的褒斜道。"[1]可见得汉水在唐代为交通要道，属于"十道之要路""南北水陆之总汇"[2]。

　　来自四面八方的唐人聚集于此又四散开去，留下不朽的诗篇传世于今。《全唐诗》内容中包含"汉水"的唐诗共116条，题目包含"汉水"的唐诗共7条，题目包含"汉江"的有22首，内容包括"汉江"的有42首，其中提到流经襄阳境内的有约50首，占总数的27%。从数量上便可见出"汉水"尤其是流经襄阳的"汉水"成为唐诗中的一个重要的主题。

　　襄阳汉水之所以能引起唐人的关注和吟咏，与汉水之滨的襄阳承载着渊薮独特的人文景观有着紧密的联系。诸如"汉水访游女，解佩欲谁与"（张九龄《杂诗五首》）；"汉水临襄阳，花开大堤暖"（李白《大堤曲》）；"岘山枕襄阳，滔滔江汉长"（李颀《送皇甫曾游襄阳山水兼谒韦太守》）；"公子留遗邑，夫人有旧城"（崔湜《江楼夕望》）；"昔年居汉水，日醉习家池"（严维《赠送朱放》）；"羊公名渐远，唯有岘山碑"（元稹《襄阳道》）；"几日到汉水，新蝉鸣杜陵"（贾岛《送崔定》）；"襄阳城郭春风起，汉水东流去不还。孟子死

---

① 刘希为：《隋唐交通》，新文丰出版公司1992年版，第82页。

② 李德辉：《唐代交通与文学》，湖南人民出版社2003年版，第93页。

来江树老，烟霞犹在鹿门山"（陈羽《襄阳过孟浩然旧居》）；等等。这其中就提到了"汉水女神""大堤女儿""岘山""夫人城""习家池""堕泪碑""汉水陵谷"这些景观。除此之外，还有生于斯，长于斯，卒于斯的本土诗人孟浩然，其人物及其诗篇的影响都使得汉水成为代表襄阳城的首要城市景观。正如戴伟华在《地域文化与唐代诗歌》中谈道："山川的景观呈现，有其焦点，因为某一景观必有其特别能反映该景观特征的景点，唯其独有，或最能与其他景观区分出来的景物，也特别能引起人们的关注。"① 本节试从唐人笔下襄阳"汉水"这个极具代表性的城市景观和文化场所来看城市与文学的关系，并进一步挖掘这座城市在其鼎盛时期之一的时代中所突出的城市文脉，为彰显今天该城市特色作思考。

一、作为自然景观的汉水："水绿沙如雪"

流经襄阳的汉水首先是作为自然景观出现在唐人的笔下。他们从不同的角度和时空来赞叹汉水之广，气象宏大，水质之美，物产之富。

一曰汉水气象之大。如王维《汉江临眺》中言："江流天地外，山色有无中"；宋之问《汉水宴别》中言："汉广不分天，舟行杳若仙"；崔湜《江楼夕望》中言："楚山霞外断，汉水月中平"；都写出了汉水水天一际浩浩渺渺的特点。

二曰汉水水质之美。如丘为《渡汉江》中言："临泛何容与，爱此江水清"；岑参《与鲜于庶子泛汉江》中言："酒光红琥珀，江色碧琉璃"；元稹《襄阳道》中言："汉水清如玉，流来本为谁？"汉水与周围山峦相互倒映，形成了青山绿水的美妙景观，如李白《襄阳曲》《襄阳歌》中言："江城回绿水，花月使人迷"，"岘山临汉水，水绿沙如雪"，"遥看汉水鸭头绿，恰似葡萄初酦醅"；杜牧《汉江》中言："溶溶漾漾白鸥飞，绿尽春深好染衣"等这些都

---

① 戴伟华：《地域文化与唐代诗歌》，中华书局2006年版，第106页。

写到了汉水清澈的特质。

三曰汉水四季之美。春日汉水被描述为"襄阳城郭春风起，汉水东流去不还"（陈羽《襄阳过孟浩然旧居》）；夏日汉水又令人倍感轻盈，"花映垂杨汉水清，微风林里一枝轻"（常建《送宇文六》）；秋日的汉水夕阳落辉，"故郢生秋草，寒江澹落晖"（刘长卿《和州送人归复郢》）；冬日千树梅花压汉水寒碧，"忽见寒梅树，开花汉水滨"（王適《江滨梅》）。

四曰汉水物产之富。刘长卿在《送周谏议知襄阳》中还格外提到了汉水中的特产，"雄鸭绿头看汉水，肥鳊缩项出泛楂"。《襄阳耆旧记》卷三"山川""岘山"条中对此解释为："岘山下汉水中，多出鳊鱼，肥美。尝禁人采捕，以槎头断水，谓之'槎头鳊'。宋张敬儿为刺史，齐高帝求此鱼，敬儿作舻六橹船置鱼而献曰：'奉槎头缩项鳊鱼一千六百头。'"足见汉水产此鱼之丰美。不止刘长卿提到此，诸多唐人也对此有所记载。孟浩然《檀溪别业》诗云："梅花残腊月，柳色半春天。鸟泊随阳雁，鱼藏缩项鳊。"其又有《岘山作》云："试垂竹竿钓，果得槎头鳊。美人骋金错，纤手脍红鲜。"其还有《送王昌龄》诗云："土风无缟纻，乡味有槎头。"故杜子美《解闷》诗云："复忆襄阳孟浩然，清诗句句尽堪传。即今耆旧无新语，漫钓槎头缩项鳊。"

这些带有浓重襄阳印记的名词在唐人在经过襄阳汉水的吟诵中被赋予了一种唯美的城市特色。这一切都使得唐人对汉水流经的襄阳城有了桃源乐土的印象。孟郊有《献襄阳于大夫》一诗曰：

> 襄阳青山郭，汉江白铜堤。谢公领兹郡，山水无尘泥。铁马万霜雪，绛旗千虹霓。风漪参差泛，石板重叠跻。旧泪不复堕，新欢居然齐。还耕竟原野，归老相扶携。物色增暖暖，寒芳更萋萋。渊清有遐略，高踽无近蹊。即此富苍翠，自然引翔栖。曩游常抱忆，凤好今尚暌。愿言从逸辔，暇日凌清溪。

正是唐人这些对汉水的描述与赞叹，使得汉水的声名远扬，使汉水与襄阳联系更加紧密,世人皆知。襄阳不仅环境优美,而且物产丰富,更是一个宜居的都市。到了中唐以后,由于藩镇割据,东南运河漕运受阻,汉、丹水线遂成为京师通往江淮、三吴地区的主要漕运之道,顿时显得重要了。……史载:"官兵守潼关,财用急,必待江淮转饷乃足,饷道由汉沔,则襄阳乃天下喉襟,一日不守,则大事去亦。"①(《新唐书》卷二〇二《萧颖士传》)因此至于中唐元和年间,襄阳达到"户十万七千一百七,乡一百六十二"②,成为全国四个人口达十万户以上的州治所之一。

二、行人谪客往来不息的汉水:"襄阳道"

襄阳因为"北接宛洛,跨对樊沔,为荆郢之北门,代为重镇"③的位置,受到历代朝代的重视,多作为兵家常争之地。至于唐代,襄阳从兵家必争之地转换为南来北往的重要枢纽之地。唐人李吉甫对此做这样的描述:"襄州八到:西北至上都一千二百五十里;北至东都八百二十五里;东至随州三百五十里;东南至郢州三百二十里;南至江陵府四百七十里;西至房州陆路四百二十里,水路五百八十四里,西北至均州三百六十里。"④宋人王应麟也记道"襄阳上流门户,北通汝洛,西带秦蜀,南遮湖广,东瞰吴越"⑤。

唐代文人经过这座城市时,大都践行过汉水这条"襄阳道",并留下了"襄阳道"的地理书写。如唐初李百药在《王师渡汉水经襄阳》中写道:"延波接荆梦,通望迩沮漳。"《尚书》卷七中记到"江、汉、沮、漳,楚之望也"。他写到了发源襄阳的两条著名水流以及经过襄阳的汉水水路。又如杜甫准备从蜀中乘船返回故乡的途中也提到途经襄阳,"即从巴峡穿巫峡,便下襄阳

---

① 刘希为:《隋唐交通》,新文丰出版公司1992年版,第82—83页。

② 李吉甫著,贺次君注:《元和郡县图志》,中华书局1983年版,第527页。

③ 李吉甫著,贺次君注:《元和郡县图志》,中华书局1983年版,第528页。

④ 李吉甫著,贺次君注:《元和郡县图志》,中华书局1983年版,第528页。

⑤ 王应麟著,傅林祥点校:《通鉴地理通释》,中华书局2013年版,第322页。

向洛阳。"(《闻官军收河南河北》)还有白居易的《襄阳舟夜》也有"下马襄阳郡，移舟汉阴驿"这样的行程。

汉水之上，迎来送往，唐人抒发感慨和情怀，是为"襄阳道"上的一大特征，并因此给"襄阳道"注入新的内涵。王维送客南归时写道"万里春应尽，三江雁亦稀。连天汉水广，孤客郢城归。郧国稻苗秀，楚人菰米肥。悬知倚门望，遥识老莱衣。"(《送友人南归》)岑参送一位志性高洁的友人归觐省亲时写道："明时不爱璧，浪迹东南游。何必世人识，知君轻五侯。采兰度汉水，问绢过荆州。异国有归兴，去乡无客愁。天寒楚塞雨，月净襄阳秋。坐见吾道远，令人看白头。"(《送陶铣弃举荆南觐省》)而"大历十才子"之一的李端送客时想象汉水上一片愁云惨雾："故人南去汉江阴，秋雨萧萧云梦深。江上见人应下泪，由来远客易伤心。"(《江上送客》)刘长卿送李中丞之襄州时，也写道"茫茫汉江上，日暮复何之"(《送李中丞之襄州》)其送李录事兄归襄邓时，写道"汉水楚云千万里，天涯此别恨无穷"。《送李录事兄归襄邓》

从这些文人送友离别的吟咏中，可以看出明显的时代气象。盛唐时的书写都有着一种丰满圆融的平静之美，而到了中晚唐气象为之一变，国势江河日下，文人的情怀也随之惨怛。

不仅如此，"襄阳道"汉水还成为谪客从中央到偏远地方，应朝廷征召返京或归来的必经之路。李百药被贬为桂州司马，经行过襄阳，留下《渡汉江》一首，从"客心既多绪，长歌且代劳"中足见其内心的苍茫之感。武后宠臣宋之问"三次流放南方，每次必经襄阳……由西安、洛阳而襄阳再南下，归途则相反"。[1] 他于神龙二年，从岭南逃回洛阳，经襄阳写下了《渡汉江》，将他悲喜交加的心情"岭外音书断，经冬复立春。近乡情更怯，不敢问来人"表露无遗。他还在《汉水宴别》中深情地写道："戏游不可极，留恨此山川。"过了襄阳，便是另一个世界了。初唐诗人张说在玄宗朝被贬为岳州刺史，在

---

① 陈新剑编撰：《历代诗人咏襄阳》，三联书店2010年版，第50页。

被贬南下途径襄阳留下《襄州景空寺题融上人若兰》。而他在应召北归时又路过襄阳。此时正逢寒食节，他感慨万千地写下"去年寒食洞庭波，今年寒食襄阳路"（《襄阳路逢寒食》）的诗句来回顾他风尘仆仆的行程。元稹和白居易在"永贞革新"中落败，被贬司马。在白居易被贬往江州的路上，也途经襄阳，寄诗与贬往通州的元稹，写道经行襄阳汉水之上对友人的牵挂："君游襄阳日，我在长安住。今君在通州，我过襄阳去。襄阳九里郭，楼堞连云树。顾此稍依依，是君旧游处。苍茫兼葭水，中有浔阳路。此去更相思，江西少亲故。"（《寄微之三首》）元稹和诗与白，有《酬乐天赴江州路上见寄三首》，其二中就有"襄阳大堤绕，我向堤前住"，在往来不息的"襄阳道"上发出"有身有离别，无地无岐路。风尘同古今，人世劳新故"的深重感慨和叹息。

　　"贬谪"是唐人生命中突出的一个现象，"在数量上和性质上都与前代有了很大的不同：一方面，唐代没有经历过贬谪的官员少得可怜；另一方面，在被贬的官员中有相当一批都是贬非其罪的。……数量众多的贬谪诗作增加了唐诗的深厚度，同时也真实地记载了唐代逐臣的人生苦难。"① 这些诗作展现了个人的不幸，却是文学的幸运。宋人严羽在《沧浪诗话》中说："唐人好诗，多是征戍，迁谪、行旅、离别之作，往往能感动激发人意。"[《沧浪诗话·诗评（四五）》]

　　总体来看，这些经过"襄阳道"的官员目的大都是岭南一带，而原因却不一样，如"宋之问是因与张易之、张昌宗兄弟有这样那样关系而被贬谪，是罪有应得。……而张说在武后时的被贬是因为坚持道义触怒二张而被贬岭南的；到了开元年间，他再度被贬岳州。"② 元稹和白居易都是因为政见不同，触怒朝中权贵而被贬。他们的贬谪诗歌都充满了"远离社会政治

---

① 尚永亮：《贬谪文化与贬谪文学——以中唐元和五大诗人之贬及其创作为中心》，兰州大学出版社 2004 年版，第 340—341 页。

② 尚永亮：《贬谪文化与贬谪文学——以中唐元和五大诗人之贬及其创作为中心》，兰州大学出版社 2004 年版，第 344 页。

中心的被抛弃感"，"怀才而难施的生命荒废感"①，但又有所不同。不同于普遍悲哀低回的感叹，元稹的感慨充满了昂扬不屈的斗志和对自己政见的坚持："……江陵道涂近，楚俗云水清。遐想玉泉寺，久闻岘山亭。……我可俘为囚，我可刃为兵。我心终不死，金石贯以诚。此诚患不至，诚至道亦亨……"（《思归乐》）白居易则是以一种超越苦难乐观的状态看待"襄阳道"上的南迁："……获戾自东洛，贬官向南荆。再拜辞阙下，长揖别公卿。荆州又非远，驿路半月程。汉水照天碧，楚山插云青。江陵橘似珠，宜城酒如饧。谁谓遣谪去，未妨游赏行。……"（《和答诗十首·和思归乐》）他这样达观的心境也是其坚守其政见的一种表现。在这首诗中，他也写道："问君何以然，道胜心自平。"这一方面是在写元稹的遭际与心境；另一方面未尝不是与其志同道合的一种自我肯定，只是比起元稹的刚直桀骜来说更显安然平静。

在文人的书写中，"襄阳道"尤其是汉水这条水路成了有特定意味的城市景观，承接着文人各种情怀。在他们的足迹下，吟咏中，汉水这条自然河流被赋予了深厚的人情冷暖和社会意义。

三、承载传奇的汉水："汉水女神"的文学意象

而更多的时候，汉水以神异的传奇性出现在唐人的吟咏中。其中梁洽的《观汉水》就很有代表性。他写道：

　　……求思咏游女，投吊悲昭王。水滨不可问，日暮空汤汤。

在梁洽的诗中，不仅写到了汉水流经襄阳的大气象，也记录了汉水女神

---

① 尚永亮：《贬谪文化与贬谪文学——以中唐元和五大诗人之贬及其创作为中心》，兰州大学出版社 2004 年版，第 108 页。

独属于襄阳的两个著名典故。诗中"求思咏游女",说的正是历代流传在襄阳汉水边"汉水女神"的故事。《诗经》中"汉广"云:

> 南有乔木,不可休思;汉有游女,不可求思。汉之广矣,不可泳思;江之永矣,不可方思。翘翘错薪,言刈其楚;之子于归,言秣其马。汉之广矣,不可泳思;江之永矣,不可方思。翘翘错薪,言刈其蒌;之子于归,言秣其驹。

《诗经》所言,汉水有游女,是为樵夫思慕不得的对象。到了西汉又演化成郑交甫汉江遇游女之事,流传甚广。据西汉刘向《列仙传》记云(其又被收入李昉《太平广记》卷五十九中):

> 江妃二女者,不知何所人也。出游于江汉之湄,逢郑交甫。见而悦之,不知其神人也。谓其仆曰:"我欲下请其佩。"仆曰:"此间之人,皆习于辞,不得,恐罹悔焉。"交甫不听,遂下与之言曰:"二女劳矣。"二女曰:"客子有劳,妾何劳之有?"交甫曰:"橘是柚也,我盛之以笥,令附汉水,将流而下。我遵其旁,彩其芝而茹之,知吾为不逊也。愿请子佩。"二女曰:"桔是橙也,盛之以莒,令附汉水,将流而下,我遵其旁,卷其芝而茹之。"遂手解佩以与交甫,交甫悦受,而怀之中当心。趋去数十步,视佩,空怀无佩。顾二女,忽然不见。灵妃艳逸,时见江湄。丽服微步,流眄生姿。交甫遇之,凭情言私。鸣佩虚掷,绝影焉追?

对此,东晋时期的《襄阳耆旧记》卷三"山川"中也有"万山北隔汉水,父老相传,即交甫见游女弄珠之处"。文人循此多咏,使这个传说得以加强和流传。如王逸《楚辞·九思》有"周徘徊兮汉渚,求女神兮灵女"。张衡《南都赋》有"游女弄珠于汉皋之曲"。蔡邕《汉津赋》有"过曼(万)山以左回兮，游（旋）襄阳而南萦……明珠胎于灵蚌兮，夜光潜乎玄洲"。郭璞《江赋》有"感交甫之丧佩，愍神女之婴罗"。嵇康《琴赋》有"游女飘焉而来萃"。建安十三年，曹操不战而得襄阳，又逢"建安七子"在襄阳聚齐。于是曹操在汉水之滨设宴赋诗，命题"汉水女神赋"。唐类书《艺文类聚》收集王粲、杨修、陈琳等人的《女神赋》传世。

到了唐代，文人对"汉水女神"的典故书写更多。他们从不同角度阐发他们对汉水之美的赞叹。隋唐之交的诗人李百药在此有绮丽的联想："导漾疏源远，归海会流长。延波接荆梦，通望迩沮漳。高岸沉碑影，曲溆丽珠光……"（《王师渡汉水经襄阳》）李百药还有"东流既瀰瀰，南纪信滔滔。水激沉碑岸，波骇弄珠皋……"（《渡汉江》）武后时人王适来到江边，见春水溶溶中梅影横斜，联想起汉水女神："忽见寒梅树，开花汉水滨。不知春色早，疑是弄珠人。"（《江滨梅》）孟浩然有"游女昔解佩，传闻于此山"（《万山潭作》），"羊公岘山下，神女汉皋曲"（《初春汉中漾舟》）。张子容有："交甫怜瑶佩，仙妃难重期。"（《春江花月夜二首》其二）李白有"弄珠见游女，醉酒怀山公"（《岘山怀古》）。储光羲有"水灵慷慨行泛珠，游女飘飘思解佩"（《同张侍御林宴北楼》）。

梁洽又在这首诗中写道"……投吊悲昭王"，则是"汉水女神"的又一个版本。据《广博物志》载，周昭王伐楚，返济汉，楚人献胶胶之船，船之中流胶解而溺昭王，他的两位侍女延娟、延娱"夹拥王身，同溺于水"（董斯张《广博物志》卷四十四）化为神女。之所以为神，是因为二女无辜而死，深得荆楚人民的同情，"嗟二姬之殉死，三良之贞节，精诚一至，视殒若生"，及至"数十年间，人于汉江之上，犹见王与二女乘舟戏于水际"。对此二女，"汉江之人，立祀于江湄"，"暮春上巳之日，禊集祀间"（王嘉《拾遗记》卷二）。晚唐诗人李善夷有一首《责汉水辞》从另一个角度记录了该事件：

汉之广兮，风波四起。虽有风波，不如蹄涔之水。蹄涔之水，不为

> 下国而倾天子。汉之深兮，其堤莫量。虽云莫量，不如行潦之汪。行潦
> 之汪，不为下国而溺天王。汉之美者曰鲂。吾虽饥不食其鲂，恐污吾之
> 饥肠。

此诗中不是写汉水之美，而是责怪汉水夺走周昭王的性命，甚至进一步表达了对汉水的憎恶。还有胡曾，他的《咏史诗·汉江》也表达了对此事同样的悲悼之意："汉江一带碧流长，两岸春风起绿杨。借问胶船何处没，欲停兰棹祀昭王。"

汉水游女演化成汉水女神的故事，有如《洛神赋》的叙述一样，以缥缈灵动的身影出现，惊艳于偶遇之人的眼前，又倏忽不见，消逝于汉水烟波之上，更使这条河流和逝水平添了灵异和悲情的色彩。唐人接受继承了这两个有关汉水的典故，来到这条古老的水流上继续流传着这两个传说，在诗歌的想象和书写中对这条水流赋予了浪漫的想望——与女神的遇合之后是与君王遇合的心愿，形成另一种诗歌中的唐传奇。

由此可见，汉水女神是独属于襄阳汉水段的一大景观，就连孟浩然出走异乡对着汉水的支流时也未敢忘怀。他在《登安阳城楼》中写道："县城南面汉江流，江涨开成南雍州。才子乘春来骋望，群公暇日坐销忧。楼台晚映青山郭，罗绮晴骄绿水洲。向夕波摇明月动，更疑神女弄珠游。"汉水女神的辐射影响力不能不让人惊叹不已。

四、作为追求生命永恒的象征的汉水：关于"陵谷"的典故

汉水在唐人的书写中还常提及西晋时在此为官的杜预。《襄阳耆旧记》卷五"牧守"对杜预记道：

> 杜预，字元凯。为镇南大将军，都督荆州诸军事。修立泮宫，江汉
> 怀德，化被万里。……预好留后世名，常言"高岸为谷，深谷为陵"，

刻石为二碑，记其勋绩，一沉万山之下，一立岘山之上，曰："焉知此后不为陵谷乎！"（其沉碑，今天色晴明，渔人常见此碑于水中也。）

杜预在襄阳牧守期间，颇有作为，也担心"生前身后名"恐为时间湮没。于是，沉碑于万山之下，立碑于岘山之上。而"万山北 [隔]（鬲）[沔]（汉）水"（习凿齿《襄阳耆旧记》卷三），可知杜预沉碑于汉水之中，东晋时常为渔人所见。李白药在两首诗中都写到了此事，"高岸沉碑影，曲溆丽珠光"《王师渡汉水经襄阳》，"水激沉碑岸，波骇弄珠皋"（《渡汉江》）。元稹在《渡汉江（去年春，奉使东川，经嶓冢山下）》中也写道"嶓冢去年寻漾水，襄阳今日渡江濆。山遥远树才成点，浦静沉碑欲辨文……"

然而杜预担心的后事却被唐元和时人鲍溶所讥讽："襄阳太守沈碑意，身后身前几年事。湘江千岁未为陵，水底鱼龙应识字。"（《襄阳怀古》）杜预所预计的"焉知此后不为陵谷乎"至于唐，此处并未发生沧海桑田的变迁。同时代的李涉也谈及此："方城汉水旧城池，陵谷依然世自移。歇马独来寻故事，逢人唯说岘山碑。"（《过襄阳上于司空頔》）在时间的磨洗中，倒是同时代的羊祜留下的碑比起杜预的来说，更为长久一些，影响力也更大一些。对此宇文所安在《追忆》中把杜预和羊祜作了这样的比较与剖析："……羊祜（同样）太挂念他的名了。然而，他所以能名扬海内，无论是当时还是现在，最终都是由于他的仁，他对别人的关心，因而最终依赖于别人对他的看法。这种回忆的核心是目光朝外：他站在这个地方鸟瞰四周，想到的是在他以前站在同一地方向外环视的别的人；我们也一样，我们站在这里向四处望去，重复他的行动，重新体验他体验到的感受，想到他是我们中间的一分子。杜预的情况则不同，他自己为自己刻制了石碑；他认为将来的人在未来登上岘山时，会目光朝内而不是朝外，他们将欣赏山的本身，将从碑文里读到他的名字。"杜预认为时间将使汉水成为深谷，人们会在此观瞻到他为自己所立的石碑，同样是目光朝内的视角。"他所以会被后人记住，是因为他做了一件越轨的蠢事；他不懂得记忆怎样才能在复现和不断更新中绵延下

去。他的'名'也保存下来了，但是远不能像羊祜的名字那样，给后来的游
客带来深切的感受。"①

杜预的作为虽未达到他理想的效果，但他在此咏叹的"陵谷"却常常作
为一个典故出现在唐人的诗歌中。孟浩然有"归来一登眺，陵谷尚依然"(《伤
岘山云表观主》)句，以此怀念已不在的老友。晚唐崔涂有"不随陵谷变，
应只有高名"(《过陶征君隐居》)以此来写陶渊明的留名亘古。白居易有《青
石——激忠烈也》诗："青石出自蓝田山，兼车运载来长安。工人磨琢欲何
用，石不能言我代言。不愿作人家墓前神道碣，坟土未干名已灭。不愿作官
家道旁德政碑，不镌实录镌虚辞。愿为颜氏段氏碑，雕镂太尉与太师。刻此
两片坚贞质，状彼二人忠烈姿。义心如石屹不转，死节如石确不移。如观奋
击朱泚日，似见叱呵希烈时。各于其上题名谥，一置高山一沉水。陵谷虽迁
碑独存，骨化为尘名不死。长使不忠不烈臣，观碑改节慕为人。慕为人，劝
事君。"他以大唐忠烈颜真卿和段秀实的事迹激励时人效仿之，也用到了杜
预沉碑之典故。刻满两位忠烈事迹的石碑"一置高山一沉水。陵谷虽迁碑独
存，骨化为尘名不死"将永存于世。

汉水之中关于"陵谷"的典故虽带有主观刻意的意味，招致了唐人的嘲
讽，但它赋予了汉水在此追求生命永恒的象征意义，使经行于此的唐人深刻
地思考起有限和无垠的时间意味，或因此追念不复存在的故人，或因此感怀
先贤的流芳千古。

杜预刻意求永恒的心愿招致了唐人的嗤笑，而襄阳本土人氏孟浩然却以
他高洁的志向和优美的诗篇成为与汉水紧密相连的一个名词。盛唐人刘昚虚
深情地怀念起这位"红颜弃轩冕，白首卧松云"先贤以及其清雅的诗篇："南
望襄阳路，思君情转亲。偏知汉水广，应与孟家邻。"(《寄江滔求孟六遗文》)
白居易写下"楚山碧岩岩，汉水碧汤汤。秀气结成象，孟氏之文章。今我讽
遗文，思人至其乡。清风无人继，日暮空襄阳。南望鹿门山，蔼若有余芳。

---

① 宇文所安：《追忆》，郑学勤译，三联书店 2005 年版，第 37 页。

旧隐不知处，云深树苍苍"。(《游襄阳怀孟浩然》)他觉襄阳山水钟灵毓秀的关键在于孟浩然以及其诗篇的意义。哀帝时人张蠙更是以为孟氏诗歌的意义与汉水同存："每每樵家说，孤坟亦夜吟。若重生此世，应更苦前心。名与襄阳远，诗同汉水深。亲栽鹿门树，犹盖石床阴。"(《吊孟浩然》)至于此，汉水与永恒的意义，在唐诗的书写中被紧密地联系在一起，形成襄阳汉水的一大景观。

五、象征城市繁华的汉水："大堤女儿"的文学意象

汉水经襄阳而过，有大堤绕城。据王琦对李白诗集的注释："《一统志》：'大堤在襄阳府城外。'《湖广志》：'大堤东临汉江，西自万山经澶溪、土门、白龙、东津渡绕城北老龙堤，复至万山之麓，周围四十余里。'"①自南朝起，此地便催生出一种乐府曲《大堤曲》，是为乐府西曲歌名，相和歌词，内容多写男女爱情，与《雍州曲》皆出《襄阳乐》。梁简文帝《雍州曲》有以《大堤》为题的，为唐《大堤曲》《大堤行》所本。至于唐代，这种有关襄阳的《大堤曲》和有关襄阳大堤的吟咏不绝于耳，甚至使"大堤"成为襄阳城的代称。

如前所述，襄阳位于南来北往的要道之中，"是南北水陆总汇，由此过蓝田武关，北接河陇、关内、河东，通过襄阳至洛阳驿路抵达两河，故李骘称襄荆驿为'十道之要路'，十道者，乃就中晚唐政区而言，大约指关内、剑南、荆南、鄂岳、江西、湖南、黔中、岭南及两浙。这十道大部分是南方经济区，中晚唐时期这里经济地位迅速提高。……在汴路不通后，此道也成了文武官员、使客联系京城的唯一大道。"②唐代子兰的《襄阳曲》中写道"为忆南游人，移家大堤住。千帆万帆来，尽过门前去"写尽了汉水经襄阳的水

---

① 李白著，王琦注：《李太白全集》，中华书局1977年版，第259页。

② 李德辉：《唐代交通与文学》，湖南人民出版社2003年版，第93页。

路繁盛。刘禹锡的三首《堤上行》以更为生动的笔墨写到了襄阳汉水大堤的繁华："酒旗相望大堤头，堤下连樯堤上楼。日暮行人争渡急，桨声幽轧满中流。江南江北望烟波，入夜行人相应歌。桃叶传情竹枝怨，水流无限月明多。春堤缭绕水徘徊，酒舍旗亭次第开。日晚上楼招估客，轲峨大舸落帆来。"从刘诗中可以想见的是堤下汉水中连樯的帆影，堤上酒舍旗亭次第开张，"征帆去棹斜阳里，被西风，酒旗斜矗""繁华竞逐"的景象。入夜之后，"桃叶歌"共"竹枝词"的子夜歌声在汉水和大堤上远近传来。可见得襄阳汉水大堤的美酒成为此地的一大特色，以至于李白都为此流连于此，充满激情地写道："鸬鹚杓，鹦鹉杯。百年三万六千日，一日须倾三百杯。遥看汉水鸭头绿，恰似葡萄初酦醅。此江若变作春酒，垒麹便筑糟丘台。"（《襄阳歌》）陆龟蒙也在《大堤》中写到了这点，"大堤春日暮，骢马解镂衢。请君留上客，容妾荐雕胡。"

　　而令汉水襄阳大堤闻名于唐朝的是这座城市的另一道景观，"大堤女儿"。它甚至成为一个著名的文学意象出现在唐人的书写中。张柬之的《大堤曲》中就着力写到了汉水边的襄阳大堤女："南国多佳人，莫若大堤女。玉床翠羽帐，宝袜莲花炬。魂处自目成，色授开心许。迢迢不可见，日暮空愁予。""大堤女儿"的美艳令离开襄阳的游子有了过目不忘的惆怅之情。"大历十才子"李端在《襄阳曲》中更是写到了"大堤女儿"的娇态："襄阳堤路长，草碧杨柳黄。谁家女儿临夜妆，红罗帐里有灯光。雀钗翠羽动明珰，欲出不出脂粉香。同居女伴正衣裳，中庭寒月白如霜。贾生十八称才子，空得门前一断肠。"在夜色中，大堤女儿在红烛昏罗帐中的绰约风姿，欲出不出的美态令经过此处的少年相思相望不相亲，一见即断肠。往来文人的书写加强了襄阳"大堤女儿"的声名，以及艳帜远扬。这种美使得张祜特地在花月夜来会闻名遐迩的大堤女儿："大堤花月夜，长江春水流。东风正上信，春夜特来游。"（《襄阳乐》）这是暮色和夜色中的襄阳大堤，而孟浩然则写到了白日襄阳大堤的风华："大堤行乐处，车马相驰突。岁岁春草生，踏青二三月。王孙挟珠弹，游女矜罗袜。携手今莫同，江花为谁发。"（《大堤行寄万七》)春日的襄阳大堤，车如流水马如龙，王孙公子，游女佳人，"袨服华妆，桃花绿水之间，……无往非适。"这使得李白不仅为汉江的美酒和美景倾倒，更是为此处的大堤女儿倾倒："汉水临襄阳，花开大堤暖。佳期大堤下，泪向南云满。春风复无情，吹我梦魂散。不见眼中人，天长音信断。"（《大堤曲》）连五代词人孙光宪也写道"大堤狂杀襄阳客。烟波隔，渺渺湖光白。身已归，心不归。斜晖，远汀鸂鶒飞"。（《河传》）

于是顺汉水而来多"风流岘首客"，沿汉水多"花艳大堤倡"（韩愈《送李尚书赴襄阳八韵得长字》）。元和时人窦巩在《襄阳寒食寄宇文籍》中写道："大堤欲上谁相伴，马踏春泥半是花。"这既是在写大堤风景之美，也是在写大堤女儿之艳。刘禹锡的《杂曲歌辞·踏歌行》在某种程度上回答了窦巩的提问："春江月出大堤平，堤上女郎连袂行。唱尽新词看不见，红霞影树鹧鸪鸣。"元稹也写到他曾在此的风流韵事："襄阳大堤绕，我向堤前住。烛随花艳来，骑送朝云去。"（《酬乐天赴江州路上见寄三首》）大堤女儿与他在夜间相会，白日各自风流云散。

至此襄阳的汉水大堤便成为了唐诗中一处风流的典故。晚唐时人罗虬以此比红儿之美貌，"能将一笑使人迷，花艳何须上大堤。"（《比红儿诗》）李商隐有"风流大堤上，怅望白门里"（《和郑愚赠汝阳王孙家筝妓二十韵》）。以襄阳大堤与东面的金陵相提并论。

唐人写到的大堤女儿不但美丽而且多才多情，却命运多舛。杨巨源和李贺都以怜惜的笔触写到了她们的深情以及并不幸福的生活。杨巨源的《大堤曲》中写道"二八婵娟大堤女，开垆相对依江渚。待客登楼向水看，邀郎卷幔临花语。细雨濛濛湿芰荷，巴东商侣挂帆多。自传芳酒浣红袖，谁调妍妆回翠娥。珍簟华灯夕阳后，当垆理瑟矜纤手。月落星微五鼓声，春风摇荡窗前柳。岁岁逢迎沙岸间，北人多识绿云鬟。无端嫁与五陵少，离别烟波伤玉颜。"杨巨源写到一位美丽的大堤女儿年年迎来送往，白日开垆卖酒，夜晚灯下素手理琴瑟。最终她嫁与来此寻欢的一位"五陵年少"，却因离别而憔悴容颜。李贺的《大堤曲》写道："妾家住横塘，红纱满桂香。青云教绾头上髻，明月与作耳边珰。莲风起，江畔春。大堤上，留北人。郎食鲤鱼尾，妾食猩猩唇。莫指襄阳道，绿浦归帆少。今日菖蒲花，明朝枫树老。"这位李贺笔下的大堤女儿在春日的大堤上深情地挽留北归的情人，以美酒以佳肴。她忧伤地担心情人一去不归，只因往来汉水中的归帆常常稀少。而她红颜易老，只在朝暮之间。

《全唐诗》中有一首作者是"襄阳妓"的《送武补阙》："弄珠滩上欲销魂，独把离怀寄酒樽。无限烟花不留意，忍教芳草怨王孙。"《全唐诗》关于这首诗的注解云："贾中郎与武补阙登岘山，遇一妓同饮，自称襄阳人。"此襄阳妓应也是"大堤女儿"之一，有以芳草自比怨离别之意。该故事又出现在南宋吴曾的《能改斋漫录》卷十一"妓赋诗送武补阙"条中："李昉建隆四年以王师平湖外除给事中，往南岳伸祭拜之礼，途次长沙。时通判贾郎中言，自京师与岳州通判武补阙，同途至襄阳，遇一妓，本良家子，失身于风尘，才色俱妙。二公迫行，醉别于凤林阙。妓以诗送武云：'弄珠滩上欲销魂，独把离怀寄酒樽。无限烟花不留意，忍教芳草怨王孙。'武得诗，属意甚切，有复回之意。时太守吕侍讲尝叹恨不识之，因请李赋一诗以寄云：'岘山亭畔红妆女，小笔香笺善赋诗。颜色共推倾国貌，篇章皆是断肠辞。便牵魂梦从今日，得见婵娟在几时。千里关河万重意，夜深无睡暗寻思。'"时间变成了宋初，可见这位襄阳妓的诗才了得，自唐诗出又被收入宋诗中。在南宋人的渲染下，李昉与所谓的吕太守听人介绍这位才色出众的襄阳妓后，竟魂牵梦萦。可见这位襄阳大堤女儿之出色。温庭筠也有诗写到大堤女儿的多才："京口贵公子，襄阳诸女儿。折花兼踏月，多唱柳郎词。"（温庭筠《秘书刘尚书挽歌词二首》）

襄阳的"大堤女儿"随着唐代的盛衰也有变动。盛时以李白的描述："日欲没岘山西，倒著接䍠花下迷。襄阳小儿齐拍手，拦街争唱白铜鞮……"（《襄阳歌》）为代表。随着中晚唐的颓势，"大堤女儿"也不复盛时之况，顿减颜色，"行路少年知不知，襄阳全欠旧来时。宜城贾客载钱出，始觉大堤无女儿。"（施肩吾《大堤新咏》）元和时人施肩吾甚至写到这些"大堤女儿"的薄情重利："大堤女儿郎莫寻，三三五五结同心。清晨对镜冶容色，意欲取郎千万金。"（《襄阳曲》）张潮《襄阳行》也有此意："玉盘转明珠，君心无定准。昨见襄阳客，剩说襄阳好无尽。襄汉水，岘山垂，汉水东流风北吹。只言一世长娇宠，那悟今朝见别离。君渡清羌渚，知人独不语，妾见鸟栖林，忆君相思深。莫作云间鸿，离声顾侪侣。尚如匣中剑，分形会同处。是君妇，识君情，怨君恨君为此行。下床一宿不可保，况乃万里襄阳城。襄阳传近大堤北，君到襄阳莫回惑。大堤诸女儿，怜钱不怜德。"衰时以文宗时人李涉的描述为代表："谪仙唐世游兹郡，花下听歌醉眼迷。今日汉江烟树尽，更无人唱白铜鞮"。（《汉上偶题》）两相对比，令人叹息。

可见唐人笔下汉水边的"大堤女儿"极负盛名，也随着朝代兴衰而变幻着容颜。从一个侧面来讲，唐诗中对"大堤女儿"兴衰的描述也是这个时代和城市兴衰的一种表征。

汉水首先以其自然丰美的自然景观进入襄阳城市居民的视野中。它发源于陕西，流经两省多市，为何在唐时能成为独属于襄阳的城市景观和文化交流场所，甚至成为襄阳城市的代名词？从本书研究的城市与文学关系的角度来看，首要的前提应该是唐时襄阳特殊的地理位置和繁华的经济催生了文学种种对汉水这条河流和这座城市的关注和书写。唐时的襄阳汉水之上，南船北马，川流不息，吸引了诸多才子佳人，行人谪客来此驻足停留，或为其清澈丰美的特质所倾倒，或在其上倾吐对京华和故土不尽的相思与叹息，或对其相关的传说加以持续地想象，或在此思考个体生命如何永恒的主题，或在此留下风流佳话，为汉水注入了新的文化内涵。可以这样说，正是唐人在襄阳以汉水为题留下的这些诗篇才使得其水清如玉，堆沙如雪的宏大气象，丰富物产，秀丽景色得以扬名天下，并逐步成为襄阳的代名词。当今天一说到汉水，人们脑海中首先想到的便是襄阳。也正是唐人这些文本的书写，才使得唐以前已在襄阳汉水一带流传的"汉水女神""杜预沉碑"这些传奇或故事得以加强和深化，与深负人格魅力和诗篇感染力的本土人氏孟浩然一并形成了襄阳独具的文化魅力。正是由于唐人的广泛关注，才塑造出襄阳汉水

"大堤女儿"这群美丽忧伤的女性形象，并逐步打造出人们追求美好的汉水绮丽文化意象。

由此可见，文学之于城市发展的影响是重大而深远的。正是在人与河流，人与自然的互动中，流经襄阳的汉水不再仅仅是一道纯粹的自然景观，而是被赋予了人类文明新内涵的人文景观，是唐时襄阳政治、经济、文化特征的重要体现，也从侧面折射出唐时襄阳城的兴衰。

随着历史变迁，时光磨洗，唐人笔下那"江城回绿水，花月使人迷"，"鸟泊随阳雁，鱼藏缩项鳊"的场景已逐渐湮灭，而从唐人诗文中挖掘的汉水独特文化内涵却依然熠熠生辉。而这些"富有地方特点的名物进入诗歌，不仅有鲜明的生活气息，而且有可能成为区域文化的一个背景特点，这些名物进入诗中，其含义已超出名物自身"。①

这些文本记录了这条流水，这座城市曾经的繁华，留下的这些自然和人文景观的叙述对于当下构造襄阳城市仍然具有重大的现实意义。要把汉水这条自然河流景观，特别是通过人与河流相互交流所形成的人文理念，历史遗产作为特有的巨大优势，激发人们珍惜自然，保护遗产，利用资源，开发未来的激情，使襄阳因水而美，因水而繁荣，因文学而独特，因文学而更加有名，使来到这座城市的人们像千年之前的唐人一样，为此停留驻足，延续叠加它不朽的文化意义。

---

① 戴伟华：《地域文化与唐代诗歌》，中华书局 2006 年版，第 107 页。

随着历史变迁，时光磨洗，唐人笔下那"江城回绿水，花月使人迷"，"鸟泊随阳雁，鱼藏缩项鳊"的场景已逐渐湮灭，而从唐人诗文中挖掘的汉水独特文化内涵却依然熠熠生辉。

（五代）董源《夏景山口待渡图卷》

第三章　都市的心灵

"城市，它是一种心理状态，是各种礼俗和传统构成的整体，……换言之，城市绝非简单的物质现象，绝非简单的人工构筑物。城市已同其居民的各种重要活动密切地联系在一起，它是自然的产物，而尤其是人类属性的产物。"①因此分析包含在城市文学中城市居民的心理成为城市文学一个重要的话题，涉及城市的生活方式、城市舆论、城市的享乐追求、城市书写对前朝的追忆与超越、城市的世纪末情绪等多方面，构成都市的心灵。

第一节　城市心理与文学的关系

城市心理是多样的，在城市文学的书写中体现着城市居民对时代社交规则的遵从、对城市爱情的看法乃至介入、对时代经济发展带来的对享乐的追求、对时代的看法、对时代美学风尚的建立、对时代趋于没落的无可奈何等种种方面。本章选取初唐洛阳的城市生活方式，中唐长安的两大传奇，北宋柳永对城市的"印象派"书写，宋人从北宋到南宋对于扬州的互文书写和创新书写以及弥漫整个宋代的"世纪末情绪"这些方面作为考察城市心理与文学这个角度的个案探求这两者的联系与相互影响。一方面文学反映城市的种种居住心理，另一方面城市自身的政治地位、经济状态、文化传统等又对城

---

① R.E.帕克等：《城市社会学——芝加哥学派城市研究文集》，宋俊岭等译，华夏出版社1987年版，第1页。

市的心理有着持续的影响。

本章第二节试从城市与文学的角度，从城市与城市居民最寻常的关系点，一个城市得以扩大发展的核心因素——城市生活方式这点来观照初唐洛阳与其中唐人创作的唐诗之间的关系。该节选择了洛阳城市发展最盛的初唐时期，在城市功能完备的城市体系中考察有关这个城市的诗歌。在这个时期的这个城市，"唐诗"成为社交圈的主要话语。诗歌的创作和应答构成城市的主要生活方式。

本章第三节选取了中唐长安的两大传奇，《莺莺传》和《霍小玉传》进行考察。这两个传奇是少有的与城市舆论有关的故事，而且因为舆论的参与，促成了这两个传奇的发展以及在意义上的延伸。中唐长安的城市舆论对两场轰动京城的爱情的反应，在其过程中呈现出接受和颠覆的两种状态，表现出时代性的"逐情"观念。本节对两篇传奇在城市舆论中复杂的状态作出分析，在此基础上解析中唐社会中复杂的情感道德倾向。

本章第四节集中在北宋仁宗年间柳永的城市书写。11 世纪的宋代已经发展至接近现代的文明程度，失意于宦途的柳永沉湎在市井之中，纵情书写北宋城市之美好，其许多城市词作中的理念与八个世纪之后的西方的印象派理念有着不谋而合之处，表现在书写城市爱情的真实化和世俗化；书写城市发展的纪实性和当下性；书写城市享乐的正当性和合理性这些方面。在他这些城市书写的背后折射出宋代接近现代文明如拂晓时辰的光芒，同时表现出时代中人对居住在城市中充分肯定的，幸福的感受。

本章第五节以宋代扬州的互文书写和创新书写为中心，立足于宋代的扬州城市文本（诗歌和词），探求其中的对前朝的互文书写和本朝"文本创新"的现象。从南朝梁时的"何逊在扬州"，到晚唐杜牧的"珠帘十里"，再到北宋欧阳修的"平山阑槛倚晴空"的出现，可以清晰地发现，宋人的扬州书写与前朝的文本或构成"共存"的互文关系，或构成改写"派生"的互文关系，一方面呈现出宋人对唐人文化的景仰心理，对前朝繁华的追慕；另一方面也表达出意欲打通各家思想，包揽古今文化的情怀。而扬州自唐以来以"珠帘十里"的富贵风流印象流播，在欧阳修为扬州郡守后，为扬州平添山水的景观之美和吟咏的风雅之风。在他之后，"平山阑槛""醉翁春风杨柳"成为宋代吟咏扬州不绝的互文书写现象，构成"文本创新"，表达出后世对欧阳公为郡守时清平时日的追忆和对其闲情逸兴的追慕，以及宋人对雅文化的崇尚。在这些互文书写与文本创新中，扬州自南朝到宋城市文本中的文化联系呈现出从清丽到靡丽最后到清雅的流变，从中可以窥见扬州在整个宋朝江山易代的某一些缩影。

本章第六节集中考察南宋都市世纪末情绪的始末和原因。南宋都市世纪末情绪在时间和空间以及文化概念上，都从不同方面印证着南宋都市这种城市心理的存在，同时也在某种程度上，符合中西世纪末文学的一些特点。本节拟从其表现和成因来探讨城市情绪对文学的影响，并试图探讨这个时期有着显著特色的世纪末文学特色。

第二节　初唐气象

唐诗作为唐代文学的风潮，是这个帝国以及帝国各个城市的主要文化意识形态。中国古代社会是一个家国天下的意识组合体，也是由此构建层层扩大的建筑版图。在这其中，城市就是帝国的缩影，更不用说承载了帝国象征意义的首都了。洛阳在初唐三帝的经营下达到这个城市发展的巅峰——一个几乎囊括所有城市功用的城市。它在唐代是"统治的中心地带"，是"商业和统治的前哨"，也是"军事营地"（德里克·肯因《城市与帝国》）。所以，可以说作为唐代的都城之一的洛阳在创造了一个以诗歌风行一代文学的过程中有着它独特的作用和位置。本节试从城市与文学的角度，从城市与城市居民最寻常的关系点，一个城市得以扩大发展的核心因素，其中居民适应城市获得城市居住最好环境的关键——城市生活方式这点来观照初唐洛阳与唐诗的关系。

一、初唐洛阳城市生活方式概论

杨东平认为：“城市文明，它究竟是由什么和怎样构成的呢？答案是两个字，交往。……交往、对话和沟通，是城市生活方式的本质和精髓。”① 芒福德也说到这点：“对话是城市生活的最高表现形式之一……城市这个演戏场内包括的人物的多样性使对话成为可能……城市发展的一个关键因素在于社交圈子的扩大，以致最终使所有人都能参加对话。不止一座历史名城在一次决定其全部生活经验的对话中达到了自己发展的极限。”② 一个城市因为“天下熙熙攘攘”往来的积聚日渐扩大。人群的种种活动填充了作为场所的城市，可以说城市的生机和活力正是因人的活动所致。在古代中国，城市就是乡村的延伸。是何以区别于与城市相距不是甚远、边缘接壤的乡村，正是这“熙熙攘攘”活动的目的——“皆为利来，皆为利往”达成的效果。“利”是财富，财富的聚集，财富的私人拥有。在古代中国，财富也因商业而成，但不同于西方的是，古代中国重视欣赏的是政治上成功从而获得的财富。而政治上的成功只能通过这个帝国统治者的垂青或者最重要制度的认可，即在唐代完善的科举制度。

唐代历代帝王对诗歌的爱好更使诗歌成为这个时代最炙手可热的个人才华的体现。太宗作为这一宏大传统的奠基者，功不可没。清代《全唐诗》的编者说：“有唐三百年风雅之盛，帝实有启之焉。”这种君王对诗的热爱，进一步扩展到国家重要的制度之中，“盖唐当开国之初，即用声律取士，聚天下才智英杰之彦，悉从事于六义之学，以为进身之阶。”（康熙《全唐诗序》）这种说法其实不是很确切。唐代科举考试以进士科最为人所重，而其考试内容在天宝以前是诗文并重的。在天宝之前，士人可以以杰出的才华和声望直接越过考试，进入帝王的视野之中。于是，这种帝王的偏好和制度的使然就

---

① 杨东平：《城市季风：北京和上海的文化精神（修订本）》，新星出版社2006年版，第43页。
② 芒福德：《城市发展史》，中国建筑工业出版社1985年版，第88—89页。

使政治与文学创作在这个时代以功利的目的紧密结合起来。即在某种程度上文学（诗歌）上的成功等于政治上的成功，而政治上的成功即意味着个体的全面成功，其中很重要的一方面即是财富的拥有，这意味着个体乃至整个家族能够进入贵族阶层或者维持贵族的家风，从而获得整个社会的认可和艳羡。

唐代的洛阳城是具备提供这一切的一个处所，尤以初唐盛。初唐，太宗就制《令河北淮南诸州举人诏》首开唐代洛阳科举之风气。至于高宗，"始置两都举，礼部侍郎官号，皆以两都为名，每岁两地别放及第。自大历十二年停东都举，是后不置。"（《唐会要》卷七《东都选》）可见洛阳贡举由此而拉开序幕。① 除此之外，洛阳还是铨选官员的中心之一，有别于长安的铨选称为"东选"② 于这些贡举铨选活动在武后将洛阳作为"神都"时达到鼎盛。于是这座城市拥有了士人想于此获得"利"的最基本条件。城市发展的一个关键因素"在于社交圈子的扩大，以致最终使所有人都能参加对话"。在某种程度上，唐诗正是使"所有人都能参加对话"③ 的话语。唐人以诗干谒，以诗惊世，以诗交友，以诗会友，以此在洛阳或者其他城市获得参与的话语权。洛阳作为城市不仅提供了足够的政治氛围，有足够的贵族居住于此，还有着浑然天成的山水风貌，由时间维度形成的城市人文景观，等等。这一切使诗歌创作获得极厚重的文化底蕴的支撑以及极开阔的视野心理的同时，还在这个时代，在这个代表帝国部分或者全部权威的城市中，渐渐变成一种表演性的艺术，"是文化和地位的标志"④。

从文学的内部发展来看，在某种程度上可以说唐诗的发展是这样渐渐风

---

① 学者郭绍林在《唐五代洛阳的科举活动与河洛文化的地位》（《洛阳大学学报》2001年第1期）中对此提出疑问，并认为"早于永昌元年四个年头的垂拱元年洛阳即有科举活动的说法"。

② 欧阳修等《新唐书》卷四十五《选举志下》："太宗时，以岁旱谷贵，东人选者集于洛州，称为'东选'。"

③ 芒福德：《城市发展史》，中国建筑工业出版社1985年版，第88—89页。

④ 宇文所安：《盛唐诗》，三联书店2004年版，第289页。

生水起的。宇文所安在他的论著中提出"京城诗"这个概念。概括而言,"京城诗"之一是承接两汉京都赋演化而来的产物,是士人面对城市一种传统式的思维方式。同时它"涉及京城上流社会所创作和欣赏的社交诗和应景诗的各种准则"①,呈现出华丽雅致的情调,与"宫廷诗"相区别开来。"宫廷诗"因为上行下效,很快从宫廷内阁走向城市中的种种应景场合风行开来,成为"京城诗"的前声。而诗歌向"京城诗"的变化发展也是一个社交圈子扩大的表现,因为"和宫廷诗一样,京城诗是一种社交现象,通过实践和诗歌交换而掌握,"②它们都需要遵循一定的创作准则。与此同时,这也是一个逐渐凝聚的过程。还有一部分诗歌的作者希望从这个圈子的最外层进入最里层,进入"宫廷诗"的社交圈子之中。初唐洛阳这种意识形态的轨迹尤为明显。

二、初唐帝王的"宫廷诗""对话"圈

从上节可以看出那些"宫廷诗"是这个时代文学样式以及这座城市中士人普遍生活方式的滥觞。以太宗洛阳一次朝堂诗歌"对话"为例。《仪鸾殿早秋》《赋得樱桃》《临洛水》都是太宗流连洛阳的作品。《全唐诗》对他的介绍中提到:"锐情经术,初建秦邸,即开文学馆,召名儒十八人为学士。既即位,殿左置弘文馆,悉引内学士,番宿更休。听朝之间,则与讨论典籍,杂以文咏。"他在洛阳逗留期间,创作的这些诗歌必然有朝臣相合。比如太宗在洛阳宫仪鸾殿设宴,太宗有《仪鸾殿早秋》,许敬宗和为《奉和仪鸾殿早秋应制》。这两首诗都是典型宫廷诗的代表,强调一种华丽典雅的格调。许的诗歌正是宫廷诗的模板,恭谦安和的情感抒发,对偶工整的律诗体,形成一种"由主题、描写式展开和发应三部分构成"的"三部式结构"③。

---

① 宇文所安:《初唐诗》,三联书店 2005 年版,第 81—94 页;[美] 宇文所安:《盛唐诗》,三联书店 2004 年版,第 4 页。

② 宇文所安:《盛唐诗》,三联书店 2004 年版,第 68 页。

③ 宇文所安:《初唐诗》,三联书店 2005 年版,第 8 页。

还有沈佺期的《奉和洛阳玩雪应制》，姚崇的《故洛阳城侍宴应制》《春日洛阳城侍宴》，张九龄的《奉和圣制初出洛城》等都是这种宫廷诗的模式，只不过渐渐从太宗朝娱乐性质转向一种浓厚的颂圣味道。许敬宗虽然貌似恭谦地参与了这个圈子的对话，但终归是有着戏谑的轻松味道，"大造谅难酬"。但后期这些宫廷诗的对话中充满了隐喻或是明确的颂圣口吻，如"周王甲子旦，汉后德阳宫"（沈佺期《奉和洛阳玩雪应制》），"尧樽临上席，舜乐下前溪"（姚崇《春日洛阳城侍宴》）等。这些都成为帝王与他的臣子密切联系的一种方式，或者说是一种亲密的表现。

而武后时期的宋之问更是借诗歌直接获得武后青睐，甚至想要获得自己意愿中的官职。宋之问以武后所好的七歌行体《龙门应制》创造了"夺袍"的佳话后，以另一篇七言歌行体《明河篇》获得武后激赏，而此中"明河可望不可亲，愿得乘槎一问津"的求官意愿却未遂。[①] 由此可看出诗歌作为个人话语的表达，已经有功利化的倾向。更不必言此时武后定为"神都"的洛阳已成为万千举子谋求"进身之阶"的应试都城了。

唐代在洛阳安家的官员很多，在此偶然参与到宫廷诗的圈子之中，平时与同僚好友宴集酬唱，成为他们一种理想的生活方式。但在这座京城的生活因为与政治接壤太近，这些天子近臣很有可能突然因为某种原因"一封朝奏九重天，夕贬潮阳路八千"，从此不得不远离洛阳，到异地流放或任职。比如沈佺期因为武后失势，被复兴的李唐政权流放到驩州。他在流放之地日夜思念着昔日居住的洛阳，如在《初达驩州》中有"何年赦书来，重饮洛阳酒"，在《驩州南亭夜望》中有"昨夜南亭望，分明梦洛中"，在《遥同杜员外审言过岭》中有"洛浦风光何所似，崇山瘴疠不堪闻"，等等。这些思念固然是他对君王的思念："何时重谒圣明君"（《遥同杜员外审言过岭》），同时也是失却政治地位之后的哀叹。他还有《和上巳连寒食有怀京洛》"天津

---

① 计有功《唐诗记事》卷十一中载"之问求为北门学士，天后不许，故此篇有乘槎访卜之语。后间其诗，谓崔融语：'吾非不知其才，但以其有口过耳。'之问终身耻之"。

御柳碧遥遥，轩骑相从半下朝。行乐光辉寒食借，太平歌舞晚春饶。红妆楼下东回辇，青草洲边南渡桥。坐见司空扫西第，看君侍从落花朝。"这首诗中，诗人着意地提到了伴驾的生活细节。这意味着在士人心中初唐的洛阳是一座具有无限可能接近帝王接近权势的城市，是否在此居住在某种程度上已经明示了个体成功与失败。这些诗歌虽然已经脱离了"宫廷诗"的固定模式，但它们指向的对象无一不是那座欲望都城，还有进入这座城市的野心以及对那些居于此中的怀想。从描写对象上而言，它们成为"宫廷诗"的附庸。

三、初唐官员私家园林中模拟"宫廷诗"的"对话"圈

"宫廷诗""对话"活动主要以宴游为主要形式。朝堂和皇家宫苑是宴游的一个场所，除此之外，官员的私家园林同样是一个适合宴游的场所。初唐私家园林雅会在歌咏之余，在某种程度上也成为参与者获得朝廷重臣认可，进而获得可能进阶之缘的机会。这种雅集是急于获得政治地位的士人以参与各种贵族私家园林中文学活动以期获得个人形象凸显为最终目的的。来自蜀中的陈子昂参加"高正臣林亭雅集"和"王明府山亭雅会"这两次"对话"是这个时期士人以诗歌向中心话语圈靠近的典型代表。

《全唐诗》卷七二高正臣有《晦日置酒林亭》及《晦日重宴》组诗。据其自注可知首"宴二十一人参加，皆以华字为韵赋诗，陈之昂为之序"；重"宴九人，皆以池字为韵，周彦晖为之序"。此中初宴二十一人，多数是不见记录的"高宗时人"，主人高正臣则为天子近臣。《唐音癸签》对此次盛会也有所记录，并对高正臣的身份有所点出："正臣官卫尉卿，善书，陈子昂为其晦日诗序，称为渤海宗英，平阳贵戚，其豪盛可知。"（胡震亨《唐音癸签》卷二七）此时与会众人都亦步亦趋地按照主人歌咏的景物加以唱和。主人高正臣首吟其私园如隐于城市中的"山家"，如此诗意偏闲散，"正月符嘉节，三春玩物华。忘怀寄尊酒，陶性狎山家。柳翠含烟叶，梅芳带雪花。光阴不相借，迟迟落景斜"（《晦日置酒林亭》）。而各自诗意都追随着高氏"光阴不相

借，迟迟落景斜"这种雍容雅致平和的情调，如陈嘉言的"日暮连归骑，长川照晚霞"（《晦日宴高氏林亭》），王茂时的"止水分岩镜，闲庭枕浦沙。未极林泉赏，参差落照斜"（《晦日宴高氏林亭》）等。但众人身份终是不及高氏的门第高贵清华，因此也达不到高氏那种自然而生的从容情调。在描写景物上更是无比相仿，如"竹窗低露叶，梅径起风花"（王勔《晦日宴高氏林亭同用华字》），"柳摇风处色，梅散日前花"（崔知贤《晦日宴高氏林亭》）"柳处云疑叶，梅间雪似花"（韩仲宣《晦日宴高氏林亭》）等。这其间唯有陈子昂的和诗有着自然流畅的走笔，明朗愉悦的情调："寻春游上路，追宴入山家。主第簪缨满，皇州景望华。玉池初吐溜，珠树始开花。欢娱方未极，林阁散馀霞。"虽然诗中也和高氏用"山家"指代高氏林亭，但不同于其余人等的矫饰，自然而然；同时诗中有"追"字，将其汲汲于这种贵戚私园宴游的心理完全明白脱出。第二次晦日宴会，高氏在诗序中称"是宴九人，皆以池字为韵，周彦晖为之序"。这次高氏林亭中的文学活动，仍然是以高氏平和的情调起唱，众人应和。众人和诗仍然是以追随的笔调写其参与的荣幸之意。

《全唐诗》卷七二崔知贤有《三月三日宴王明府山亭》（得鱼字）诗。诗下自注"同赋六人"。查《全唐诗》知，六人分别为崔知贤、席元明、韩仲宣、高球、高瑾、陈子昂。与会者俱是以《诗经》中四言古诗体的写作，模拟东周时期的文学样式来追慕贤者的理想境界。在这次应景的雅集，唯有陈子昂将目光落在了都市万丈红尘之中的生活场景上，"奕奕车骑，粲粲都人。连帷竞野，袨服缛津"（《三月三日宴王明府山亭》见《岁时杂咏》）。那是对这些在都市中已然获得成功，从容行走其间人士的艳羡。当其余与会唐人试图将赋诗情调调整到"曾点气象"之时，陈子昂丝毫不掩饰其强烈的入世之心。

此时，他频频参与到这些朝堂官员的私园聚会之中，也是希望能更加接近权力的中心。而他这种高调的个性表达却在貌似恭敬唱和的外表下掩映不住，呼之欲出。如此并未获得追求雍容雅致审美情趣如园主高氏者的青睐，也并未达到他预期的目的。此时，他对自身还未在这个欲望城市中获得成功而郁郁不乐，在此良辰佳景之下明白道出"今我不乐，含意□申"。

从这些主题情调几乎一致的组诗可以看出，这种"对话"确实在很大程度上使个人情志的表达被压抑。这些貌似宫廷宴游诗华丽雅致的书写吟咏之后，也是一种屈服于主人或者贵宾身份的表现。于是此中参与赋诗的士人不得不以高氏诗歌题材趣味相和之，从而得到这个接近宫廷诗歌宴集社交圈子的话语权。而此时，这种"对话"已然在共性之下显露出个性凸显的端倪。

四、初唐"京城诗""对话"中的共性和个性

进入这个城市并不意味着绝对的个体成功。这点在中晚唐时期的洛阳里发生得尤为频繁，而在唐帝国的初期，这类诗歌竟然绝少出现。这应该与这个帝国初生的气象相关联。这时来此的士人多是以向往赞美的口吻来描写这座寄托他们狂热理想的城市。

这种对城市现世完美赞美的声音多出于伴驾的官员，即进入洛阳获得成功的士人。他们的城市描述是对这个城市种种繁华占有的一种满足和优越的感受。如："宿雨霁氛埃，流云度城阙。河堤柳新翠，苑树花先发。洛阳花柳此时浓，山水楼台映几重……"（宋之问《龙门应制》）"九门开洛邑，双阙对河桥。白日青春道，轩裳半下朝。乘羊稚子看，拾翠美人娇。行乐归恒晚，香尘扑地遥。"（沈佺期《洛阳道》）就是那些失意于这座城市的士人也忍不住以崇拜的心理在这座城市的远景眺望下投下惊叹的目光："步登北邙坂，踟蹰聊写望。宛洛盛皇居，规模穷大壮。三河分设险，两崤资巨防。飞观紫烟中，层台碧云上。青槐夹驰道，迢迢修且旷。左右多第宅，参差居将相……"（郑世翼《登北邙还望京洛》）

这些诗歌有着几乎共同的体例和表达情感，从而这些诗人如那些离开洛阳贬逐在外的官员一样，以书写歌吟同一座停留过的城市获得了一种超越具体时空的"对话"。他们以流行于当下的这种诗歌模式证明着他们对这个城市不同方式的进驻和占有。

这属于"京城诗"的一种，但也有如宇文所安所说的描写洞彻城市盛衰

的"京城诗"①。而刘希夷的《代悲白头翁》当为此中翘楚。城作为一个容纳的场所，是人的来往，人的盛衰创造了城随着人事盛衰交替的历史。城中的景物，人物都无法摆脱自然时间必然性的结果。城中的繁盛花树，城中的洛阳女儿，城中的遗址废墟，城中的现世行乐，城中一位生平盛衰交替的"白头翁"都被诗人置于一种危险的关系之中，在鲜花着锦，烈火烹油的现况之下总有一触即发进而灰飞烟灭盛转衰的必然结果。而留下来见证盛衰，永不消逝的唯有代表自然生命的花树。他触碰到洛阳这座城市的灵魂所在，多少朝代的变迁演义于此。于是，在这座城巨大的历史阴影之下，作为此中的居民，他由此感受到作为个体自身的命运。《大唐新语》卷八中载："（刘禹锡）尝为《白头翁咏》曰：'今年花落颜色改，明年花开复谁在？'既而自悔云：'我此诗似谶，与石崇白首同所归何异也？'乃更作一句云：'年年岁岁花相似，岁岁年年人不同。'既而叹曰：'此句复似谶矣，然死生有命，岂复由此。'"

这种感受不同于卢照邻《长安古意》式仿汉以来京城赋的写法。盛衰的描写比例由不对等的关系转向被并置的关系，在转瞬翻覆之间进行强烈对比。不再是流行当下对城市现世的大篇幅描写，那是踯躅于成功之外对这个城市曾经和当下种种代表权力和财富景况不得占有的苦恼。这也不是如当下"京城诗"那般以俯瞰城市的视角（如骆宾王的《帝京篇》）获得万物短暂无常的空幻感受。这是一种普世宏观意义上的感受，而此种感受则是浸淫于城市历史之中，将个体化身为城市的切肤之痛。"有活在并消融于城，也思考这估量着自己与城的关系的人，城才是人的城。前一种人使城有人间性格，后一种人则使城得以认识自身，从而这城即不只属于它的居民，而作为文化性格被更多的人所接纳。"②刘希夷这首诗歌完美地达到了城与人关系这两方面的平衡。

以刘希夷为典型代表诗人的出现打破了这种城市话语的统一格调。他以

① 宇文所安：《初唐诗》，三联书店 2005 年版，第 82 页。
② 赵园：《北京：城与人》，北京大学出版社 2002 年版，第 16 页。

不合时宜的个性出现在初唐①，跳出现世的种种关联，直接与城"对话"，在历史时空中确认了城与人最本质最深刻的关系。此中的对话独立于整个城市生活方式之外，远离现世种种，而是盛与衰的直接对话，"寄言全盛红颜子，应怜半死白头翁"，现象与本质的直接对话，偶然与必然的直接对话，或者说是作为偶然短暂出现在某一个时空中的个体与时空重叠的城之间的对话。

　　通过考察初唐洛阳城与这个时期中相关的诗歌，以城市文学的角度来看待那个时期的文学风潮，以城市学中城市生活方式"交往"的视角来容纳这个时期的诗歌创作，显然是不够的。比如以陈子昂、刘希夷为代表的出现，便打破了以"表演"为目的矫饰的初唐诗的局面。但文学的发展是流动的，刘的出现已经有与盛唐诗歌接轨的迹象。而城市的发展也是流动的，盛衰交替，从而诗歌的创作理念也在发生变化。宇文所安说："京城诗从来不是要一个完整的统一体……京城诗代表了将诗歌看成社交活动的观念……"②但诗歌终究是属于个人的一种情感抒发，"诗言志"这个最古老的理念已经说明诗歌是个性且自然非功利的。这种艺术终究会转向本来的面貌。但由于洛阳城帝国都城的地位，因帝王提倡的"对话"方式的崇尚，使这个城市的城市生活方式以诗歌为表现普遍开来。这是指向现世的一种生活方式。而中国人自古就把极大的注意投向了现世，"未知生，焉知死？"现世生活构成了他们生活的主要方面，而城市是代表现世生活的主要载体。于是，只要这座城市在这个朝代存在，这种指向现世的"对话"方式就不会消失。在初唐的洛阳，在陌生的人群中，士人以诗歌作为个体的陈述，在城市提供给士人以"表演"的场所之中相互交往回访的活动中构成千丝万缕的种种联系。这些交往和访问的"对话"都因这座城市在初唐的地位和含义格外集中且意味深长，这是个体获得进驻这个城市的基础。而正是有这些"对话"的存在和扩大，这座城市在此获得了真正的延续发展和生气。

---

① 辛文房《唐才子传》卷一载："上元二年郑益榜进士，时年二十五，射策有文名。苦篇咏，特善闺帏之作，词情哀怨，多依古调，体势与时不合，遂不为所重。"
② 宇文所安：《盛唐诗》，三联书店2004年版，第4—5页。

由于洛阳城帝国都城的地位，因帝王提倡的"对话"方式的崇尚，使这个城市的城市生活方式以诗歌为表现普遍开来。这是指向现世的一种生活方式。

（宋）李公麟《西园雅集图》

第三节　长安的传奇

中唐以来，传奇发展进入兴盛阶段，名家名作层出不穷，《莺莺传》和《霍小玉传》都是此际的佳作。这是两个流传甚广的爱情故事，两对男女主角都进入了大众的视野，并成为当时城市舆论中的焦点。可以说，这两个传奇是少有的城市舆论中的传奇，而且因为舆论的参与，进一步促成了这两个故事文本的发展和意义的延伸。城市舆论对这两场在京城颇有影响的爱情呈现出同情和批判两种状态，并使得故事最终走向舆论接受与颠覆两种结局，这固然是作者的编撰效果，但又绝不能仅仅作为其个人心理的展示。我们虽然不妨将这两个故事看成作者争取城市舆论的努力，然而从根本上说，它是城市舆论，亦即某种社会道德观念折射的心理图谱。由于两场传奇的舆论发生地在唐代京城长安，因此这种城市舆论便具有了时代性道德观念评判的典型意义。本节拟就《莺莺传》和《霍小玉传》在城市舆论场中复杂的状态作出分析，并由此解析中唐社会复杂的道德观现象。

一、《莺莺传》：城市舆论的接受

正如李普曼在《舆论学》中说，"舆论基本上就是对一些事实从道德上加以解释和经过整理的一种看法。"[①] 在《莺莺传》中，文中的张生成为城市舆论的主要参与者和引导者。作者元稹成为他的代言人，有意识地从道德上不断解释其内心的"看法"，一步步将其爱情行为导入到社会舆论中进行取舍，并颠覆了已有的舆论压力，达成对自我行为的肯定，从而使城市舆论最终接受他的选择。

《莺莺传》自"张生发其书于所知，由是时人多闻之"起，已经宣告这个传奇进入了城市舆论中。从最初张生两位好友作出反应："所善杨巨源好属词，因为赋《崔娘诗》一绝云：'清润潘郎玉不如，中庭蕙草雪销初。风流才子多春思，肠断萧娘一纸书。'河南元稹，亦续生《会真诗》三十韵"，到张生不顾"友闻之者，莫不耸异"，进而以"尤物妖孽论"称"志亦绝矣"时，城市舆论的反应仍然停留在接受后表示惊叹且遗憾的层面上。"于时坐者皆为深叹"，无论是杨诗中的叹息，还是元诗的感怀缱绻，抑或"耸异"的反应，都能看出城市舆论并未对这段爱情传奇起非议。细细品味"然而张志亦绝矣"一句可知，闻听此事的张生友人颇希望这段传奇继续发展下去。

正因为城市舆论是接受甚至欣赏这段爱情，所以对于文中的张生这种始乱终弃的行为在道德上是趋于隐形否定的。在这种舆论状态下，作为文中张

---

① 李普曼：《舆论学》，华夏出版社1987年版，第82页。

生代言人的作者元稹不断地蓄意描述这段遇合，甚至以"尤物妖孽论"加以强调，都是为了颠覆已处在接受状态的舆论，为自己始乱终弃的行为在道德上找到庇护的空间。这一点，后人颇能看穿心思。宋人王性之《传奇辩正》即有"昔人事有悖于义者，多托之鬼神梦寐，或假之他人，或云见别书，后世犹可考也。微之心不自抑，既出之翰墨，姑易其姓氏耳。不然，为人叙事，安能委曲详尽如此……微之所遇合，虽涉于流宕自放，不中礼义"云云。在宋人的评论中，文中张生就是作者元稹。"悖于义"和"不中礼义"的行为，因"心不自抑"才托言张生来表其事。而作者元稹不仅在文中躲闪自己是主人公的事实，"反复抑扬，张而明之，以信其说"，而且在叙事中试图以蓄意的主观叙事，来颠覆已有的城市舆论。

何谓主观叙事？作者写张生出示莺莺"贻书"而"粗载于此"的传播，即为选择性叙事。莺莺回信的全部内容并不可知，所凸显出来的部分是莺莺知无后会之期而缠绵欲绝的心意，"心迩身遐，拜会无期，幽愤所钟，千里神合。千万珍重！春风多厉，强饭为嘉。慎言自保，无以鄙为深念。"在收到信之前，是张生主动先与莺莺断情，主导着爱情的走向，而此时接到书信的他却似乎被动地接受了诀别，所以才有了文中张生彷徨犹豫的反应，铺垫出他将此交于城市舆论加以委决的情节。

而作者元稹使城市舆论着重关注的是莺莺的绝情和张生的多情。他在张生友人同情叹息之余，意图使张生扮演成无辜者和受害者。除此之外，作者还刻意强化莺莺"真"的身份，所谓续"会真诗"三十韵，正是要使与张生"中表相因"的亲戚莺莺的身份落在"神女"上。陈寅恪先生在《读〈莺莺传〉》一文中详细考究了"会真"一词的涵义，讲到"会真"与"会仙"同义，"仙""多用作妖艳妇人，或风流放诞之女道士之代称，亦竟有以之目倡伎者"。① 可是书信中和传奇开头都提到崔氏是张生远亲，"财产甚厚，多奴仆"。虽然崔氏可能已非此际唐代的高门，但是为"神女"的可能性不大，而元稹的叙述

---

① 陈寅恪：《元白诗笺证稿》，上海古籍出版社 1978 年版，第 107 页。

却成功地将舆论的兴趣转向莺莺最低微的身份和张生最多情的状态。

然而城市舆论却并未倒向张生，并未肯定张生断情选择的正确，于是元稹不得不祭起"尤物妖孽论"及"忍情说"："大凡天之所命尤物也，不妖其身，必妖于人。使崔氏子遇合富贵，乘宠娇，不为云，不为雨，为蛟为螭，吾不知其所变化矣。昔殷之辛，周之幽，据百万之国，其势甚厚。然而一女子败之，溃其众，屠其身，至今为天下僇笑。予之德不足以胜妖孽，是用忍情。"显然这是以古老的"红颜祸水"观和儒家君子道德观来维护张生的行为。在众人都倾向于他们续写这段爱情传奇时，元稹蓄意叙事的初衷再次告之失败，"于时坐者皆为深叹"。元稹和他代言的张生至于此，其与城市舆论的对抗是失败的。元稹为了确保和强调张生选择的正确，他继续蓄意书写这个传奇向尾声的发展。从文本的整体叙述中，可以发现作者元稹一直是有意识地将这种始乱终弃的行为引导到被舆论接受的道路上去。

有意识地建立起崔莺莺"尤物"多变的形象，是作者的主要手段。可以看到的是，张生所言的"尤物妖孽"具有多变且不可知的特点。于是作者从开始叙述时，便有意识地将崔氏这一特点频频道来。

一则张生庇护了崔氏孀妇母子后，崔氏母命女出拜。结果崔氏的表现颇为矫情，且看起来根本不愿意引起张生的注意。这种离奇的谢恩出场与她后来的情深义重恰成强烈的对比。

二则张生在红娘的建议下以"春词二首"来试莺莺。莺莺显然是回应了这种试探。而当张生满怀热望前去私会时，莺莺却又以端庄的姿态，持之以礼地回绝了张生。但当张生陷入绝望时，莺莺却以神仙般的梦幻形式出现在他眼前。

三则他们在私会时产生了非礼行为，当张生在乎此时，莺莺竟闪烁其词，看似对此毫不在意，可是当张生真正要始乱终弃时，莺莺又以非常怨恨的方式责备张生这种不负责任的行为。

四则莺莺种种才艺出众，却往往不愿意出示于人，尤其是在情人张生面前，使张生"愈惑之"。

五则莺莺曾在信中表明对张生的爱乃生死相随，而后很快委身他人。

另外，作者在小说中多摘取崔氏的言论，而张生的许多言论却少见于文，这实际上也刻意打造崔氏形象的手段，即选择性的叙述。而这种有选择的叙述无非是为了刻画并强调"尤物"的魅力和魔力之大，为最后的"忍情"做准备。作者有意识地营造张生在这段关系中无辜的形象。他在别人误解张生无情，不顺应时代宴饮风流习俗的时候，自我叙述出自己行为不乱的缘由，而后叙述其在崔莺莺以礼回绝后，并未纠缠，而是沉默于"绝望"。而且在与莺莺商量告母之事后，张生以"因欲就成之"的主动和负责的姿态出现。对莺莺的多变，张生常常报以"愈惑之"的反应。在莺莺被迫与张生绝情后，张生又以多情的姿态出现，"因赠书于崔，以广其意"，"求以外兄见……怨念之诚，动于颜色"。

这一切关于莺莺的描述从种种方面都极力建立起莺莺多变的"尤物"与"妖孽"形象。其实作者想要达到的"尤物多变"祸水论的效果是不得不打折扣的，因为作者着力描述莺莺的多变，在某种程度上，未尝不是张生对待莺莺的多变。两人像镜子面前的物与镜中的相一样，相互投射和影映的是一种相同的相。在某种程度上，张生和莺莺的行为都是在遵循世俗礼教之下的偶然越轨，而最终都是回归于礼教。但张生故意的迷惑和隐而不发的多变却成为城市舆论中的"叙事空白"，他成功地回避了城市舆论的注意力，亦即舆论的压力。

小说最后崔氏再嫁的情节，是作者对抗并扭转城市舆论的绝妙举措。有意思的是，是张生先弃绝了崔氏，但在写作的顺序上，作者却先交代崔的另嫁和崔的绝情，"后岁余，崔已委身于人，张亦有所娶"。此目的在于将叙述的重点落在前者上，并进一步凸显张生在这个故事里无辜和委屈的位置，凸显他在道德上"忍情"的正确。

此时在元稹着意的叙述下，传奇的两位主角相继再嫁再娶，已经不构成传奇的特点，而纳入为社会日常生活的一个部分。如此城市舆论终于被元稹的有意叙述而扭转，注意力转到他代言的张生频频强调的道德观上来，回归到舆论评价的终极所在。传奇中写到"时人多许张为善补过者。予（元稹）常于朋会之中，往往及此意者，夫使知者不为，为之者不惑"。可见这个传奇再嫁再娶的后续故事终于达成了作者扭转城市舆论的目的，一个对女性始乱终弃者，最终不但成为多情者，而且站到了道德的山峰上。即便分别后，莺莺对于张生的诱惑似乎依然存在，这巩固了作者通过舆论而成为道德胜利者的地位。

城市舆论在这个过程中，有一个从接受促成进而被颠覆最后重新接受的轨迹。作者元稹也随着这个舆论的导向努力调整自己的叙述，以达到对张生行为肯定的目的，使其行为与城市舆论不相冲突。城市舆论的落脚点在于道德，最后作者也凭此达到扭转城市舆论的目的，所以这篇传奇从头至尾并非是一个客观的叙事，而是一个有意识地颠覆城市舆论的主观引导性叙事。

二、《霍小玉传》：城市舆论的颠覆

正如林肯有言："你有舆论的支持，无往而不胜；没有的话，无事不败。"[1] 在《霍小玉传》中，作者蒋防有意识地将霍小玉寻找李益艰辛而漫长的过程加以蓄意描述，使他们的爱情行为进入城市舆论中来。此外他从道德上不断对霍小玉的行为进行肯定性描述，对李益则从批判的角度进行叙述，使城市舆论倒向霍小玉。于是本不应受到城市关注的事件受到城市舆论的关注，本已完结的故事受到城市舆论的推动，获得了另一个传奇的结果，产生颠覆性效应。

《霍小玉传》在写霍小玉从李益表弟处获知李益背信再娶的消息，"冤愤益深，委顿床枕"后，开始表达城市舆论的反应："自是长安中稍有知者。"其实从原文来看，这个事件的传播早已开始。从李益决定要负小玉，"遥托亲故，不遗漏言"开始，这个事件已经处在开始流传的状态。李益一方是求

---

① 李普曼：《舆论学》，华夏出版社 1987 年版，第 1 页。

封锁消息，而霍小玉一方则在寻探中将这场爱恋流播于城市与城市之间。先是问卜，后是变卖财产而打听消息，"玉自生逾期，数访音信。虚词诡说，日日不同。博求师巫，便询卜筮，怀忧抱恨，周岁有馀。赢卧空闺，遂成沉疾。虽生之书题竟绝，而玉之想望不移，赂遗亲知，使通消息。寻求既切，资用屡空，往往私令侍婢潜卖箧中服玩之物，多托于西市寄附铺侯景先家货卖。"在这一过程中，遇到老玉公和公主的垂怜，以及李益表弟的泄露消息。由此可见，城市舆论已成气候，并达成一个倾向，不论是贵族或是平民，都倒向了霍小玉一方，这才有了"风流之士，共感玉之多情；豪侠之论，皆怒生之薄行"的舆论结果。至此，城市舆论达到第一个高潮。

随着城市舆论的继续流播，出现了对这个事件评判的第二个高潮，即黄衫客的出现。他继韦夏卿以言辞规劝李益之后，再次以城市舆论引导者的面貌出现。此时城市舆论不仅对这个事件做远观和评判，而是参与到其中来。黄衫客先是以言辞诱李益随其前往，最后强制性地挟持李益与霍小玉相见。黄衫客的行为隐含着城市舆论对这段传奇结局的设定，即要求李益兑现与霍小玉的盟约。

从作者蒋防的叙述来看，他明显地是站在反对和谴责李益薄行的立场上。在某种程度上，可以说《霍》的叙述也是作者主观蓄意叙事，旨在强化文中男主人公李益"妒痴"的个性，甚至起到借助舆论打击李益的效果。李益实有其人，且以"妒痴"闻于当时。对此许多典籍都有描述。《唐才子传》云："益少有僻疾，多猜忌，防闲妻妾，过为苛酷，有散灰扃户之谈，时称为'妒痴尚书李十郎'。"《旧唐书·李益传》云："少有痴病，而多猜忌，防闲妻妾，过为苛酷，而有散灰扃户之谈闻于时。故时谓妒痴为'李益疾'。"他的这种突出个性在当时的城市舆论中甚至成为一个评判的标准。《全唐文》卷六三四李翱《论故度支李尚书状》云："朝廷公议皆云：'李尚书性猜忌甚于李益，而出其妻。'"小说中李益后来有出卢氏、三娶之事，"卢氏既出，生或侍婢媵妾之属，暂同枕席，便加妒忌。……大凡生所见妇人，辄加猜忌，至于三娶，率皆如初焉"，可见是从当时已成气候的舆论中来。故《少室山房笔丛》正集卷二五中云"霍小玉事，据《李益传》，或有所本。"

卞孝萱先生认为《霍小玉传》是中唐政治斗争"牛李党争"的产物。唐穆宗时期，小说中的李益和作者蒋防分属于不同的党派。李属牛党，而蒋隶李党。于是蒋防欲此传使李益声名狼藉，起到打击其党派的作用。文中作者蒋防对城市舆论"风流之士，共感玉之多情；豪侠之论，皆怒生之薄行"犹嫌不足，又将另一个唐人导入到小说的舆论氛围中来："有京兆韦夏卿者，生之密友，时亦同行。谓生曰：'风光甚丽，草木荣华。伤哉郑卿，衔冤空室！足下终能弃置，实是忍人。丈夫之心，不宜如此。足下宜为思之！'"韦夏卿也实有其人，是元稹的岳父，也是李绅的好友，与作者蒋防同属李党，与李益属党成水火之势。而韦在此出现，与黄衫客的出现一起为城市的舆论进一步加强造势。于是卞孝萱先生总结为"《霍小玉传》是一篇攻击政敌的传奇……蒋防不直接批评李益道德败坏，而借传奇中形形色色的人物之曰发表议论，这种手法也是很狡猾的"。且"从种种迹象看出：《霍小玉传》是蒋防适应元稹、李绅的政治需要和迎合元稹、李绅的文艺爱好而作"。①

由此可以看出，两篇传奇都有主观蓄意之嫌。《莺莺传》是元稹为了维护张生对莺莺始乱终弃行为的主观叙事，而《霍小玉传》则是蒋防为了打击政敌李益的主观叙事。两者中都有对薄行男主人公的谴责痕迹，但蒋防在道德上的蓄意叙事使霍小玉成为城市舆论中被关注、同情和肯定的对象，而将李益置于被谴责的位置，从而使城市舆论显示出一种颠覆的力量。

从文中李益与霍小玉见面时起，霍小玉便被塑造成一个时时处处严格依照社会道德观行事的形象。首先，在两人极度恩爱之时，霍便对自己身份以及自己的将来有自知之明，"妾本倡家，自知非匹。今以色爱，托其仁贤。但虑一旦色衰，恩移情替，使女萝无托，秋扇见捐。极欢之际，不觉悲至。"她此时对李益发出委婉的询问，意在探询自己真情是否真能寄托，这也在强调自己虽为神女，但与其他神女不同，是怀着对这段遇合持续久远的

---

① 　卞孝萱：《唐人小说与政治》，鹭江出版社2003年版，第304、305页。

期待的。

其次当李益将授官离去时,霍以更加清醒的姿态为李益和自己的未来做了一个相望和恳求:"以君才地名声,人多景慕,愿结婚媾,固亦众矣。况堂有严亲,室无冢妇,君之此去,必就佳姻。盟约之言,徒虚语耳。然妾有短愿,欲辄指陈。……妾年始十八,君才二十有二,迨君壮士之秋,犹有八岁。一生欢爱,愿毕此期。然后妙选高门,以谐秦晋,亦未为晚。妾便舍弃人事,剪发披缁,夙昔之愿,于此足矣。"在两人沉醉的世界中,始终贯穿着霍小玉的清醒判断。她明知与出身名门的李益不相配,无法得到社会的承认,但又不愿以绝情的姿态了断这段关系,于是在社会道德观准则下提出了一个合情合理的妥协意见。虽然最后放手爱人的离去,但其深情始终的形象十分感人。

再次霍小玉以神女的身份坚守与李益的约定,不惜在困窘中耗光自己所有的资财去寻找李益。这种行为也是对约定的坚持。紫玉钗的被迫出售,有着特殊的涵义,既是霍的无奈之举,也喻示着她将自己所有的尊严化作对这段情感的投入,因为紫玉钗是她一半尊贵血统的象征。她由有尊严地向社会妥协到丧失尊严地追求自己爱情,整个过程都能赢得社会舆论的同情。

反观作者塑造的李益,卞孝萱先生认为:"'重色',与'负心',是蒋防所精心刻画的李益的两个过失。"①他从一开始便以自负才气的形象出现。才华是他的形象标志,而他与霍的遇合却是建立在浅薄的"鄙夫好色"的基础上。他对小玉的询问以盟约书写下来,文中写到"生素多才思,援笔成章,引谕山河,指诚日月,句句恳切,闻之动人"。由此便可看出,李益的书写半为激情所驱,半为才气所逞,而这使他的承诺一开始便有些廉价。等到真正与霍分别时,从"且愧且感"的反应中,可推知他面对霍的真情有不能承受之意。他无法以同等分量的真情与之呼应,所有的言辞在那份巨大的真情面前是苍白的。

---

① 卞孝萱:《唐人小说与政治》,鹭江出版社2003年版,第303页。

李益在作者的笔下一直以良心不安的状态出现。不仅在他与霍相守之日有着私心的愧疚，而且当他应婚卢氏愆约后，他对此处理为"寂不知闻，欲断期望，遥托亲故，不遗漏言"。由此可知李益对霍的坚守根本没有信心，且低估了霍的真情。其中也隐有不安，因此希望以沉默的形式回避并了结这段关系。而当他知晓霍小玉为此缠绵病榻时，他的内疚感更加强烈，"惭耻忍割，终不肯往。晨出暮归，欲以回避"。这种努力回避与割舍更将其形象推向反面，至受到黄衫客的邀请，接近霍的住所，"意不欲过，便托事故，欲回马首"，于是不待城市舆论对他进行道德上的批判，自身的良心审判已使得他坐卧不安。

小说中细致地描写了李益就负情而产生的心理和影响。霍死于与李益的相会上，"生为之缟素，且夕哭泣甚哀"，又在冥冥中见霍的幻象。最后"生至墓所，尽哀而返"。以至于他"后月余，就礼于卢氏。伤情感物，郁郁不乐"。李益的这些补偿行为越是全面，越是能印证他内心巨大的不安和愧疚，也越是反衬出城市舆论对此施加的压力之大之远。而城市舆论的余波并未因李的补偿行为放过他，他后来痛苦多疑地再娶生涯未尝不是城市舆论加诸于李益的深远影响。

在作者蒋防的蓄意叙事下，霍小玉的坚持已经"超乎社会上一般认同的价值"[1]。这个溢出的剩余价值是她与其身份不相属的痴情。正是这种超乎社会认同价值的痴情最后颠覆了已有的社会道德观，使本应湮没在城市众生中的她成为城市舆论的焦点。同时，城市舆论被她感动并倒向了她，在舆论中她的形象变得丰满而生辉。

三、从两篇传奇的舆论氛围看中唐情感道德倾向

《莺莺传》和《霍小玉传》两篇传奇由于作者的主观介入，或希望获得

---

[1]　宇文所安：《中国"中世纪"的终结》，三联书店 2006 年版，第 119 页。

城市舆论的肯定，或希望借助城市舆论起到批判的作用，因而在叙事上都出现了选择性和加强性的特点。从中可以看到的是，在某种程度上，城市舆论成为两篇传奇叙事的推进力量。其效果是，《莺莺传》以元稹为张生极力辩护的方式使城市舆论得以扭转，最终接受了张生始乱终弃的行为，甚至对这种具有争议性的有违道德的行为不加谴责，而是转移到同情赞赏的角度；而《霍小玉传》则是以另一种构思方式将城市舆论倒向有违社会一般风俗（士人应与高门女子联姻）的方向，从而在一定意义上颠覆了社会道德。宇文所安在《浪漫传奇》一文中写到，中唐传奇文化"表现了男女之间出自个人选择而社会未曾予以认可的关系"。[①] 这两篇爱情传奇在与城市舆论的关系中都体现了与社会的连接，都涉及中唐道德观的问题，其中最重要的是唐代士人的婚姻道德观。

从传奇中，我们能获知中唐以来士人生存状态与心灵寄托的种种。其时由于国势的衰退，士人不复初盛唐时期对国家与人生的热情，他们尽可能地躲避现实，在自我构建的空间中寻求寄托。从"大历十才子"在青山明月中打造的狭小的诗歌审美空间到中唐重主观的创作方式，都能看到这种社会加诸于文学的影响。传奇作为唐人创作诗歌之余的作品，同样受到这种影响，并自然折射出某种情感和道德倾向。

总体来说，传奇进入鼎盛时期的中唐，爱情题材作品的成就最为突出，除了文体自身的演进外，其情节的"传奇性"与中唐士人情感与道德观的复杂性是有一定关联的。唐代盛行的是政治性功利性很强的联姻方式，陈寅恪先生在《元白诗笺证稿》中曾说道："盖唐代社会承二南北朝之旧俗，通以二事评量人品之高下。此二事，一曰婚。二曰宦。凡婚而不娶名家女，与仕而不由清望官，俱为社会所不齿。"[②] 从中可见出，唐代的婚姻与政治是紧密相连的，崇尚的是科举士子与高门女子的联姻。"当时，陇西李氏、太原王氏、

---

① 宇文所安：《中国"中世纪"的终结》，三联书店 2006 年版，第 105 页。

② 陈寅恪：《元白诗笺证稿》，上海古籍出版社 1978 年版，第 122 页。

荥阳郑氏、范阳卢氏、清河崔氏这五姓是第一流高门世族，如果加上姓氏同而郡望异的博陵崔氏和赵郡李氏，则为五姓七族。他们虽经唐太宗借修《氏族志》'例降一等'的贬抑，仍'旧望不减'，为维护其血统的高贵和纯洁，不与外族通婚而互相缔结婚姻。这更加重了他们在士人心目中的地位，士林皆以能与之攀亲而为莫大的荣耀。"①《隋唐嘉话》中载："薛中书元超谓所亲曰：'吾不才，富贵过分，然平生有二恨：始不以进士擢第，不得娶五姓女，不得修国史。'"不仅如此，而且可见出从一开始，唐士人的婚姻就置于城市乃至整个社会舆论之中，时常受到来自舆论的监督与评判。

故而，《莺莺传》中的元稹为了让城市乃至社会舆论对他代言的张生始乱终弃的行为获得肯定，不惜蓄意主观叙事，将莺莺的身份有意叙述为"真"之类的神女。陈寅恪先生在《读〈莺莺传〉》一文中，认为莺莺当属于寒门女子，不然文中的张生和为其代言的元稹在传奇和现实中都不会放弃这场可能致他高攀的婚姻，"若莺莺果出高门甲族，则微之无事更婚韦氏。惟其非名家之女，舍之而别娶，乃可见谅于时人。……微之所以作莺莺传，直叙其自身始乱终弃之事迹，绝不为少惭，或略讳者，即职是故也。其友人杨巨源李绅白居易亦知之，而不以为非者，舍弃寒女，而别婚高门，当日社会所公认之正当行为也。否则微之为极热衷巧宦之人，值其初具羽毛，欲以直声升朝之际，岂肯作此贻人口实之文，广为流播，以自阻其进取之路哉？"②而且从中可知，其时无道理的"始乱终弃"的行为是遭到社会否定的。"其实唐代德宪之世，山东旧族之势力尚在，士大夫社会礼法之观念仍存，词科进士放荡风流之行动，犹未为一般舆论所容许。"③

可是问题在于，既然莺莺是寒门女子，那么文中的张生抛弃她另结新欢，是符合唐人婚姻道德观的，而张生为何要大费周折地来获得城市舆论的肯定，以此来颠覆现有的城市舆论。

① 关四平：《唐传奇〈霍小玉传〉新解》，《文学遗产》2005年第4期。
② 陈寅恪：《元白诗笺证稿》，上海古籍出版社1978年版，第112—113页。
③ 陈寅恪：《元白诗笺证稿》，上海古籍出版社1978年版，第89页。

从中也可知，莺莺的出身未必那样简单，而张生的再娶必定高于莺莺，这才形成了对张生意欲抛弃时的蓄意描述，将莺莺的身份有意转向"真"之类的神女身份，用合理的城市舆论的道德逻辑来构建自己的叙事，以达到作者的目的。我们从中能够发现的是，直到莺莺再嫁之前，被张生贬低到神女的地步，都未曾使城市舆论达成对其身份和爱恋故事的否定，而出现的是时人叹息乃至意欲促成两人复合的舆论，这颇令人深长思之。

而《霍小玉传》中的霍小玉出身神女门户，李益却出身高华，出自"陇西李"。两人的分开，乃至李益的另娶"甲族"卢氏女子，按照中唐的道德观都是合理的。同时《霍小玉传》中的遇合对比起《莺莺传》来说，更像是城市中一则寻常的事件，本不该引起城市舆论的关注。名门士子在上京赴试选拔的过程中，与神女遇合，是唐人风流的一种表现，而且在城市中，是被早已认可的平常事件。霍小玉的身份是真正的神女，并非被元稹异化为神女的莺莺之属，而《霍小玉传》却拥有了比《莺莺传》更为强烈的城市舆论。原本看似合理的社会道德取向为何招致了城市舆论的关注进而批判和指责，甚至达到颠覆已有社会道德观乃至干涉的地步？

显然，在这两篇涉及中唐士人婚姻道德观，并与城市舆论紧密相连的传奇中，在唐代极力崇尚士人与门第联姻的风尚之外，还隐含着另一种道德观。

唐代流行的政治联姻是没有爱情的婚姻。这种功利性的婚姻制时间一长，必然走向极端，也必然导致唐代士人对于感情的渴望与追求。他们往往向社会规范之外来寻找感情，从而刺激了娼妓文化的兴盛。唐末翰林学士孙棨所著《北里志序》中，详细记载了她们与士人的交往情况："诸妓皆居平康里，举子、新及第进士、三司幕府但未通朝籍未直馆殿者，咸可就诣。如不吝所费，则下车水陆备矣。"五代人王仁裕在《开元天宝遗事》中也记有："长安有平康坊，妓女所居之地。京师侠少萃集于此，兼每年新进士以红笺名纸游谒其中，时人谓此坊为风流薮泽"。鲁迅先生在《中国小说史略》中亦说："唐人登科之后，多作冶游，习俗相沿，以为佳话，故伎家故事，文人间亦著之篇章。"同时，社会风气也助长了苟安之世的风流放诞之风。"贞元之时，朝廷政治方面，则以藩镇暂能维持均势，德宗方以文治粉饰其苟安之局。民间社会方面，则久经离乱，略得一喘息之会，故亦趋于嬉娱游乐。因此上下相应，成为一种崇尚文词，矜诩风流之风气。"①

　　种种"佳话"表现出在崇尚门第婚姻的社会风俗外，中唐社会潜藏着对异性间真情的追求，于是才有了《莺莺传》中，虽有元稹反复蓄意的主观叙事，贬低莺莺的身份，称之为"尤物妖孽"，而在这段故事未曾完全结束之前，城市舆论多以惊诧和嗟叹的方式感叹莺莺的情真，甚至意欲成全，而不是依照由来已久的社会风俗道德观加以否弃。《霍小玉传》同样是一个例证，正是社会的"逐情"，才有了城市舆论的关注，以及对李益的强烈谴责进而全盘倒向霍小玉一方的趋势。这其中，霍小玉对自我身份的清醒认知以及对这段关系的维系都表现出对感情的极大投入，而李益看似合理的抛弃行为却触动了在传统风俗下潜藏的另一种肯定"逐情"合理性的道德观，从而使李益变得不合情理的负面形象，成为谴责的对象。

　　前者《莺莺传》中元稹故意维护张生，其蓄意叙事了结了张生与莺莺爱情，断裂了传奇继续发展的可能性，也使得"逐情"在此结束。他维护张生始乱终弃的行为，在某种程度上就是在维护中唐社会流行的婚姻道德观。而后者《霍小玉传》则以作者着意叙事中霍的真情颠覆了城市正常的舆论导向，使一个本不该成为焦点的事件成为焦点，并以与流行的婚姻道德观相反的道德取向参与并衡量它的结局。

　　以上通过分析中唐传奇《莺莺传》与《霍小玉传》与城市舆论的关系，就其中复杂的情感道德观作出了探求。陈寅恪先生将此时传奇中的故事总以时代道德观视之："纵览史乘，凡士大夫阶级之转移升降，往往与道德标准及社会风习之变迁有关。当其新旧蜕嬗之间际，常呈一纷纭综错之情态，即新道德标准与旧道德标准，新社会风习与旧社会风习并存杂用，各是其是，

---

① 陈寅恪：《元白诗笺证稿》，上海古籍出版社1978年版，第87页。

而互非其非也。……而至唐之中叶，即微之乐天所生值之世，此二者已适在蜕变进行之程途中，其不同之新旧道德标准社会风习并存杂用，正不肖者用巧得利，而贤者以拙而失败之时也。故欲明乎微之所以为不肖为巧为得利成功，无不系于此仕婚之二事。"①两位作者都因其自我创作动机而对传奇有着特别的主观叙事，但都依靠并利用城市舆论达成了自己的目的。

从某种意义上说，城市舆论是社会中显性或隐性道德观反映，"本身就是具有'道义'力量的价值评价"②，它"并不是铭刻在大理石上，也不是铭

在《莺莺传》与《霍小玉传》这两篇涉及中唐士人婚姻道德观，并与城市舆论紧密相连的传奇中，在唐代极力崇尚士人与门第联姻的风尚之外，还隐含着另一种道德观。

（唐）周昉《簪花仕女图》

---

① 陈寅恪：《元白诗笺证稿》，上海古籍出版社 1978 年版，第 82、83 页。
② 王梅芳：《舆论监督与社会正义》，武汉大学出版社 2005 年版，第 31 页。

刻在铜表上，而是铭刻在公民们的内心里：它形成了国家的真正宪法；每天都在获得新的力量"①。在城市舆论或接受或颠覆的反应中，唐代的道德观隐然可见，而中唐对此的一定的反拨，表现出肯定"逐情"的道德趋向，循此亦可管窥中唐士人生活状态与精神风貌之一斑。

第四节　柳永的"印象派"书写

印派绘画出现在 19 世纪中叶，背景是工业革命在欧洲带来的城市化。这个时代的印象派画家，以巴黎为中心，着重世俗精神的表达，即他们认为城市的本质是娱乐和方便。他们着重对城市物象，城市空间的当下和瞬间表现，着力于艺术当下性述求。②

而早在中国 11 世纪的宋朝年间，整个中国的历史走向朝近现代的管理和生活模式靠近。在这个时期，城市得到空前的发展。就在这样的背景下，柳永以坎坷的入举经历，以及其不得已用词谋生于烟花巷陌之间的选择，在词坛上横空出世。他以一种与传统士大夫书写城市不同的模式（传统士大夫书写城市表现为或赞美与批判城市并重，或在城市中想望山林田园），正面且全面地书写了宋朝仁宗朝近半个世纪太平盛世下城市生活的发展和盛况。

神宗元丰年间的进士黄裳以怀想的感受写道"予观柳氏乐章，喜其能道熹（嘉）祐中太平气象。如观杜甫诗，典雅文华，无所不有。是时予方为儿，犹想见其风俗，欢声和气，洋溢道路之间，动植咸若。令人歌柳词，闻其声，听其词，如丁斯时，使人慨然有感。呜呼，太平气象，柳能一写于乐章，所谓词人盛世之黼藻，岂可废耶？"（《书乐章集后》）③ 其独特性和新颖

---

① 卢梭：《社会契约学》，商务印书馆 1987 年版，第 73 页。

② 参见李勇：《印象派绘画中的城市精神》一文，《艺苑》2007 年第 2 期。

③ 黄裳：《演山集》卷三十五，《景印文渊阁四库全书》第 1120 册，台湾"商务印书馆"1986 年版，第 239—240 页。

性的书写所呈现的很多画面和理念与西方"印象派"的精神不谋而合，可谓之中国 11 世纪城市书写中的"印象派"。本书试对相距八个世纪两者的理念进行比较，透视其背后的城市精神。

一、书写城市爱情的真实化和世俗化

柳永的城市书写中对都市中男女关系金钱化本能化的表达，打破了传统人仙遇合温情脉脉的贵族化模式，转向世俗文化和商业文化的趣味，正如印象派忠实于对女性身体直接的描画，打破传统绘画中对女性的描画向神话靠近、美化仙女化女性的唯美表达模式。

从古希腊时期到 19 世纪的画派，女性题材的表现都定位在女神的位置上，如文艺复兴时期波提切利的《维纳斯的诞生》，维纳斯全身赤裸地站在贝壳上，从海洋中冉冉升起。甚至之后威尼斯画派的提香虽然表现的对象都是世俗中的贵妇或城市的名妓，但仍以女神之题命名。被 19 世纪学院派视为典范的新古典主义也是如此，代表人物卡诺瓦塑造人物时"把当代人物的肖像雕塑成古代神话的造型"，如他为拿破仑的妹妹宝琳所做的雕塑，几乎是古希腊女神经典的横卧姿态。①

这种传统处理女性的绘画方式与现实仍有一定的距离，学院派秉承的仍然是"宗教精神，以及与宗教精神相近的净化心灵的审美精神、伦理精神、求真精神，总之是各种引导人走向更高精神境界的形上诉求。这些精神活动把人提升到更高的层次，使人走出现世的生活，把人带向彼岸世界"。②

这种古典美无法满足现实生活中的复杂和多样，更无法充分表现工业革命之后的新生气息和世俗精神。而印象派则大胆地将女性题材处理成生活中直接的真实的对象，并将她置于当下的城市生活中。"从马奈的《草地上的

---

① 蒋勋：《写给大家的西方美术史》（增订版），湖南美术出版社 2016 年版，第 187 页。

② 李勇：《印象派绘画中的城市精神》，《艺苑》2007 年第 2 期。

午餐》（1863年）、《奥林匹亚》（1863年）到雷诺阿的《阳光下的裸女》（1876年）及一系列肉感的女性人体，印象派所描绘的现实生活中的女性人体抛开了神话与历史的面纱，直接呈现出其此岸世界的现实感。"① 如马奈的《草地上的午餐》画面中，一名裸女与两名正装绅士正共享巴黎假日午后公园的闲暇时光。裸女托腮而坐，目光平静而悠然，"摆脱了传统学院绘画人物所在历史框架的僵硬，摆脱了故作姿态的矫揉造作"②，显得随意而日常。"德加这样解释自己所画的裸女系列作品：'至今，人们所表现的裸体，总是摆出一些在假想的现实面前要摆的姿势。可是，我画的这些妇女都是普通的，正直的人，她们别的什么也不管，只顾忙于自己的梳洗。……这就像您在钥匙孔里看见的那样。'这样的裸体少了一些神性，多了一些人间烟火味。"这些绘画中的生活场景所表达的就是一种世俗精神，"是以弗洛伊德式的快乐原则为基本内涵的，世俗精神的主要内容就是对人的本能欲望的肯定，对满足本能欲望的各种活动的认同。"③ 无独有偶，在八个世纪之前柳永的城市词笔下也出现了类似的理念和表达。

　　首先宋朝是个几乎全民皆商的时代，国家鼓励并保护商业，"（本朝）于文法之内，未尝折困天下之富商巨室"④。整个时代是商业风行的时代，带来整个时代享乐、拜金和消费的生活方式。柳永流连于秦楼楚馆，真实地记录下这个时代享乐的疯狂方式和商业娱乐业中的消费表现。在他的书写中，也呈现出整个时代贵族文化与世俗文化并存的模式。

　　"柳永浪子词人都市艳情叙事的世俗化和商业化特征，……表现在他对'千金买笑'的娱乐商业化关系的反复描写与强调：'莫道千金酬一笑，便明

---

① 李勇：《印象派绘画中的城市精神》，《艺苑》2007年第2期。

② 蒋勋：《蒋勋破解莫奈之美》，北京联合出版公司2015年版，第72页。

③ 李勇：《印象派绘画中的城市精神》，《艺苑》2007年第2期。

④ 陈亮：《龙川集》卷一，见《景印文渊阁四库全书》，台湾"商务印书馆"1986年版，第1171册，第502页。

珠、万斛相邀。'"①(《合欢带》)"有天然、蕙质兰心，美韶容，何啻值千金。"
(《离别难》)②，还有"却返瑶京，重买千金笑"(《轮台子》)，"锦衣冠盖，绮
堂筵会，是处千金争选"(《柳腰轻》)，"算等闲、酬一笑，便千金慵觑"(《迷
仙引》)，"佳人巧笑值千金"(《少年游》)，"而今长大懒婆娑，只要千金酬一
笑"(《木兰花》)，"一曲阳春定价，何啻值千金"(《瑞鹧鸪》)，"况有红妆，
楚腰越艳，一笑千金何啻"(《长寿乐》)……

其次柳永作为一个失落在主流士大夫阶层之外的文人，不再关注"文以
载道"的政治社会功用，索性纵情写自我的感受。

张舜民《画墁录》有如下记载："柳三变既以调忤仁庙，吏部不放改官，
三变不能堪，诣政府。晏公曰：'贤俊作曲子么?'三变曰：'只如相公亦作曲
子。'公曰：'殊虽作曲子。'不曾道：'绿线慵拈伴伊坐。'柳遂退。"③ 从这个
逸闻轶事可见出，在晏殊为宰辅时，上流的士大夫阶层仍然是以诗歌的抒情
方式在写爱情。晏殊本人的《珠玉集》词如其名，温润而雅致，且多仿晚唐
李商隐的诗风，如"绿杨芳草长亭路，年少抛人容易去。楼头残梦五更钟，
花底离愁三月雨。几日寂寥伤酒后，一番萧索禁烟中。鱼书欲寄何由达，水
远山长处处同。"(《玉楼春》)其中词意和表达与李商隐"来是空言去绝踪，
月斜楼上五更钟"(《无题》)，"玉珰缄札何由达，万里云罗一雁飞"(《春雨》)，
这些诗句的内容和情感抒发相类似。晏殊也写爱情，其相思却显得庄重而含
蓄，符合儒家式有节制的情感表达。这种表达古典而传统，为上流的士大夫
所看重，但与日常生活却显得有一番唯美但相隔的距离。柳永的书写相比较
而言则显得世俗而真实，不再蕴藉而典雅，因此受到当时主流士大夫阶层的

---

① 王筱芸：《"变旧声作新声"——柳永歌词的都市叙述与北宋中叶都市文化建构》，《文学评
论》2007 年第 3 期。

② 柳永著，薛瑞生校注：《乐章集校注》(增订本)，中华书局 2015 年版，第 140 页。文中柳
词都引自这个版本，不再一一注明。

③ 张舜民：《画墁录》，见《景印文渊阁四库全书》，台湾"商务印书馆"1986 年版，第 1037 册，
第 172 页。

抵制。而这种书写却非常靠近城市中市井的趣味。

柳永除了真实地书写城市爱情中包含的商业性，如"席上尊前，王孙随分相许。算等闲、酬一笑，便千金慵觑"（《迷仙引》），并用代言体表达出他对这些烟花女子的同情，如"已受君恩顾，好与花为主。万里丹霄，何妨携手同归去。永弃却、烟花伴侣。免教人见妒，朝云暮雨"（《迷仙引》），还以词表现出他对这些烟花女子思慕的强烈想望。

柳永不回避自我对这些女子的思念，也不用典故或者典雅的语言来表达，而是直书其情怀。如他的《迷神引》"……时觉春残，渐渐飘花絮。好夕良天长孤负。洞房闲掩，小屏空、无心觑。指归云，仙乡杳、在何处。遥夜香衾暖，算谁与。知他深深约，记得否"，又如《如鱼水》"……浮名利，拟拚休。是非莫挂心头。富贵岂由人，时会高志须酬。莫闲愁。共绿蚁、红粉相尤。向绣幄，醉倚芳姿睡，算除此外何求"，都是一种希望与佳人同栖共宿的直接和赤裸表达，比起晏殊式的唯美表达所传播的范围就要更广泛一些，"骫骳从俗，天下咏之"（陈师道《后山诗话》）。虽然他也遵循传统人仙结合的方式书写相思，有"杳杳神京，盈盈仙子，别来锦字终难偶"（《曲玉管》）和"伤凤城仙子，别来千里重行行"（《引驾行》）这样的表达，但这些思念的女子很多都未曾被他神仙化，唯美化处理，不是"美人娟娟隔秋水"，也非"美人如花隔云端"，而是成为现实中一个真实的人物，可感可触。

这一点正与印象派中真实表现女性存在的理念非常类似，两者都是城市发展和时代发展下世俗精神的一种表现。

二、书写城市发展的纪实性和当下性

柳永的城市书写中对宋代城市的发展变化有着热情的描写，表现北宋中叶里坊宵禁制度的解除后带给城市居民的自由感受和繁华体验，而不是像传统城市书写中出现远离城市的情志或居于城市中对乡村的假想。这点恰如印象派将工业革命中的成果火车进站等描画出来一样，而不是如西方传统绘画主题中着重表现希腊神话体系或英雄史诗，两者都极具有当下性和纪实性。

印象派流行的时期正逢欧洲的工业革命，印象派画家以画笔真实地记录下这个时代的巨变。莫奈一共画下了七幅圣拉扎尔火车站。"一八三二年巴黎有了火车，出现了很多用现代钢铁结构建筑起来的火车站。火车站忽然变成了一个城市重要的地标，在这个巨大的空间里，人来人往，熙熙攘攘，人们在这里相会或告别，出发或归来，火车站变成十九世纪工业革命产生的一个很特殊的人文空间。"①莫奈"以处理教堂的类似方式画火车站"，同样是公共场合的建筑，却出现了宗教精神向世俗精神转变的走向。因为在这个快速将人带离当下和从远方快速归来的火车站，承载了多少人世间离别的忧伤不舍和相见的欢欣激动，浸淫着尘世间温暖而日常的人间烟火。莫奈认为这才是这个时代的"美学坐标"，他画着"时代的记忆""时代的感受"。②

此外，这一时期南北战争结束不久，殖民传统还未完全消失；在这之前不久，发生普法战争和"巴黎公社"。同时期的德加以自己的视角来观察美国建国初期资本产业的发展，种种社会经济现象，"开始触碰新兴商业的领域"。"他的每一件作品背后都记录这一段故事——时代的故事、社会的故事、产业的故事、城市的故事、人的故事——就像他在新奥尔良停留期间画的著名作品《棉花交易公所》（1873）。"③在这幅画面中，市场中穿着黑色正装的员工忙碌而有序，来交易的商人仔细地捻起画面中间长桌上棉花，检验着棉花的品质。德加只是一个冷静的旁观者，忠实于自己的视角记录下时代的一角。这使得他的画有了史的意味。

与此同时，赛马在新兴城市中产阶级迅速地发展起来。德加笔下的马不再是中世纪史诗绘画体裁中的人文附属品和背景点缀，而是成为时代游戏的主要构成部分。他的《赛马前》（1872）这幅画中许多骑士和马踌躇满志地等待开始，远处工厂的烟囱浓烟被风平吹入天际，几乎与地平线平行。于是

---

① 蒋勋：《蒋勋破解莫奈之美》，北京联合出版公司 2015 年版，第 130 页。

② 蒋勋：《蒋勋破解莫奈之美》，北京联合出版公司 2015 年版，第 131 页。

③ 蒋勋：《蒋勋破解德加之美》，北京联合出版公司 2015 年版，第 81 页。

在这样的背景下，这些赛马和骑士拥有了不同于传统绘画的当下时代意义。

而在八个世纪之前的北宋发生了一场"城市革命"，柳永热情地书写了这场城市革命带来的全新的城市生活感受，具有生动的当下性，也在某种程度上具备史的纪实性。

北宋和唐代是截然不同的两种管理模式。唐代的住宅区（坊）与商业区（市）是彼此分开，各自开放的时间有严格的限制。商业区（市）在"日中击鼓三百以会众。日入前七刻，击钲三百而散"①。住宅区（坊）在"昼漏尽，顺天门击鼓四百槌讫，闭门。后更击六百槌，坊门皆闭，禁人行"②。不仅如此，如果"非时开闭坊、市门"，要遭到"徒一年"的处罚③。如果在限制的夜间出行，被称之为"犯夜"，会受到"笞二十"④的惩罚。所以入夜的唐朝城市，如同唐朝一首作者为"长安中鬼"所吟的情形："六街鼓歇行人绝，九衢茫茫空有月。"⑤ 这些严格的制度直到晚唐仍然存在，《旧唐书》卷一百九十下《温庭筠传》记载：温庭筠"乞索于扬子院，醉而犯夜，为虞侯所击，败面折齿"⑥。

但据学者符继成在《也谈坊市制及宋初词坛沉寂原因》一文中论述到，坊市制在唐代中后期已有明显趋于崩溃的迹象，像坊内设店、"侵街"、夜市等现象多见于史籍或中晚唐人的小说，而唐末的兵火战乱，更是催化了坊市制的解体。而北宋都城汴京自后周起就不是"规整的坊市设置"，而是突破

① 欧阳修等：《新唐书》卷四十八，见《景印文渊阁四库全书》，台湾"商务印书馆"1986年版，第272册，第714页。

② 长孙无忌等：《唐律疏义》卷二十六，见《景印文渊阁四库全书》，台湾"商务印书馆"1986年版，第672册，第323页。

③ 长孙无忌等：《唐律疏义》卷八，见《景印文渊阁四库全书》，台湾"商务印书馆"1986年版，第672册，第124页。

④ 长孙无忌等：《唐律疏义》卷二十六，见《景印文渊阁四库全书》，台湾"商务印书馆"1986年版，第672册，第323页。

⑤ 彭定求等：《全唐诗》卷八百六十六，中华书局1960年版，第24册，第9790页。

⑥ 刘昫等：《旧唐书》卷一百九十下，见《景印文渊阁四库全书》，台湾"商务印书馆"1986年版，第271册，第615页。

了封闭式的坊市结构，"坊市之中，邸店有限，工商外至，亿兆无穷"①。北宋的汴京承袭了后周时的城市格局，"一开始就是一个没有封闭式城坊规划的城市"。②

而夜禁制度虽然在宋代仍然保留，也逐渐松弛下来。《续资治通鉴长编》卷六载：太祖乾德三年(965)四月，"令京城夜漏未及三鼓，不得禁止行人"。《宋会要辑稿·食货》亦记乾德三年四月十三日："诏开封府，令京城夜市至三鼓已来，不得禁止。"从这些史料可知，宋代虽有"犯夜"之禁，但比之唐代却是大为松弛了。③至于神宗朝宋敏求的《春明退朝录》卷上称，"二纪以来，不闻街鼓之声，金吾之职废矣。"据他所述推知，约在仁宗朝的皇祐年间，汴京的街鼓已被官方彻底废除。④北宋后期的孟元老在《东京梦华录》卷三记述道：汴京的"夜市直至三更尽，才五更又复开张。如要闹去处，通晓不绝"。⑤可以想见的是，宋代的东京之夜笙歌不绝于耳，繁华不减于白昼的景象。

柳永对这一城市管理模式的变化以词的方式记录下来，直接而热情地表现城市制度变化给予北宋城市居民新的生活方式的感受，如：

> 帝城当日，兰堂夜烛，百万呼卢，画阁春风，十千沽酒。《笛家弄》
> 画鼓喧街，兰灯满市，皓月初照严城。清都绛阙夜景，风传银箭，露暧金茎。巷陌纵横。过平康款辔，缓听歌声。凤烛荧荧。那人家、未掩香屏。(《长相思慢》)

---

① 王溥：《五代会要》卷二十六，见《景印文渊阁四库全书》，台湾"商务印书馆"1986 年版，第 607 册，第 675—676 页。

② 符继成：《也谈坊市制及宋初词坛沉寂原因》，《文学遗产》2015 年第 2 期。

③ 符继成：《也谈坊市制及宋初词坛沉寂原因》，《文学遗产》2015 年第 2 期。

④ 吴钩：《为什么说宋代发生了一场"城市革命"？》，澎湃新闻网，2015 年 11 月 24 日，http://m.thepaper.cn/newsDetail_forward_1387938?from=singlemessage&isappinstalled=0。

⑤ 孟元老著，姜汉椿译注：《东京梦华录全译》，贵州人民出版社 2009 年版，第 51 页。

整个汴京夜生活的全貌被柳永直白而盛大地道来，灯火遍布高楼，深夜里呼卢之声彻夜未休，画阁上恍若神仙的妓女伴客待饮，佳酿以高价待沽。月色正好，青楼是都市浪子和游人趋之若鹜的场所，风流韵事在深夜暧昧而香艳地发生。

宋代除了拥有平时能够自由行走的惬意外，元宵佳节时间的延长更进一步地消解了夜禁的制度。唐朝时，唯元宵节有三天不禁夜，《西都杂记》载："西都禁城街衢，有执金吾晓暝传呼，以禁夜行，惟正月十五夜敕许驰禁前后各一日，谓之放夜。"元宵"放夜"的时间为三天（从正月十四到正月十六）。而赵宋立国后，宋太祖于乾德五年正月下诏："上元张灯旧止三夜。今朝廷无事，区宇乂安，方当年谷之丰登，宜纵士民之行乐。其令开封府更放十七、十八两夜灯。后遂为例。"[1] 宋代将元宵"放夜"的时间延长至五天。因此，元宵佳节在宋代成为超越唐代最为盛大的节日。[2] 柳永写了多首元宵词记录下时代的变化和城市居民的狂欢情态。最为有名汴京元宵词莫过于这首《玉楼春》：

> 皇都今夕知何夕。特地风光盈绮陌。金丝玉管咽春空，蜡炬兰灯烧晓色。
>
> 凤楼十二神仙宅。珠履三千鹓鹭客。金吾不禁六街游，狂杀云踪并雨迹。

在柳永的笔下，整个城市不知今夕何夕，共此元宵佳节盛大的灯火之光。歌吹之盛用了"咽"来表达，足见走在城市中声迷五音。灯火之盛欲点燃黑夜与晓色相接。皇城在灯火的映照下恍若天上宫阙，五云楼观，朝官服色各异，班行有序在帝王周围。汴京的各大街道金吾不禁，畅通无阻。浪子

---

① 王栐：《燕翼诒谋录》卷三，见《景印文渊阁四库全书》，台湾"商务印书馆"1986年版，第407册，第732页。

② 吴钩：《正月十五：宋人的狂欢节》，《天津日报》2016年2月22日。

在城市之中寻欢，留下云踪雨迹。

而宋朝的元宵节还有天子与民同乐的惯例。有无名氏的《鹧鸪天》这样写道："日暮迎祥对御回。宫花载路锦成堆。天津桥畔鞭声过，宣德楼前扇影开。奏舜乐，进尧杯。传宣车马上天街。君王喜与民同乐，八面三呼震地来。"说的便是宋朝皇帝在宣德门与民同乐元宵的情景。每年的元宵期间，皇帝都要"乘小辇，幸宣德门"①，观赏花灯；随后，"驾登宣德楼"②。宣德楼下的露台上，诸色艺人表演相扑、蹴鞠、击丸、歌舞等节目。楼上"宫嫔嬉笑之声，下闻于外"；楼下"万姓皆在露台下观看，乐人时引万姓山呼"③。柳永还有一首汴京元宵节的词《倾杯乐》也写道帝王与民同乐的情景：

> 禁漏花深，绣工日永，蕙风布暖。变韶景、都门十二，元宵三五，银蟾光满。连云复道凌飞观。耸皇居丽，嘉气瑞烟葱蒨。翠华宵幸，是处层城阆苑。龙凤烛、交光星汉。对咫尺鳌山开羽扇。会乐府两籍神仙，梨园四部弦管。向晓色、都人未散。盈万井、山呼鳌抃。顾岁岁，天仗里、常瞻凤辇。

上阕仍是赞美皇居之盛，下阕便写到了《东京梦华录》中提到的景象，弦管不绝，这些供奉宫廷的乐师容色清绝，技艺超群，如天宫奏乐的伎乐天一般。天将拂晓，都人犹不肯散去，随着乐人们高呼万岁，仰瞻天颜。宋仁宗言："朕非好游观，与民同乐耳。"④ 史料记载，仁宗朝"四海雍熙、八荒

---

① 田汝成：《西湖游览志余》卷三，见《景印文渊阁四库全书》，台湾"商务印书馆"1986年版，第585册，第323页。

② 孟元老著，姜汉椿译注：《东京梦华录全译》，贵州人民出版社2009年版，第107页。

③ 孟元老著，姜汉椿译注：《东京梦华录全译》，贵州人民出版社2009年版，第103页。

④ 祝穆：《古今事文类聚》前集卷七，见《景印文渊阁四库全书》，台湾"商务印书馆"1986年版，第925册，第119页。

平静，士农乐业、文武忠良"（《东坡诗话》）①，诚如辽道宗语："四十二年不识兵矣。"②这些词的背后是汴京万千城民对仁宗朝近乎半个世纪"仁宗盛治"颂圣的真诚之感。

还有他的《甘州令》也是一首元宵词，"卖花巷陌，放灯台榭。好时节、怎生轻舍。赖和风，荡霁霭，廓清良夜。玉尘铺，桂华满，素光里、更堪游冶。"都写到了元宵深夜自由游览城市的轻快心情。

在柳永之前，士大夫对城市的书写总是以一种否定的态度来书写，并且在城市中出现山林田园的归去之思，城市在他们的笔下有赞美的成分，但更多是尔虞我诈，欲望红尘之处，不敢耽溺于其中，如唐代的卢照邻虽写下了华丽的《长安古意》，但也写道"长怀去城市，高咏狎兰荪"（《三月曲水宴得尊字》）这样远离城市的情怀；晚唐的杜牧虽流连于扬州的城市繁华，热情地书写"春风十里扬州路"，但也写道"何当离城市，高卧博山隈"（《遣怀》）这样传统意义上归去山林的选择。城市总是以和山林相对的方向，成为士大夫逃避世事，表达情怀高洁的一个否定性场所出现，而柳永首次以词的方式正面且全面地表现城市的繁华之美和居住行走在其间的美好感受，虽然有刻意的颂时颂圣之意，但也不乏真诚的膜拜之感。这些城市在柳永的笔下鲜活而生动，极具纪实性和当下性，跳荡着这一时代城市变革和发展的脉动。这点与印象派以画笔记录时代大事件和剪影不谋而合。

三、书写城市享乐的正当性和合理性

柳永的城市书写中对城市享乐生活的歌颂和表达，打破中国古典对富贵持批判的态度，如印象派热衷于对城市生活尤其是休闲生活的热情描画，而

---

① 古本小说集成编辑委员会：《古今小说集成》，上海古籍出版社 1994 年版，第 693 册，《东坡诗话》，第 2 页。
② 陈师道：《后山谈丛》卷二，见《景印文渊阁四库全书》，台湾"商务印书馆"1986 年版，第 1037 册，第 76 页。

非后来的现代主义对城市底层生活的描写，持讽刺和教育之意。

　　"巴黎工业化不久，大都会产生了，商业繁荣，现代科技改变交通工具，改变速度、改变距离、改变空间领域的大小，现代科技的照明使都会的夜晚如同白昼。机械的运用使人的劳动强度减低，不需要太多工作时间就可以取得生活温饱，生活的休闲方式因此改变了，城市多出很多游憩的公园、广场、河滨，提供给市民聚集游玩。"① 除此之外，整个城市"到处有可以坐下来休息聊天与朋友约会的咖啡馆（Café）、酒吧，人声喧闹的啤酒屋，歌舞炫目盈耳的红磨坊）（Moulin rouge）一类的声色场所"②。莫奈继续马奈"草地野餐"的主题，与马奈不同的是他"避开了马奈引起争议的尖锐道德议题，而以平实优美的画面抒写巴黎假日午后公园或户外森林里真实的度假游憩市民生活"。③ 在他的《草地野餐》（1866）这幅画中，一群新兴的城市阶级穿着入时的服装，在阳光朗照的树林中野餐，以一块白布为中心，或坐或卧或立，一边享用葡萄美酒和点心，一边交谈闲聊，传达出一种轻松惬意的气氛。这些人物无不年轻而优雅，显得幸福而满足。这正是这个时代逐渐形成主流的中产阶级，"他们在经济富有之后，参与政治经济改革，带领建立新的社会习惯，创造了属于自己时代的生活方式"④。他们的生活方式成为印象派画家关注的对象，是因为他们的生活方式形成了一道道新的城市景观。除了莫奈画里的公园野餐的绅士淑女之外，这个时期还有"马奈的画里出现人潮汹涌的啤酒屋，雷诺阿的画里出现舞会里相拥舞蹈的时尚男女，出现歌剧院包厢里的贵妇名媛，……德加的画里出现有芭蕾舞、咖啡厅，不约而同，他们都在反映最初工商业都会形成的城市景象"。⑤ 在他们的笔下，都在不约而同地赞美城市的发展带来紧张生活之余可以休憩的美好。

---

① 蒋勋:《蒋勋破解莫奈之美》，北京联合出版公司 2015 年版，第 71 页。
② 蒋勋:《蒋勋破解莫奈之美》，北京联合出版公司 2015 年版，第 71 页。
③ 蒋勋:《蒋勋破解莫奈之美》，北京联合出版公司 2015 年版，第 71 页。
④ 蒋勋:《蒋勋破解德加之美》，北京联合出版公司 2015 年版，第 131 页。
⑤ 蒋勋:《蒋勋破解德加之美》，北京联合出版公司 2015 年版，第 131 页。

虽然德加也有关注社会底层的系列作品，如他的"洗衣女工"系列和"熨衣女工"的作品。尽管他是同情她们的，但学者李勇认为"从专注于艺术的有产者的角度看，洗衣女工与舞女和浴女并没有太大区别，至少不像在现实主义作品中的区别那么大……"这种画作题材是画作者从这些女工题材上发现了一种美。整个时代的"世俗精神是以休闲娱乐和轻松愉快为基调的，艰辛的劳动场景所应有的痛苦也被独特的艺术手法冲淡了"。① 这与后来的现代主义刻意地对城市底层生活的描画，持讽刺和教育之意是完全不一样的。

而在八个世纪之前宋代，同样弥漫着具有政治意味的享乐之风。宋朝从一开国起，就奉行崇文抑武国策。太祖对重臣曰："人生驹过隙尔。不如多积金帛田宅，以遗子孙。歌儿舞女，以终天年，君臣之间，无所猜嫌，不亦善乎？"② 故群臣以朝廷所赐金帛尽情享乐，以消弭朝廷的猜忌之心。于是从上至下，整个北宋朝掀起一股享乐的奢靡之风。不仅像晏殊这样的宰辅之臣是如此，"未尝一日不宴饮"③，民间也开始追逐奢侈之风。司马光在《训俭示康》一文中忧心忡忡地谈到"近岁风俗尤为侈靡，走卒类士服，农夫蹑丝履"④。虽然这种病态的风气导致了北宋的财政危机，但从时代发展和城市变革的角度，也可见宋代商品经济的发达，带动了城市的消费和享乐之风。

柳永所在的仁宗朝时期正是最为闻名的太平盛世岁月，他也以大肆铺张的春风词笔书写这个时代各个城市在城市革命之后的繁华，以及人们享乐其中的景象。

他的《笛家弄》写的是清明之后的鄂州景象，风光如绣似染，王孙携妓

---

① 李勇：《印象派绘画中的城市精神》，《艺苑》2007 年第 2 期。

② 脱脱等：《宋史》卷二百五十，见《景印文渊阁四库全书》，台湾"商务印书馆"1986 年版，第 285 册，第 82 页。

③ 周召：《双桥随笔》卷十，见《景印文渊阁四库全书》，台湾"商务印书馆"1986 年版，第 724 册，第 492 页。

④ 司马光：《温国文正司马公文集》卷六十九第 14 册，见《四部丛刊初编》，第 841 册，第 4 页。

出游，文人雅士禊饮筵开，百姓在水上竞舟嬉戏。一派太平风光："花发西园，草薰南陌，韶光明媚，乍晴轻暖清明后。水嬉舟动，禊饮筵开，银塘似染，金堤如绣。是处王孙，几多游妓，往往携纤手……"

鄂州尚且如此，汴京的清明风光更甚：

> 晓来天气浓淡，微雨轻洒。近清明，风絮巷陌，烟草池塘，尽堪图画。艳杏暖、妆脸匀开，弱柳困、宫腰低亚。是处丽质盈盈。巧笑嬉嬉，手簇秋千架。戏采球罗绶，金鸡芥羽，少年驰骋，芳郊绿野。占断五陵游，奏脆管、繁弦声和雅。
>
> 向名园深处，争泥画轮，竞羁宝马。取次罗列杯盘，就芳树、绿阴红影下。舞婆娑，歌宛转，仿佛莺娇燕姹。寸珠片玉，争似此、浓欢无价。任他美酒，十千一斗，饮竭仍解金貂赏。恣幕天席地，陶陶尽醉太平，且乐唐虞景化。须信艳阳天，看未足、已觉莺花谢。对绿蚁翠蛾，怎忍轻舍。（《抛球乐》）

从词中可以看到的是汴京的植被茂密，花木丛生，游人仕女或荡秋千，或蹴鞠，或斗鸡，或放马城市郊外，或争先恐后地靠岸或下马去游赏园林之美，如同莫奈画中一般野餐于芳树之下，还有歌儿舞女助兴，豪饮之下，起了如李白"五花马，千金裘，呼儿将出换美酒"一般希望这种快乐延绵无尽的愿望。还有一首《木兰花慢》也是写清明词士女出郊踏青的盛况："正艳杏浇林，缃桃绣野，芳景如屏。倾城。尽寻胜去，骤雕鞍绀幰出郊坰。风暖繁弦脆管，万家竞奏新声。盈盈。斗草踏青。人艳冶、递逢迎。向路傍往往，遗簪堕珥，珠翠纵横。欢情……"他的《内家娇》中反复写到"处处踏青斗草，人人眷红偎翠"，人人都往都城胜处踏青斗草，同时在词中出现了与唐代杨氏一门盛宠之下富贵气象相似的表达："向路傍往往，遗簪堕珥，珠翠纵横"。《旧唐书》卷五十一《杨贵妃传》载："玄宗每年十月，幸华清宫，国忠姊妹五家扈从。每家为一队，着一色衣；五家合队，照映如百花之焕发。而遗钿坠舄，瑟瑟珠翠，璨璘芳馥于路。"①而杜甫对这样的景象则是以《丽人行》隐含讽刺的笔调写出，《读杜心解》曰："无一刺讥语，描摹处，语语刺讥。无一慨叹声，点逗处，声声慨叹。"②柳永对类似的场景则归结为"欢情"两字，充分肯定这种城市娱乐生活的存在，并无讽刺之意。

宋时汴京除了元宵是一次盛大的节会之外，每年的三月一日开金明池也是皇家与民同乐的盛会。叶梦得在《石林燕语》卷一中提到，"岁以二月开，命士庶纵观，谓之'开池'。至上巳，车驾临幸毕，即闭"。孟元老在《东京梦华录》卷七中记录的时间有所不同："三月一日，州西顺天门外开金明池琼林苑，每日教习车驾上池仪范。虽禁从士庶许纵赏，御史台有榜不得弹劾……车驾临幸往往取二十日"，"自三月一日至四月八日闭池"。另周城的《宋东京考》卷十收录的《岁时记》中也提到"每岁三月一日开金明池，御史出榜晓示，许人游赏"。虽然两种说法在时间上有所差异，但都昭示了金明池定时对外开放是肯定的。同时，不管哪种说法，从金明池开放的时间来看，都有一月之久。在孟元老的详述中，可以看到皇家车驾"观争标赐宴于此"，"观骑射百戏于此池之东岸"，"驾幸宝津楼诸军呈百戏"的同时，金明池"不禁游人，殿上下回廊皆关扑钱物饮食伎艺人作场，勾肆罗列左右……游人还往，荷盖相望"③。柳永也以词笔记录下其中一次的盛大场景：

> 露花倒影，烟芜蘸碧，灵沼波暖。金柳摇风树树，系彩舫龙舟遥岸。千步虹桥，参差雁齿，直趋水殿。绕金堤、曼衍鱼龙戏，簇娇春罗绮，喧天丝管。霁色荣光，望中似睹，蓬莱清浅。时见。凤辇宸游，鸾觞禊饮，临翠水、开镐宴。两两轻舠飞画楫，竞夺锦标霞烂。罄欢娱，歌鱼藻，徘徊宛转。别有盈盈游女，各委明珠，争收翠羽，相将归远。

① 刘昫等：《旧唐书》卷五十一，见《景印文渊阁四库全书》，台湾"商务印书馆"1986年版，第269册，第428页。
② 浦起龙：《读杜心解》，中华书局2000年版，第229页。
③ 陈燕妮：《论宋诗中的金明池》，《江汉论坛》2014年第7期。

渐觉云海沈沈，洞天日晚。(《破阵乐》)

春日温煦，金明池水清澈，准备争标的彩舫龙舟装饰华丽在岸边等待。金明池上有虹桥连接池中的水殿，《东京梦华录》卷七《三月一日开金明池琼林苑》载："……仙桥，南北约数百步，桥面三虹，朱漆阑楯，下排雁柱，中央隆起，谓之'骆驼虹'，若飞虹之状。桥尽处，五殿正在池之中心"①，与此相合。伴随着衣裳罗绮的乐工吹奏的急管繁弦，鱼龙百戏排铺开来，变化多端。远远望去，如同仙境中的蓬莱胜景一般。皇家驾临于此，开镐宴赐宴群臣，并观看紧张的夺标过程，旗动、鸣鼓，竞相争前，捷者夺标，山呼拜舞的画面如在眼前。然后百官赋诗颂时颂圣，以赞美周武王的《鱼藻》之诗来赞美当时的承平气象。士庶也尽欢而归，游女如汉水女神般留赠情人明珠，争收翠羽游春缓缓而返。天色将暮，整个金明池如神仙洞府般佳气葱茏。可见得当时正是太平无事，皇家方有此闲暇来此与民同乐。从中也可见出，北宋仁宗朝在城市经济发展后催生的娱乐方式的丰富多样，在此中的京都居民不仅在物质上丰美，在精神享受上也堪称丰厚。

柳永还有其他词也反复写道朝野安享城市之美的词句：

写苏州的"古繁华茂苑，是当日、帝王州。咏人物鲜明，土风细腻，曾美诗流。寻幽。近香径处，聚莲娃钓叟簇汀洲。晴景吴波练静。万家绿水朱楼。"(《木兰花慢》)；"吴会风流。人烟好，高下水际山头。瑶台绛阙，依约蓬丘。万井千闾富庶，雄压十三州。触处青蛾画舸，红粉朱楼。方面委元侯。致讼简时丰，继日欢游……"(《瑞鹧鸪》)；写益州的"地胜异、锦里风流，蚕市繁华，簇簇歌台舞榭。雅俗多游赏，轻裘俊、靓妆艳冶"(《一寸金》)；写杭州的"羌管弄晴，菱歌泛夜，嬉嬉钓叟莲娃。千骑拥高牙。乘醉听箫鼓，吟赏烟霞"(《望海潮》)。

而他最留念的还是京都汴京："朝野多欢。九衢三市风光丽，正万家、

①　孟元老著，姜汉椿译注：《东京梦华录全译》，贵州人民出版社2009年版，第121—122页。

急管繁弦。凤楼临绮陌，嘉气非烟。"（《看花回》）"繁红嫩翠。艳阳景，妆点神州明媚。是处楼台，朱门院落，弦管新声腾沸。恣游人、无限驰骋，娇马车如水。竟寻芳选胜，归来向晚，起通衢近远，香尘细细"（《长寿乐》）等。

从这些词句中可以想见帝国中除了京都汴京之外，很多大都会也都经济富庶，物阜民丰，是故不仅帝王有闲暇，并且地方长官都有闲暇出游，如"方面委元侯。致讼简时丰，继日欢游……"（《瑞鹧鸪》）又如"千骑拥高牙。乘醉听箫鼓，吟赏烟霞"（《望海潮》）。这种朝野皆能狂欢于是时的原因在于柳永反复提到的仁宗治下的太平盛世："玉城金阶舞舜干"（《看花回》），"太平时、朝野多欢，民康阜、随分良聚"（《迎新春》），"太平世"（《长寿乐》）……城市在宋代得到十足的发展，因此吸引了众多士民从乡村走向城市，《宋史》卷九十三记载，汴梁人口比"汉唐京邑民庶，十倍"，《东京梦华录》卷五这样描述汴梁之大："其阔略大量，天下无之也。以其人烟浩穰，添十数万众不加多，减之不觉少"。而根据《宋史·地理志》的统计，宋代十万人口以上的城市，有近50个①。正是丰富而便利，治下太平的城市生活才使得朝野能够走出劳作，狂欢于城市的胜处，安享并歌咏这个时代。

柳永反复吟咏表现的城市居民的闲暇与闲暇中各种娱乐活动有着重要的精神意义，因为"我们唯有能够处于真正的闲暇状态，通往'自由的大门'才会为我们敞开"。② 城市发展带来的不仅是生活的便利，以及便利带来的闲暇，更重要的是这些闲暇时光使得我们能够暂时从尘世中各种辛苦中解放出来，在心灵上高蹈，走向真正意义上的自由与快乐。

与此同时，"城市，它是一种心理状态，是各种礼俗和传统构成的整体，……换言之，城市绝非简单的物质现象，绝非简单的人工构筑物。城市

---

① 吴钩：《宋：现代的拂晓时辰》，广西师范大学出版社2016年版，第130页。

② 约瑟夫·皮珀：《闲暇：文化的基础》，刘森尧译，新星出版社2005年版，第47页。

已同其居民的各种重要活动密切地联系在一起，它是自然的产物，而尤其是人类属性的产物。"①城市各个阶层的居民在城市中的种种活动被柳永以词的方式记录下，在这个书写的过程中城市居民日常生活尤其是娱乐生活的各个方面被诗意化，构成了如理想乐土般的场所。在这个场所中城市不再是作为欲望的否定存在，而是成为能够安居乐业的理想生活场所，传达出幸福自在的心理意味，与尘世居民向往的仙境几乎相接近。柳永的书写赋予了城市这个场所多彩而正面的意味。

印象派的绘画理念直到19世纪才随着工业革命的发展伸展开来，他们以一种不同于以往宗教精神的方式绘画城市，呈现出十足的世俗精神，或世俗化处理女性题材，或热情赞美工业革命的成果，或正面且多面地表现城市生活的便利和幸福。而这些理念在中国11世纪的宋朝仁宗朝已经出现，柳永正是这个时代的代言人。他一生流荡多地，仕途凛坎，于是被迫走入这个时代的市井之间，以词抒发不得志的失落的同时，也以词谋生于此间。他比起同时代的士大夫更加深入地感受了太平治下城市之真实和城市之美好。他的词记录下商业化市场化之下宋代的经济情况，记录下城市革命之后遍布城市夜空的灯火，以及自由穿行于城市之间的惬意，记录下朝野在城市中各样的休闲生活……他的书写理念与八个世纪之后的"印象派"不谋而合。在这些领先"印象派"的城市书写之后，我们能够看到的是宋朝城市文明如现代般夺目的光芒，以及闪烁在其中世俗的城市精神。更重要的是这些文本的叙述对于人们的心理状态有着鲜活的表现——这个时代中人对于生存的终极期望不再向往虚无缥缈的仙境，而是表现出对居住在尘世城市中充分肯定的，幸福的感受。

---

① R.E.帕克等:《城市社会学——芝加哥学派城市研究文集》，宋俊岭等译，华夏出版社1987年版，第1页。

柳永的词记录下商业化市场化之下宋代的经济情况，记录下城市革命之后遍布城市夜空的灯火，以及自由穿行于城市之间的惬意，记录下朝野在城市中各样的休闲生活……他的书写理念与八个世纪之后的"印象派"不谋而合。

（宋）张择端《清明上河图》（局部）

第五节　扬州的"互文"书写与创新

按照 T. S. 艾略特所言，城市是可以作为一种文本来解读的。在学界，最早以这种视角研究城市的是社会学，并集中分析其中的社会心理。[①] 因此，阅读城市这个在时间中叠加意义的文本，分析其中的社会心理尤其是书写者文人的心理，以及时代与这座城市的文化联系，诚可以作为解读城市这个文本的一种方式，从而来确立城市文本中城市的文化意义。

对城市的当下书写中往往有历史中前朝城市文本的痕迹，这构成了一种"互文"书写现象。"互文"（Intertext）与"互文性"（Intertextuality），作为一个重要的批评概念，出现于 20 世纪 60 年代，随即成为后现代、后结构批评的标识性术语。"'文本性'也称'互文互涉'，主要是指不同文本之间结构、故事等相互模仿（包括具有反讽意味的滑稽模仿或正面的艺术模仿）、主题的相互关联或暗合等情况。当然也包括一个文本对另一文本的直接引用。"[②] 有学者认为"……互文性与其说是指一部作品与某些先前的特定文本的关系，不如说是指一部作品在一种文化的话语空间中的参与……"这就是说，"互文性既可以聚焦于互文本（即'先前文本'）本身，也可以聚焦于互文本置身其中的那个文化空间。"[③] 从这个意义上来说，这种不同时代城市文本之间的互文性既引导我们追寻城市的过往，也指向城市的当下文化意义。

文本之间的"互文性"据学者的分类，可以分为两类：一类是一种重复的"共存性的关系"："都是把一段已有的文字放入当前的文本中……这种重

---

① T. S. 艾略特提出"这城市的意义何在？"（Eliot 171），由此得出这样一个看法，城市是可以被看做一种文本来解读的。"在学术界，最早将城市作为文本进行系统研究与解读的是社会学家……早期的社会学城市分析以芝加哥学派与社会心理学理论为主导……"（马特：《从缺席到在场：生态批评的城市维度》，《外国文学研究》2017 年第 4 期）

② 王耀辉：《文学文本解读》，华中师范大学出版社 1999 年版，第 167 页。

③ 秦海鹰：《互文性理论的缘起与流变》，《外国文学评论》2004 年第 3 期。

复超越单个文本的界限，与文学史的广阔领域相衔接、交叉……同时这些重复还决定了作品与外部因素的多样化关系，这些因素包括：作者的精神或他的生活，同一作者的其他作品，心理、社会或历史的真实情形……"① 另一类是"派生性的关系"："作为派生关系的互文手法包含了对原文的一种转换或模仿（仿作）……风格与原文本相同或相仿。"在这种互文关系中，不仅含有"共存性"的延续性，还表现出超越原始文本的写作心理来。②

在宋人笔下的扬州承载着丰富的前朝印记，包含来自南朝梁时在扬州的何逊咏梅的清冷和雅韵，以及来自唐代杜牧的扬州印象等。这构成了城市书写的"互文"现象。扬州自古为九州之一，是淮南重要的城市，经济繁华，人文渊薮。唐代的扬州和宋代的扬州是这座城市存在与发展中两个重要的时期。唐时的扬州因为运河之故，成为闻名天下的城市，"大凡今之推名镇为天下第一者曰扬益，以扬为首"③，是为长江流域东南方向的经济重镇。"安史之乱"之后，扬州仍为补给唐王朝经济的主要地区。据《旧唐书》卷四十记载，天宝之前，扬州"户二万三千一百九十九，口九万四千三百四十七"，而"天宝……户七万七千一百五，口四十六万七千八百五十七"④，可见这座城市的富庶和喧阗。中唐时大历进士王建有《夜看扬州市》云："夜市千灯照碧云，高楼红袖客纷纷。如今不是时平日，犹自笙歌彻晓闻。"中晚唐宪宗时期杜牧的祖父杜佑所撰的《通典》记载中晚唐扬州的人口为"户七万三千三百八十一，口四十六万九千五百九十四"，⑤ 基本与《旧唐书》相

---

① 李力：《文本互涉——故事新编的解构性文本策略》，《鲁东大学学报（哲学社会科学版）》2011年第2期。

② 李力：《文本互涉——故事新编的解构性文本策略》，《鲁东大学学报（哲学社会科学版）》2011年第2期。

③ 周复俊：《全蜀艺文志》卷三十，见《景印文渊阁四库全书》第1381册，第315页。

④ 刘昫等：《旧唐书》卷四十，见《景印文渊阁四库全书》，台湾"商务印书馆"1986年版，第269册，第95—96页。

⑤ 杜佑：《通典》卷一百八十一，见《景印文渊阁四库全书》，台湾"商务印书馆"1986年版，第605册，第489页。

符。直到晚唐，扬州依然繁华如故，尤其是杜牧的到来和书写为唐时的扬州增添了最为华美的印记，成为后世追寻扬州的经典印象。宋时的扬州沿唐制。虽然成书于太宗时期的《太平寰宇记》卷一百二十三中记载宋时的扬州比起唐代的扬州大不如前，"……皇朝户主一万四千九百一十四，客一万四千七百四十"①，尽管如此，在南渡之后扬州成为抗金前线之前，依然属于东南重镇。高宗曾经驻跸于此。

后世追忆扬州可以从"认知角度解读作为文本的城市"，即从社会学与历史学的视野来认知城市，如宋时的《太平御览》卷一百四十九"州郡部十五"条下"淮南道"的"扬州"，像辞典里对一个名词的介绍；也可以从作家的文学文本中获知文本中的城市印象。后者"来源于'幻想、神话、愿景或噩梦'"等这些个体的主观感受，相比于前者在人与城市的关系这个维度上显得更为真实。②

T.S.艾略特认为，一位诗人的个性不在于他的创新，也不在于他的模仿，而在于他把一切先前文学囊括在他的作品之中的能力，这样，过去与现在的话语同时共存。他说："我们常常会发现：在他的作品中，不仅最好的部分，而且最具有个性的部分都是他前辈诗人最有力地表明他们的不朽的地方。"③宋人对于前朝扬州的想象和对当下扬州的书写所选择的经典（即"互文本"）恰好是这些前朝文人作品中最为不朽和经典的地方，也形成人们对扬州在南北朝和唐代最为经典的印象，即清冷高标又繁华旖旎。

宋人在对扬州进行包含前朝经典互文书写的同时，也试图树立本朝扬州书写的经典。因欧阳修在做扬州太守期间兴建的"平山堂"以及以此为中心的雅集活动，又为宋时的扬州城增添了新的文化意味，即为红尘富贵之中的扬州城增添了"吏隐"于山水之间玩赏山水的逸气。自欧公之后，平山堂和

---

① 乐史：《太平寰宇记》卷一百二十三，见《景印文渊阁四库全书》，台湾"商务印书馆"1986年版，第470册，第221页。

② 马特：《从缺席到在场：生态批评的城市维度》，《外国文学研究》2017年第4期。

③ 程锡麟：《互文性理论概述》，《外国文学》1996年第1期。

欧阳修一并成为扬州城市空间中又一经典，绵延不绝地出现在后世宋人吟咏扬州的笔下，构成对欧阳修扬州词的互文书写，丰富了扬州城的文本和文本中的扬州城印象。

一、"何逊在扬州"：宋人希冀包揽文化的心理

"何逊在扬州"是宋人书写扬州的一个典型的"互文"现象。它来自唐时杜甫《和裴迪登蜀州东亭送客逢早梅相忆见寄》这首诗中的诗句："东阁官梅动诗兴，还如何逊在扬州。"而杜甫又是引用南朝梁时何逊咏梅的典故。何逊有《咏早梅》一诗，诗云："兔园标物序，惊时最是梅。衔霜当路发，映雪拟寒开。枝横却月观，花绕凌风台。朝洒长门泣，夕驻临邛杯。应知早飘落，故逐上春来。"其中"应知早飘落，故逐上春来"是名句，表达出生命虽然有限，但当积极有为地绽放到底的决心。与此同时，在这首诗中，梅花早于百花在春日开放，也传达出一种高标不同流俗的风骨。这首诗还有一个别名"扬州法曹梅花盛开"。这又成为何逊这首诗作于扬州的地点标识。后世更是依托杜甫的诗句，将何逊与扬州紧密地联系起来。

而宋人，特别是到了南宋，其实已经注意到这是一个绝大的误会。如南宋的葛立方《韵语阳秋》卷十六云："老杜诗云：'东阁官梅动诗兴，还如何逊在扬州。'按逊传无扬州事，而逊集亦无扬州梅花诗，但有《早梅》诗云：'兔园标物序，惊时最是梅。衔霜当路发，映雪凝寒开。枝横却月观，花绕凌风台。应知早飘落。故逐上春来。'杜公前诗乃逢早梅而作诗，故用何逊事……近时有妄人假东坡名，作《老杜事实》一篇，无一事有据，至谓逊作扬州法曹，廨舍有梅一株，逊吟咏其下，岂不误学者。"①葛立方所说的是宋时伪苏注对这首诗造成的误解，但何逊并非与扬州毫无关联。据史料记载，

①　葛立方：《韵语阳秋》卷十六，见《景印文渊阁四库全书》，台湾"商务印书馆"1986年版，第1479册，第181页。

何逊曾为梁建安王的水曹行参军。《梁书》本传载何逊："天监中，起家奉朝请，迁中卫建安王水曹行参军，兼记室。"① 而建安王萧伟在"（天监）六年，迁使持节、都督扬南徐二州诸军事、右军将军、扬州刺史"②。且建安王萧伟如汉时梁孝王一般雅爱文学，广揽才士。《梁书》本传载曰："……王爱文学之士，日与游宴。"③ 这首诗其实既是赞美建安王招贤纳士的美名佳行，也流露出对于自身才华的自负，以司马相如自比的同时，也以早梅自比，希冀在人生有限中建功立业的雄心抱负。④ 后世的误读在于南朝梁时的扬州不是后世隋唐宋时期的扬州，相关文献显示其治所在今天的南京。同为南宋时期的张邦基《墨庄漫录》卷一曰："东晋、宋、齐、梁、陈，皆以建业为扬州，则逊之所在扬州，乃建业耳，非今之广陵也。隋以后始以广陵名州。"⑤ 至于宋时的扬州基本上是延续唐时的设置，在宋人乐史编撰的《太平寰宇记》中记载"皇朝因之"⑥。

由此可见，梁时的扬州区域与隋唐宋时期的扬州区域并非为一处，"何逊在扬州"是被误读的一个城市文本。爱考据学问的宋人已然知道其中的误读之处，但依然愿意将两者合二为一，使之成为宋人扬州城市文本中的南朝才子印记。比如曾几有诗《高邮无梅花求之于扬帅邓直阁》⑦，中云："扬州何逊在，政用小诗催"。还有理宗时人方岳的《书维扬张君梅卷》中有"平生

---

① 姚思廉：《梁书》卷四十九，见《景印文渊阁四库全书》，台湾"商务印书馆"1986 年版，第 260 册，第 409 页。

② 姚思廉：《梁书》卷二十二，见《景印文渊阁四库全书》，台湾"商务印书馆"1986 年版，第 260 册，第 205 页。

③ 姚思廉：《梁书》卷四十九，见《景印文渊阁四库全书》，台湾"商务印书馆"1986 年版，第 260 册，第 409 页。

④ 参见刘石：《"东阁官梅动诗兴，还如何逊在扬州"史实考索》，《江海学刊》2005 年第 6 期。

⑤ 张邦基：《墨庄漫录》卷一，见《景印文渊阁四库全书》，台湾"商务印书馆"1986 年版，第 864 册，第 8 页。

⑥ 乐史：《太平寰宇记》卷一百二十三，见《景印文渊阁四库全书》，台湾"商务印书馆"1986 年版，第 470 册，第 221 页。

⑦ 全文宋诗引自《全宋诗》，北京大学出版社 1991 年版。

何逊扬州梦，到得扬州月自寒。谁遣雪蓬春半树，诗情更作故人看"。与方岳同时代的王奕在《题维扬》一首中写道："……赤脚有心尊鲁国，白头无力赋扬州。花明靴巷新番市，草暗城隅旧敌楼。桥上更无何逊迹，梅花明月为谁留。"这些诗句都将南朝的扬州与宋时的扬州暗合到一起。他们书写的题目和诗句中出现的"维扬"正是扬州。因为这个名称在《宋史》中多次出现，如"明年二月（建炎三年春）金人犯维扬，三月有'明受之变'"①。建炎二年高宗驻跸扬州，第二年金兵进攻扬州，故这些诗中的"维扬"指的正是宋时的扬州所在。扬州也是晚宋的前线，故王奕有"花明靴巷新番市，草暗城隅旧敌楼"句。而孝宗进士高似孙的《金人捧露盘》更是着意将南朝和晚唐两个时代的扬州城市文本与当下相契合，"……上扬州。……占何逊、杜牧风流。"②正是宋时这些对扬州城市文本的书写，何逊作为南朝才子的形象已经渗透到扬州的城市文化之中，从而成为扬州一张出色的城市名片。

　　宋人除了有意识地将"何逊在扬州"的典故叠加入当下的扬州时空中，还使之成为后世吟咏梅花风骨，赞美他人才华不绝的一个经典。如苏轼有"此身江海寄天游，一落红尘不易收。未许相如还蜀道，空教何逊在扬州"（《次韵王定国扬州倅》）诗以及"何逊扬州又几年，官梅诗兴故依然"（《次韵王定国会饮清虚堂》）诗，都是以此赞美友人王巩才华和其风骨的。元祐初期，苏轼还京，荐王巩为宗正丞。不久王巩又遭贬谪，出为扬州通判。从诗题《次韵王定国扬州倅》来看，当是王巩有诗寄与苏轼，苏轼有诗相和。在这首诗中，苏轼感慨王巩和自己一样卷入新旧法的党争之中，贬谪流离各地，自己无法返回家乡四川，而王巩也无奈地被贬到扬州，才华不得施展，无法像南朝的何逊一样有遇合的可能。后一首诗从诗意可知，王巩此时还在扬州，也有诗寄与苏轼，苏轼相和。在这首诗中，可推知王巩在扬州兴致不浅，不仅"卜筑淮上郡"，安心在此间居住，而且多有诗歌写于此间，兴复

---

① 脱脱等：《宋史》卷六十五，见《景印文渊阁四库全书》，台湾"商务印书馆"1986年版，第281册，第297页。

② 全文宋词引自《全宋词》，唐圭璋编纂，王仲闻参订，孔凡礼补辑，中华书局1999年版。

不浅。苏轼这两首和诗都将身在扬州任上的王巩以何逊相比，一面叹息其的贬谪际遇，一面赞美其不输何逊的诗才。孝宗时人喻良能有"千树撩人诗兴动，恰如何逊在扬州"（《昌园赏梅》）诗，在赏梅的时候也提及了"何逊在扬州"这个与赏梅相关的典故，而且自比何逊，诗兴盎然。

　　这样的书写构成了唐宋扬州城市文本的互文关系。如前文所论述的，这是文本之间一种重复的"共存性的关系"。在这种重复中，可以看出何逊与扬州咏梅的典故深刻地影响了后世文人对才子形象的定位，同时这个典故也成为后世文人赏梅的固定书写模式。与此同时，这个典故也进一步与扬州城息息相关，"何逊"成为来到扬州的才子代称。这种书写也表达出宋人对于经典的致意。在这层互文关系中，宋人诗学"无一字无来处"的风尚袒露可见。

　　而这种互文书写的还出现了文本间的"派生性的关系"。宋人很多关于何逊与扬州梅花的书写都表现出这种"派生性"的互文关系。黄庭坚外甥，著名江西诗派诗人洪朋有"花萼生光动诗兴，全胜何逊在扬州"（《同玉父鸿父看池边梅》）诗。他自认为诗兴诗才超越了何逊。南渡诗人周紫芝写有"东阁观梅殊未妍，扬州何逊心应折。何郎思苦花欲开，羯鼓不倩天公催。诗翁自是催花手，能挽春从天际来"（《次韵道卿催梅》）。在诗中，他对典故进行了"戏仿"，假设了何逊赏梅，梅花未妍，不够尽兴的场景，而在对比中，盛赞了"道卿"的诗兴和才华，也有超越前人之意。苏轼也有类似的表达："不用相催已白头，一生判却见花羞。扬州何逊吟情苦，不枉清香与破愁。"（《忆黄州梅花五绝》）在这种派生关系中，将何逊的诗兴由昂扬转向苦涩；全诗以黄州梅花自比情怀虽渐老，但依旧乐观的心境。而在这种互文关系中，是一种对于经典的改写，"点铁成金"，表现出已经树立起本朝诗学理念的宋人意欲超越唐人经典的心理。

　　诗歌中多见"何逊在扬州"的"互文"现象，在宋词中也不乏类似的表达。当文人咏梅时，往往提到这个典故。如高观国的《东风第一枝》中有"似妙句、何逊扬州，最惜细吟清峭。香暗度、照影波渺"。在这里用何逊扬州咏梅的典故来起兴，书写梅花的疏影和暗香。王庭珪有"何须说，扬州旧日，何逊更能诗。谁知。深雪里，玉妃粲粲，初下瑶池"（《满庭芳》），在这首词中，同样用何逊扬州咏梅的典故来引出梅花在深雪里开放的幽姿。无名氏咏梅的书写有"何逊扬州，拾遗东阁，一见便生清兴"（《喜迁莺》）等，都在强化梅花与扬州才子何逊的联系。

总体来说，南朝扬州的何逊咏梅行为其实与宋时的扬州在地理上不构成重合性，逐渐得知其中委曲的宋人一方面指出其中的误会之时，一方面却有意识地将两者合二为一。这是一种城市文本的互文书写，也是为文本的创新。宋人一方面追慕何逊咏梅的才气，一方面也追慕其得遇良主这样的遇合盛会。在这样的心理下，宋人在书写中延续了南朝被误读的城市文本，隐隐含有希望自己也有像何逊一般的才子际遇，并希冀对此的着意书写会被加入到这个不朽的传世经典行列中来。与此同时，在文化集大成的宋代，宋人意欲包揽古今文化的心理也呼之欲出。宋人不仅仅在前朝诗人的阴影之下有亦步亦趋的敬仰，当这个时代树立起建立本朝诗学的理念后，他们对前人的经典转向大胆的改写和活用。在书写中，他们或以时代中的文人或以自己自比何逊，这又构成文本的创新之处。在"派生"这层互文关系中，宋人希冀续写经典的同时，又隐隐透露出超越前朝经典的意味。在"共存"与"派生"这两层互文关系中，南朝何逊的才子印记被牢牢地嫁接和烙印在扬州的城市文脉之中，不仅显示出宋时重才学的风气，也使得扬州这座城市与才子的印象紧密相连，同时，更重要的是使得南朝扬州清冷高标的印象留存下来。

二、珠帘十里，歌吹扬州：今不如昔的怀旧心理

唐人来到扬州，书写扬州的诗篇数不胜数，而对于后世影响最大最为深远的则是晚唐的杜牧。杜牧在文宗大和七年到开成二年活动在扬州，写了《扬州三首》《赠别二首》《将赴宣州留题扬州禅智寺》《题扬州禅智寺》等诗歌，还有离开扬州后怀念扬州的《遣怀》，为友人所作的《寄扬州韩绰

判官》。虽然在数量上并不多，但此中的名句叠出，如"春风十里扬州路，
卷上珠帘总不如"，"谁家唱水调，明月满扬州"，"谁知竹西路，歌吹是扬
州"，"二十四桥明月夜，玉人何处教吹箫"，"十年一觉扬州梦，赢得青楼
薄幸名"，等等。

此中"珠帘十里"，"明月扬州"，"竹西歌吹"，"十年扬州梦"等的意象
从此被视为扬州的经典意象和另一类著名的"互文本"，宋人源源不断地将
其纳入到对当下扬州的互文书写中。如苏轼的《别择公》有"竹西歌吹是扬
州"句，晁补之有"且还歌吹旧扬州"（《扬州杂咏七首》其一），陈师道的"梦
里扬州十载间，青楼陈迹故依然"（《送泽之过维扬》），北宋中晚期的谢逸有
"十里珠帘皆可意，西风吹梦到扬州"（《送王禹锡》其一），徽宗进士王庭珪
有"二十四桥明月夜，春风十里卷帘时"（《侯大渊惠花》），同时代的孙觌有
"珠帘半卷扬州路，争看金钗十二行"（《张子为园林八咏》）等等都将杜牧的
扬州印象传承了下去。宋人书写扬州的文本不仅如此，而且在为官扬州的任
上也延续了杜牧时代的风流。仁宗嘉祐二年欧阳修徙扬州，有《自东门泛舟
至竹西亭登昆丘入蒙谷戏题春贡亭》诗，中有"欲觅扬州使君处，但随风际
管弦声"句。这是对杜牧"歌吹是扬州"这个互文本书写的延续，也是对杜
牧诗中"二十四桥明月夜，玉人何处教吹箫"扬州官员风流佳话与生活方式
的延续。

但北宋的扬州如前所述，虽承唐制，但繁华已经不如唐时了。欧阳修在
扬州任上，有《竹西亭》中的慨叹可见一斑："十里楼台歌吹繁，扬州无复
似当年。古来兴废皆如此，徒使登临一慨然。"仁宗至和三年出知扬州太守
的刘敞有《游禅智寺》，在这一扬州名胜处也不复晚唐杜牧笔下"雨过一蝉噪，
飘萧松桂秋。青苔满阶砌，白鸟故迟留。暮霭生深树，斜阳下小楼"的幽静
和闲雅，而是"梵王重壁台先毁，古佛双林火亦焚。会看旃檀重满地，莫悲
麋鹿向成群"这样的衰败。苏辙也有诗云："扬州繁丽非前世，城郭萧条却
古风。尚有花畦春雨后，不妨水调月明中。"（《送杜介归扬州》）然而，如前
所述，当宋人书写扬州的时候，仍然都不自觉地将杜牧笔下歌舞升平的扬州

作为固定的参照印象，难以磨灭。

从宋人书写的方式来看，不仅宋时诗歌对扬州的书写进行了加入杜牧扬州印象的互文书写，宋词也是如此地书写扬州。北宋的晁端礼有"片帆初卷，歌吹是扬州"（《新燕过妆楼百宝装》），李之仪有"花陌千条，珠帘十里，梦中还是扬州"（《满庭芳》），哲宗时人李新有"几度珠帘卷上钩。折花走马向扬州"（《摊破浣溪沙》）。还有汪存有"扬州十里小红楼，尽卷上珠帘一半"（《步蟾宫》）。北宋末年的贺铸也多写扬州，如"东南自古繁华地，歌吹扬州。十二青楼。最数秦娘第一流"（《采桑子·罗敷歌》）、"十年一觉扬州梦，雨散云沈。忍泪吟……"（《采桑子》）这些词句中也多见晚唐的扬州印记。其中北宋秦观的《望海潮·广陵怀古》是其中的代表："星分牛斗，疆连淮海，扬州万井提封。花发路香，莺啼人起，珠帘十里东风。豪俊气如虹。曳照春金紫，飞盖相从。巷入垂杨，画桥南北翠烟中。追思故国繁雄……"从词意"万井提封"的人口以及"珠帘十里春风"的景象可知，追忆和书写的是唐时的扬州。而秦观在这首词的最后，对如今的扬州"但乱云流水，萦带离宫"的寥落表达出深沉的叹息之意。唐时扬州的城市文本被宋人大规模地复制到当下，成为一种明显的典型的互文书写现象。在宋人互文书写扬州的文本中，可以想见的是宋人对前朝繁华的追慕，以及对疲弱皇朝现状无可奈何的接受心理。

从宋人书写的时段来看，北宋的书写是如此，到了南渡之后，扬州成为抗金前线的所在了，无论是诗歌还是词，文人对扬州的书写一面充斥着对动乱的描述，一面仍然保留了杜牧笔下的扬州印象。"建炎三年春，金人犯维扬。"[①]绍兴三十一年，金主完颜亮南侵，扬州饱受战火，正是辛弃疾笔下的"四十三年，望中犹记，烽火扬州路"所指。至于开禧二年（1206）十二月，金人再次犯扬州。南渡文人朱敦儒有"万里夕阳垂地、大江流。中原乱。簪

---

① 脱脱等：《宋史》卷四百六十，见《景印文渊阁四库全书》，台湾"商务印书馆"1986年版，第288册，第456页。

缨散。几时收。试倩悲风吹泪、过扬州"。(《相见欢》)写的是战乱中的扬州景象。陆游的《寄题扬州九曲池》笔下的扬州完全是军事化的意象,全无北宋和唐时的温软:"清汴长淮莽苍中,扬州画戟拥元戎。"尽管如此,在家国巨变的背景中,文人仍然怀念昔日的繁华,并入当下凋落的扬州意象。高宗时人周紫芝有"万里有家无梦到,一樽和泪与谁倾。竹西回首扬州路,肠断故园春草生"。(《次韵赵茂卿书事》)他感慨扬州在战争中已经残破不堪,有黍离之悲。南渡过来的李正民也对扬州的没落叹息道"南北飘零三十秋,乱离重到旧扬州。田园芜没身空老……"(《南归》其六)同时代的赵鼎入扬州,一派荒芜,"路入扬州秋草残,竹西亭上曲栏干。而今那复闻歌吹,黄叶西风薄暮寒。"(《扬州竹西亭》)晚唐杜牧的诗意在此时已经荡然无存,整个扬州和时代一样在多事之秋中,萧瑟落寞。《全宋诗》中有一首诗,既归于与中兴四大诗人同时期的杨冠卿笔下,名为《填维扬》,又归于宁宗时人杨冠笔下,名为《上扬州太守》。这首诗更是将晚唐扬州的印象与当下军事重镇的扬州实际相并置,"古人肉食无远谋,腰钱骑鹤向扬州。春风十里珠帘卷,但看竹西歌吹楼。天朝选用诗书帅,上策公言须自治。屏翰坚持保障功,江淮益壮金汤势。强敌不敢纵南牧,关塞烟迷芳草绿。儿童歌舞乐升平,一曲梅花细柳营。"在这首诗中,首先写到了南朝梁时"腰缠十万贯,骑鹤上扬州"的扬州印象,又提及了晚唐杜牧的靡丽扬州印象。其次写到了扬州在南宋的态势,以文官帅此处,同时扬州作为南宋与金国以淮河为界的前线,是为重要的门户。最后表达出希望扬州太守能坚守此处,使得扬州重新有"升平"的气象。全诗一半追忆远去的扬州繁华,一半写实和想望,呈现出南宋时期扬州作为前线的风貌。

而在词中,南宋文人追忆的往往是唐时的"古扬州"或者北宋承平时节的扬州,也频频出现杜牧书写扬州的"互文本",同样进行了互文书写。如南渡词人侯置的"朱帘卷处,如在古扬州,宝璎珞,玉盘盂,娇艳交相映"(《蓦山溪》),呈现出晚唐扬州的艳色。吕渭老的"曾醉扬州十里楼。竹西歌吹至今愁"(《思佳客》)和李好古的"古扬州、壮丽压长淮,形胜绝东南。

问竹西歌吹，蜀冈何许，杨柳鬖鬖。行乐谁家年少，两两更三三"（《八声甘州》），都追忆扬州昔日升平时节"竹西歌吹"这个典型的扬州印象。孝宗时人李处全的"竹西路转古扬州。歌吹只应如旧"（《西江月》）则表达出对扬州应该安然无恙的想望。"辛派词人"刘过有"镇长淮，一都会，古扬州。升平日，珠帘十里春风、小红楼。谁知艰难去，边尘暗，胡马扰，笙歌散，衣冠渡，使人愁。屈指细思，血战成何事，万户封侯。但琼花无恙，开落几经秋。故垒荒丘。似含羞。"（《六州歌头》）词意与姜夔的名作《扬州慢》相似，都追忆了昔日为"淮左名都，竹西佳处"的古扬州"珠帘十里春风"的承平风貌，而如今因为金国的入侵，成为前线"清角吹寒，都在空城"的纷乱景象。扬州的升平和动乱纷叠在这个地点上，而此处的花木每年却如约开放，或"琼花无恙，开落几经秋"，或"桥边红药，年年知为谁生"，花自嫣然水自流，给南宋中晚期的文人一种"江山不管兴亡恨，一任斜阳伴客愁"怀古之繁华，视今之衰败的沉重慨叹。这些宋时的扬州城市书写都是一方面引用晚唐杜牧的扬州印象，进行互文书写，一方面书写当下的衰落境况，两相并置，构成如梦如幻的想象空间和衰败纷乱的现实空间。在从唐到宋巨大的落差间，这些末世文人为末世为乱世伤怀抱的黯淡情怀慢慢浮出，这个时代浓重的怀旧心理也盎然欲出。

他们这种怀旧的书写和心理对应的是整个三百余年的宋代社会现况。整个宋朝不管是北宋还是南宋，都处在一种忧患重重，危机四伏的处境中，扬州的城市经济和地点意义都发生了偏移，从弱于钱塘的经济劣势[①]到位于前线的地理位置，都使得扬州曾经偏安江南的宁静和繁华不再。宋人一方面记取前朝的繁华，一方面无奈地书写本朝国势羸弱下扬州的现状。文人也有意改变这一状况，但北宋的改革和南宋的北伐都相继失败，虽然整个时代的经济持续繁华，但总让有识之士感到整个国家重心不稳。而晚唐的扬州偏安东

---

① 乐史《太平寰宇记》卷九十三载"杭州""唐开元户八万六千二百五十八，皇朝户主十六万一千六百，客八千八百五十七"（《景印文渊阁四库全书》，台湾"商务印书馆"1986年版，第470册，第39页）。

南，不受战火侵袭的末代富庶繁丽几乎成为乃宋一代人心中，尤其是南渡之后最后的"平安梦"。诚如米歇尔·施奈德所言："现代艺术作品似乎和以往的作品之间维持着一种从根本上怀旧的关系。它并不同它本身、它的作者、它的时代相协调，它是古典作品投射的影子，那些作品在这协调中熠熠生辉。不管它有多新，它也是回忆，向一去不返的以往示意。姗姗来迟者思念着一段或许神秘的时代，那个时候。艺术品没有忧虑、没有原因地存在着。"① 这种"并存性关系"的互文书写在宋人笔下层出不穷。可以看到的是，整个宋朝的扬州都未达到唐时的盛况，并且在南渡之后遭遇兵燹之灾，繁华毁灭殆尽。但宋人却根深蒂固地引用或改编唐时的扬州文本印象，一方面是整个宋朝诗学词学好用典故的原因，一方面也可见出宋人面对繁华不再的扬州怀旧与惨淡的城市情怀。宋时的扬州在这些文本中显现出一种"扬州梦华"的城市印象。

而与此同时，至于宋时对扬州的书写，从南朝扬州何逊的才子印记到唐代扬州杜牧的才子印记，在某种程度上构成因袭的关系，一方面扬州这座城市与才子对其的书写紧密相连；另一方面则使得扬州从南朝清雅的印象转向晚唐繁丽的印象，被深刻地打上了不同时代的特色印记。

三、"平山阑槛倚晴空"：树立本朝文学经典的创新心理

宋人对扬州的书写不仅延续唐人的经典，而且在本朝欧阳修的影响下，宋代的扬州生成了新的城市文本，即"平山阑槛倚晴空"。至此以后，宋人对平山堂这处名胜的歌咏不仅沿袭了欧阳修的扬州印象，传唱不衰，而且改变了扬州自唐以来形成的温软梦华意象，给扬州增添了逸气和雅致之风。

首先，欧阳修在任官扬州期间创建了平山堂，使得平山堂逐渐成为扬

---

① 米歇尔·施奈德：《窃词者》，第 328 页，转引自蒂费纳·萨莫瓦约：《互文性研究》，邵炜译，天津人民出版社 2003 年版，第 62—63 页。

州城新的地标。欧阳修在仁宗庆历八年（1048）春天任扬州知州时始建平山堂。平山堂为用废旧僧房改建的简易建筑。南宋人李壁有明确的记载："（平山）堂在扬州城西北五里大明寺侧。庆历八年二月，欧阳公以起居舍人知制诰来牧是邦。暇日将僚属宾客过大明佛寺，登古城，遂撤废屋为堂于寺庭之坤隅"。① 欧阳修不仅为扬州设置了这出风景绝佳的"东南胜处"②，还因为他是文坛领袖的缘故，使得来往的人络绎不绝地登临此处。沈括的《扬州重修平山堂记》中这样记道："……今参政欧阳公为扬州，始为平山堂于此。观上之时，引客过之，皆天下豪俊有名之士。后之人乐慕而来者，不在于堂榭之间，而以其为欧阳公之所为也。由是平山之名盛闻天下。"③

其次，欧阳修为扬州太守时，常常引天下豪俊有名之士在此雅集，使得平山堂的声名远播。他有诗云："千顷芙蓉盖水平（自注：郡治荷花，四望极目），扬州太守旧多情。画盆围处花光合（自注：予尝采莲千朵，插以画盆，围绕坐席），红袖传来酒令行（自注：又尝命坐客传花，人摘一朵，叶尽处饮，以为酒令）。"④ 叶梦得在《避暑录话》中将此雅事记录为："公每暑时，辄凌晨携客往游，遣人走邵伯取荷花千余朵，以画盆分插百许盆，与客相间。遇酒行，即遣妓取一花传客，以次摘其叶，尽处则饮酒，往往侵夜载月而归。"⑤ 由此可想见的是欧阳公在此治理扬州的贤明，方有此闲情得以在公事之余，畅游其间，为风雅之事，颇似兰亭禊饮的故事。扬州本因经济发达，被称之为"最为最是红尘中一二等富贵风流之地"，而自从

①　王安石撰，李壁注，李之亮补笺：《王荆公诗注补笺》，巴蜀书社2002年版，第628页。

②　楼钥：《攻媿集》收入《丛书集成初编》第2012册，中华书局1985年版，第775页。

③　沈括：《长兴集》卷九，《景印文渊阁四库全书》，台湾"商务印书馆"1986年版，第1117册，第298页。

④　欧阳修：《欧阳修全集》，中华书局2001年版，第189—190页。

⑤　叶梦得：《避暑录话》卷上，见《景印文渊阁四库全书》，台湾"商务印书馆"1986年版，第863册，第631页。参见王兆鹏：《欧阳修对扬州平山堂景观的建构与书写》，《新疆大学学报（哲学·人文社会科学版）》2017年第3期。

欧阳修来此之后，对平山堂景观的营建和在此的诗酒风流为这座城市添加了逸气。从《全宋诗》中可以看到的是，来此的"豪俊有名之士"络绎不绝，都在此留下了登临的诗篇。比如与欧阳修同时代的梅尧臣留下《大明寺平山堂》《平山堂杂言》《和永叔答刘原甫游平山堂寄》《平山堂留题》等，或言此处景观有"冈形来自蜀，山色去连吴"之状，是"大梁（指汴京）"不曾有的景观；或言与"二三友"来此，一面因江山有诗兴，一面推服欧阳公的文字"思公之文字世莫双，举酒一使长咽慢肌高揭鼓笛腔，万古有作心胸降"，等等。

再次，欧阳修对平山堂的书写，构成了宋词宋诗中新的扬州城市文本中的经典意象和符号。真正使平山堂成为同时代和后世追慕之地的却是因为欧阳修的一首词："平山阑槛倚晴空。山色有无中。手种堂前垂柳，别来几度春风。文章太守，挥毫万字，一饮千盅。行乐直须年少，尊前看取衰翁。"（《朝中措·送刘仲原甫出守维扬》）这是欧阳修对年辈稍晚在他之后出任扬州太守的刘敞的寄语。这其中的"平山阑槛倚晴空，山色有无中"成为扬州城市景观的经典之语。这句词来自对唐代王维《汉江临泛》的檃栝："江流天地外，山色有无中。"而表现的地点发生转换，构成"派生性"的互文关系。比起唐人的原创书写而言，这句词被"翻唱"得更为有名，成为宋朝另一个扬州书写的经典互文现象。后世依据此词意一方面慕名前往扬州的此处观览词意中的景观，一方面在诗词中续写这个"互文本"，构成新的互文现象。与此同时，词中的"手种堂前垂柳，别来几度春风"指的是欧阳修在平山堂前植柳一株，人称"欧公柳"，至今犹存，以纪念欧阳公在扬州任上的贤明和风雅。词中的"文章太守，挥毫万字，一饮千盅"一指来此任上的刘敞，一是指欧阳修自己，在苏轼之前开词中豪放风。

在欧阳修之后继任的文坛领袖苏轼，也因官位的调动来到扬州。第一次，是熙宁四年（1071）由京赴杭任通判，南下经扬州；第二次，是熙宁七年（1074）由杭州移知密州，北上途经扬州。苏轼第三次到扬州平山堂的时间，学界一说是元丰二年（1079）四月，苏轼从徐州移知湖州（今浙江吴兴）经过扬州；另一说是元丰七年（1084）十月，苏轼由黄州赴汝州时经过扬州。在这一年他留下《西江月》一首："三过平山堂下，半生弹指声中。十年不见老仙翁。壁上龙蛇飞动。欲吊文章太守，仍歌杨柳春风。休言万事转头空。未转头时皆梦。"在其中将"文章太守"直接指欧阳修。此外，苏轼还在黄州追忆昔日到平山堂的经历和感受，有《水调歌头·黄州快哉亭赠张偓佺》云："长记平山堂上，欹枕江南烟雨，杳杳没孤鸿。认得醉翁语，山色有无中。"这些词对欧阳修的原词作又构成了一种"派生性"的关系，加强了扬州平山堂清雅的意味。晁说之有《席上有唱欧公送刘原甫辞者，次日又有唱东坡三过平山堂辞者，今联续唱之，感怀作绝句》诗，从诗题便可见得两词在当日已被广为传唱，因此后人依此词意追咏不绝。北宋的晁补之有"应倚平山栏槛，是醉翁饮处，江雨霏霏"（《八声甘州》），是晁补之对苏轼在扬州行迹的想象。南渡词人叶梦得有"与君记，平山堂前细柳，几回同挽"（《竹马儿》），表达出慕前人风流，意欲归隐扬州之意。同时代的向子諲有"平山堂下旧嬉游。只有舞春杨柳、似风流"（《虞美人》），流露出对旧时承平扬州的追思。宁宗时人张榘有"平山老柳。寄多少胜游……晴空栏槛今何有"（《绛都春》）和"平山漫记。怅杨柳春风，晴空栏槛，陈迹总非是"（《摸鱼儿》），包含着扬州随着朝代变迁物是人非的落寞之感。南宋晚期元初的王奕有"……几阕平山堂上酒，夕阳还照边楼。不堪风景事回头"（《临江仙》），有换代之际对扬州城盛衰更替的叹息。这些由欧词派生的互文书写现象都将"平山堂"和欧阳修的印记作为扬州城市文本的一个新的经典，叠加在扬州的城市文脉之上。

宋时，文人还以大量诗歌的形式书写记载了平山堂与扬州的关系。北宋末年名臣李纲有《同似表叔易置酒平山堂》："暂停征棹此从容，叹息前贤结构雄。心眼乍随天宇阔，笑谈不觉酒罇空。江光隐见轩楹里，山色虚无烟雨中。种柳仙翁何处去，年年疏翠自春风。"诗意中的"山色虚无烟雨中"，"种柳仙翁何处去，年年疏翠自春风"正是承袭的欧词之意。孝宗进士许及之有"回首江南山色远，平山却在有无中"（《望平山堂》），将欧词的名句化用在对平山堂的书写中。同时代的赵善括有"城闉遥隔芙蓉浦，栏槛几经杨柳风。想见风流贤太守，一尊时复酹欧翁"（《平山堂》），表达的是对欧阳修任扬州太守期间诗酒风流的追慕，等等。其中的"山色有无中""阑槛杨柳春风"都是由欧词派生出来的互文书写现象，在这种书写中进一步地强化了"平山堂"对于扬州的文化标志意味，也将自欧阳修始的闲雅之风传承下去。

据史料记载，"平山堂"有数次毁坏又修缮的记录，按照程宇静《扬州平山堂历史兴废考述》一文的考证：北宋期间，平山堂被修缮过一次。沈括在《扬州重修平山堂记》中记：在欧阳修建平山堂的十六年后，即治平元年（1064），扬州太守刁约对已衰朽的平山堂进行了重建。南宋因为扬州位于抗金前线，毁坏得较为频繁，重建的记录较北宋要多一些。洪迈在《扬州重修平山堂记》中记录了孝宗乾道三年（1167），周淙重修；孝宗淳熙九年至十三年间（1182—1186）扬州通判赵子濛修葺；光宗绍熙元年（1190），郑兴裔重修。重修前"戎马蹂躏先贤遗址，半为樵牧之区，骚人逸士罕有过而问焉"[1]。重建之后，又恢复了昔日的风雅。孝宗进士陈造有《登平山堂》、《次韵赵帅登平山堂》等。诗中"平山堂上命琴樽，前辈风流肯见分"，"匝坐蕙兰歌似剪，生香笑语酒如空"都是重建后的平山堂景象风貌。理宗宝庆间（1225—1227）史岩之又加以修葺。[2]

从这些重建平山堂的记录中，可以想见的是，"平山堂"已经深深地划入扬州的城市文本中，成为不可磨灭的一个文化符号，代表着扬州的升平岁月，扬州升平岁月中的无限风雅，中和了漫卷满城"珠帘十里"的俗艳，平添了一种清雅之风。当它因为乱世兵燹毁灭时，来此的文人不因它的缺失而忘却，而是在废墟遗址上以书写怀念追思此处曾经的盛况，如孝宗时人阎苍

---

[1]　郑兴裔：《郑忠肃奏议遗集》卷下，见《景印文渊阁四库全书》，台湾"商务印书馆"1986年版，第1140册，第215页。

[2]　参见程宇静：《扬州平山堂历史兴废考述》，《扬州大学学报（人文社会科学版）》2014年第3期。

舒有《赠郡帅郭侯》："……平山堂上一长叹，但有衰草埋荒丘。欧仙苏仙不可唤，江南江北无风流……"在此追忆欧阳修和苏轼留下的风流雅致。宁宗进士杜东有《平山堂》："平山堂下水云重，孤笛凄凉淡月中。不见龙蛇飞素壁，只余狐兔戍离宫。仙翁已逐风流尽，世事俱随梦幻空。广武无人同此意，慨然止有泪临风"，也表达平山堂衰落后，欧阳修的手迹消失，野兽出没于其间的荒凉，自己面对昔日的盛况不再的惨淡心情。这些城市文本都是自欧阳修和苏轼词意派生出来的，与欧阳修对平山堂的滥觞书写构成"派生"的互文书写现象。在这种联系中，可以看到的是"平山堂"以及欧阳修对它的书写是为宋人在本朝自创的关于扬州的一个重要的新的经典，是为城市书写的创新，也成为后来宋人书写扬州除却何逊和杜牧之外，另一个重要的互文现象。在对它的吟咏中可见时代的沉浮，扬州城的盛衰变幻，以及宋人对风雅的追慕心理和整个时代雅文化风潮。

与此同时，自南朝而来，扬州与才子对其书写的传统在宋时也得到了继承与发展，从南朝何逊笔下的清丽，到唐代杜牧的靡丽，再到宋时欧阳修与苏轼的清雅高致，扬州的城市文本与才子的书写紧密相连。在这些朝代之间的互文书写中，在宋朝文本创新的过程中，以及又形成新的互文书写的现象中，扬州城在不同时代的印象特色也相应地显示出来。

本节立足于宋代的扬州城市文本（诗歌和词），探求其中互文书写与文本创新的现象，从南朝梁时的"何逊在扬州"，到晚唐杜牧的"珠帘十里"，再到宋朝欧阳修的"平山阑槛倚晴空"这些城市印象的出现，可以清晰地发现在文化集大成的宋朝，这些互文书写与文本创新的现象呈现出宋人在向唐人致敬心理的同时，也有着意欲在本朝包揽古今文化的心理，以及意欲超越唐人的心理，并显露出整个时代重才学的时代风气。宋时的扬州在北宋虽然因旧制，但仍然达不到唐时扬州的盛况。因此晚唐杜牧的扬州诗句成为宋人在扬州根深蒂固的城市印象，在将唐时扬州和宋时扬州并置的互文关系中，可以看到的是宋人对前朝繁华的追慕。而扬州自唐以来以"珠帘十里"的富贵风流印象流播，在本朝欧阳修为扬州郡守后，这种印象发生了偏移。欧阳修兴建平山堂于扬州西北，蜀冈之上，于清平政事之余效仿前贤，诗酒风流于此，为扬州平添山水的景观之美和吟咏的风雅之美。在他之后，"平山阑槛""醉翁春风杨柳"成为宋代吟咏扬州不绝的互文书写现象。在这些派生的互文书写中，可以看到的是后世对欧阳公为郡守时清平时日的追忆和对其闲情逸兴的追慕，以及扬州在整个宋代命运的变幻。"互文手法告诉我们一个时代、一群人、一个作者如何记取在他们之前产生或与他们同时存在的作品。"① 这些宋代扬州有选择性的互文现象展现的是宋人饱览群书后为诗为词好用典故，追求"无一字无来处"的时代之风，与此同时，宋人对于时代的扬州无法与前朝扬州的繁雄相提并论的隐痛也隐隐浮出，最后，宋人以自己时代的美学观在扬州树立起具有本朝特色新的经典。

这些互文现象"与原型的关系包含了对泱泱古训的尊重，但不是绝对服从。过去对现在的丰富作用表现在语言和形式的各个层面。以这种观念而言，我们把文学当作连续的历史来思考，它并不是单由个体组成，它更应该是由连续的时代组成的，整个文学都在过往作家的基础上取其精华，更上层楼"。② 在对宋代扬州城市文本的考察中，可以看到宋人面对唐朝经典有直接的引用，也有自己情怀的仿作，一方面致敬先贤的同时，一方面树立起本朝文学的理念和经典。在这个过程中，扬州城市文化的含义逐渐在叠加，扬州自南朝到宋的城市文本中的文化联系也浮现而出，即才子的书写构成了每个时代的扬州城市印记。何逊在扬州书写梅花是点；杜牧对扬州的书写扩展至城市风光、女性、人生享乐，是面；欧阳修则将视线凝聚，写平山堂，又回归到点。在这个过程中，扬州印象从清丽到靡丽到清雅的流变，从意欲如才子何逊一般想望遇合，并包揽古今文化的文本意义到末世整个城市的温软印象，最后落在一个具体的建筑景观容纳的雅集遗风之上，扬州城市的文脉一层层地叠加与深厚，城市的气质也随之发生变

---

① 蒂费纳·萨莫瓦约：《互文性研究》，邵炜译，天津人民出版社 2003 年版，第 58 页。

② 蒂费纳·萨莫瓦约：《互文性研究》，邵炜译，天津人民出版社 2003 年版，第 122 页。

化。而每个时代的扬州城市印象又在这些互文书写中得到凸显和加强。在对其的追溯和考察中，扬州的城市文本沉淀出和显现出其每个时代文化的独特之处。与此同时，追溯和考察一座古城的城市文本的演变历程，对于保存和发扬城市文脉，凸显城市文化特色，加强城市居民对城市的热爱和归属感有着重要的现实意义。

　　"平山阑槛倚晴空，山色有无中"，欧阳修对平山堂的书写，构成了宋词宋诗中新的扬州城市文本的经典。在他之后，"平山阑槛""醉翁春风杨柳"这些意象成为宋代吟咏扬州不绝的互文书写现象。在这些派生的互文书写中，可以看到的是后世对欧阳公为郡守时清平时日的追忆和对其闲情逸兴的追慕，以及扬州在整个宋代命运的变幻。

（元）夏永《岳阳楼图》

第六节　南宋的伤感

世纪末情绪是都市文化滋生的一种产物，是一种"群体性的社会性的情绪反应"①。可以说，它是一座拥有过辉煌，但随着时间变迁，在历史和平行的对比中呈现出没落态势的城市的心理，因城市居民的焦虑而生。在这座趋于没落的城市中的居民，一方面是潜意识中的自豪尚未消尽，一方面又因这种没落而无可奈何，"滋生出一种自卑性的自尊，一种无奈的放达和一种尴尬的焦虑"②。贾平凹在《废都》的创作中将"这种古都—故都—废都的典型文化心态"概括为"世纪末情绪"。在中国古代文学中，它常常以衰世心理突出地表现出来。

从心理学的角度上，"情绪除受个人经验和人格结构的影响之外，主要受社会文化情境的制约。通常所讲的世纪末情绪，是指含有特定社会内容，性质上带有负面特征和消极特征的一种社会情绪。在称谓上，之所以在'情绪'一词之前冠以'世纪末'三个字，是对性质、特征的一种通俗性的说法，并不仅仅意味着这种社会情绪只有到了世纪末才会发生。"③比如时间上，一个王朝趋于结束、苟延残喘的时期。又或者治世中也有可能出现这种情绪，如本书即将论到的北宋时代世纪末情绪的潜在表现。

按照洪凤桐在《世纪末情绪：人文知识分子与都市文学共同构筑的文化主题》一文，这又是个时间和空间以及主观性文化概念。从时间上来说，它具有循环性，譬如中国历史上某些朝代的晚期，南朝晚期、晚唐、晚宋……

---

① 洪凤桐：《世纪末情绪：人文知识分子与都市文学共同构筑的文化主题》，《艺术广角》1996 年第 3 期。

② 洪凤桐：《世纪末情绪：人文知识分子与都市文学共同构筑的文化主题》，《艺术广角》1996 年第 3 期。

③ 洪凤桐：《世纪末情绪：人文知识分子与都市文学共同构筑的文化主题》，《艺术广角》1996 年第 3 期。

从空间上来讲，具有共性和个性，譬如人类历史上不同国度和种族都会有这样的心理，"欧洲精神"①的旁落、中国文化中心南渡之后的长安和洛阳城市心理（两者有类似之处又因文化传统不同而存在差异性）。从主观性文化概念角度来看，具有鲜明的主体性，是人创造的文化的产物。这种情绪或者说心理是一种人类的共态表现，但却是由城市之中的知识分子以敏锐的嗅觉和纤细的感官在文学中得到了突出的表现和再现。诚如洪凤桐所言，世纪末情绪是人文知识分子与都市文学共同构筑的文化主题，在某种意义上，从属于城市文学。施本格勒才在《西方的没落》一书中说："人类所有伟大文化都是由城市产生的"，甚至于说"世界史就是人类的城市时代史。"②研究一个时代中一座城市的世纪末情绪，就是以一种视角来重新看待这段历史和其中文化产生或表现的缘由，对城市与文学的关系有了一个新的视点。

　　本书将要论述的南宋都市世纪末情绪在时间和空间以及文化概念上，都从不同方面印证着南宋都市这种城市心理的存在，同时也在某种程度上，符合中西的世纪末文学的特点。

　　临安作为国都出现在南宋的版图上，这座城市上空宋王朝的政权旗帜再次高扬。在三次从这座城市计划并实施北伐的过程中，后期豪放派词风中的爱国主题多次响起，但每次都以更长时间时局的安静为代替沉寂下来。这个时期城市文人"在历史和平行的对比中"，更多的是以北宋汴梁城代表的某种程度上的统一意义为参照物，"记神京、繁华地，旧游踪。正御沟、春水溶溶。平康巷陌，绣鞍金勒跃青骢。解衣沽酒醉弦管，柳绿花红。到如今、

---

① "19 世纪瑞士心理学家布克哈特曾对此作过非常精彩的描绘。他说，欧洲的典型特点，'乃是个人或集体的全部才华、绘画、言语、制度、政党的淋漓尽致的表现；是汇集四面八方，充实完备的知识与道德生活；是力图显示人所具有的全部思想内涵；以及不肯默默屈就于一以贯之的君主政体和如同东方式神权政治。'一言以蔽之，欧洲精神胸襟开阔、有容乃大，是个体自由与社会理性的完美结合。"（洪凤桐：《世纪末情绪：人文知识分子与都市文学共同构筑的文化主题》，《艺术广角》1996 年第 3 期）

② 转引自洪凤桐：《世纪末情绪：人文知识分子与都市文学共同构筑的文化主题》，《艺术广角》1996 年第 3 期。

馀霜鬓，嗟前事、梦魂中。但寒烟、满目飞蓬。雕栏玉砌，空锁三十六离宫。塞笳惊起暮天雁，寂寞东风。"（曾觌《金人捧露盘》）三次北伐虽都以失败告终，但在这个令人欲罢不能的时代中，爱国的主题因这些短暂的有为和间歇的振作一直经久不歇。这样的结果到了宋季却一转为以"江湖诗派"和"西湖词人群"为代表的衰落气象。文人因国势衰微虽有振起但更多是无奈。前者以野客的身份曳裾城市的豪门之外，为稻粱谋而放下文人的清高。后者以王孙贵胄的身份流连于城市的名胜之处，为国事无处插手故，都陷入"一种无奈的放达"和一种潜在的"尴尬与焦虑"。他们创作的文学形式符合中西世纪末文学的五个特点。"第一，关注的焦点都是都市生活"①。他们关注的焦点正是时代畸形发展的都市生活（农村持续凋敝，部分城市经济以杭州为首持续发展）。"第二，注重反映精神与现实之间的尖锐对立"②。他们都在表面平和华贵的笔调下有着和现实悄无声息的对抗。"第三，作品文本突出表现了人文知识分子个人性特征。"③这点在他们的作品中表露无遗。第四，他们作品虽因中国文人特有的儒道互补的心理，但在表面放旷之下或多或少"流露出忧郁、失望、颓唐等情感倾向"④。第五，他们的作品在"不同程度地体现出唯美主义的美学追求"⑤，具体表现为"清空"。

仔细看来，这些表现在常态之外，还有着与上一朝代世纪末情绪的衔接性和风行性，甚至因此出现的抗争性，最后无可奈何地归于世纪末情绪这样

① 洪凤桐：《世纪末情绪：人文知识分子与都市文学共同构筑的文化主题》，《艺术广角》1996年第3期。
② 洪凤桐：《世纪末情绪：人文知识分子与都市文学共同构筑的文化主题》，《艺术广角》1996年第3期。
③ 洪凤桐：《世纪末情绪：人文知识分子与都市文学共同构筑的文化主题》，《艺术广角》1996年第3期。
④ 洪凤桐：《世纪末情绪：人文知识分子与都市文学共同构筑的文化主题》，《艺术广角》1996年第3期。
⑤ 洪凤桐：《世纪末情绪：人文知识分子与都市文学共同构筑的文化主题》，《艺术广角》1996年第3期。

的特点。因此，本书拟从表现和成因来对城市情绪对文学的影响作出探讨。

一、北宋时代世纪末情绪潜在表现

南宋都市世纪末情绪可上溯至北宋朝。

一是北宋朝初期，五代乱世的世纪末情绪并未退去，而是衍生到新朝。因为北宋初期的许多官员都是从五代流入，并成为新朝的馆阁文臣，比如钱惟演来自吴越国、又比如李昉是后汉旧臣，也成为新朝的文学代言人。这些官员因自己的文才而自矜之外，还因尴尬的身份转换而无法施展自己的才干。从李昉的一首诗歌中，这种作为文人的身份中"自卑性的自尊，一种无奈的放达和一种尴尬的焦虑"显露无遗："济世才略本纵横，翻向文章振大名。政事堂中辞重位，图书阁下养闲情。高高节行谁将比，的的襟怀向我倾。吟得新诗只相寄，心看轩冕一铢轻。"（《辄歌盛美献秘阁侍郎》）一个"翻"字将无双"济世才略"和冲天济世情怀以颠覆的沉重和歌唱般的轻松，宣泄着"辞重位、养闲情"之下的怨愤和无奈。

这些五代旧臣旧时就多为奉和御制诗。他们把这种覆卵之下苟安时期的风气也带入新朝之中，出现了带有晚唐浓重特色的"白体"和"西昆体"。同时宋初三帝也多好为吟咏。这种唱和风最初或是君臣之间的唱和，或是臣子之间的唱和，再后来这种风气延续到朝外，对"北宋初三体"之"晚唐体"（学习贾岛和姚合）有一定的流波影响。直到欧阳修领导的"诗文革新运动"才真正在某种意义上暂时结束了这种世纪末文学的风潮。而事实上，晚唐诗风一直笼罩着整个宋朝，以晚唐风的世纪末情绪开始，也以晚唐风的世纪末情绪（"江湖诗派"）终。

二是文人对国家的焦虑心理因现状而加深，进而演变为失望之后的放达。

虽然"金瓯"的主题常常在南宋被提及，作为淮河以北国土缺失的一个象征。但事实上，北宋的国土也处在"金瓯"常缺的状态。幽燕十六州无法收复，于是失去唐时西北地区的国土。而北宋"崇文抑武"的国策又加强了这个态势的形成。国土缺失，强敌环伺，经济压力在真宗朝初步显形，文人因相对宽松的国策和儒家士大夫的情怀参政议政的热情高涨。可是两次饱含热情的变法"庆历新政"和"熙宁变法"都以失败相继告终。朝中形成立场鲜明的"党争"，以为国的名义汲汲于个人私益。这对在朝和在野的文人在心理上进一步加深了时代无望的阴影。王安石作为新政政治领袖，曾经以无比的热情和执着领导着国家革新，在晚年却以"雅丽精绝"的"荆公体"闻名于世，实际上也是向字句工严和衰世心态的晚唐风的一种回归。

而长期修文偃武的政策又为国内经济发展带来了良好的环境。城市经济在宋代发展到一个新的阶段，传统坊市制的崩溃、工商业的发达、商品经济的活跃、人口的增长等使得宋代城市繁华超过前朝，形成惊人的东方都市状态，以首都为代表，"……正当辇毂之下，太平日久，人物繁阜。垂髫之童，但习鼓舞，斑白之老，不识干戈。时节相次，各有观赏：灯宵月夕，雪际花时，乞巧登高，教池游苑。举目则青楼画阁，秀户珠帘。雕车竞驻于天街，宝马争驰于御路，金翠耀目，罗琦飘香。新声巧笑于柳陌花衢，按管调弦于茶坊酒肆。八荒争凑，万国咸通，集四海之珍奇，皆归市易，会寰区之异味，悉在庖厨。花光满路，何限春游，箫鼓喧空，几家夜宴？伎巧则惊人耳目，侈奢则长人精神。"（孟元老《东京梦华录》）

在这座城市中，对繁华和盛世的正面赞美以裴湘的《浪淘沙》为典型例证："万国仰神京。礼乐纵横。葱葱佳气锁龙城。日御明堂天子圣，朝会簪缨。九陌六街平。万国充盈。青楼弦管酒如渑。别有隋堤烟柳暮，千古含情。"在朝在野的文人在某种程度上，渐渐将对国家巨大的热情转移到城市生活的享乐中去，越是无望，越是在城市中放达身心。在通往"神京"的路上和身在其中的岁月里，大量词文充满的不是对功名的执着，而是对城市中短暂爱情的回忆，如"缥缈神京开洞府。遇广寒宫女"（关注《桂华明·四犯令》）。因为词体表达的自由，很难将这样香艳的回忆与文学传统中"君臣"隐义相联系。可见得，对功名抱负的无望，对自我的放纵都在城市中慢慢因这种世纪末情绪潜在因素消解了。晏殊在初期的词作也和"西昆体"列为一类，"无可奈何花落去，似曾相识燕归来"句在"治世"之初就显示出颓唐和平静，其中的多情和留念都浸淫着晚唐华美而哀伤的情绪。真正明朗的放达在朱敦儒南渡以前表现无遗。他写着著名的《鹧鸪天·西都作》对朝廷的应召以表心迹："我是清都山水郎。天教分付与疏狂。曾批给雨支风券，累上留云借月章。诗万首，酒千觞。几曾着眼看侯王。玉楼金阙慵归去，且插梅花醉洛阳。"他在洛阳"逢化日"，时局"天子圣"中"花间相过酒家眠。乘风游二室，弄雪过三川"（《临江仙》）。可见其中"端居耻圣明"的反讽意味之深。朱被称为当时的"词俊"，也可见他对时代文人的影响力。

可见得北宋汴梁城时代世纪末情绪已经开始悄然浮现，在表面病晚唐风，实则惧怕衰世情绪蔓延的过程中，黄庭坚和他的"江西诗派"对此以中唐杜甫的风格进行了抵制。但实际上一是晚唐风从未消歇，"江西诗派"的变体"中兴四大家"中就出现了"诚斋体"这样酷肖晚唐风的诗体，天下闻名；二是一到南宋末期，这种世纪末情绪再次大规模浮出水面。

二、南宋时代的世纪末情绪表现

至于南宋，这种世纪末情绪因国势和时局更加明显地显露出来。许总在《宋诗史》中在某种程度上，将世纪末情绪作为晚唐风再次归来的原因之一，认为"晚宋与晚唐的社会环境甚为相似，南宋后期出现的以贾岛、姚合诗为主要内容的晚唐诗风的盛行，本质上也是晚唐衰世之音的复现"[1]。

一是往来于城市中的"江湖诗派"。

"江湖诗祸"造就了南宋一个特殊的文化现象，即看似文人被驱赶到文化的边缘，但是却真正成为了文化的中心，"旧止四灵为律体，今通天下话头行"（刘克庄《题蔡炷主簿诗卷》）。在国世衰落的过程中，这个看似主导

---

① 许总：《宋诗史》，重庆出版社 2000 年版，第 790 页。

了文化中心的群体，实则充满了引导世道趋于没落的意味。这是一代趋于转型中的文人。因为"崇文抑武"的政策，宋代文人前所未有地增长，但城市中官僚体系因为国土的缩小和国世的艰难，渐渐无法容纳。科举因为末世的腐败，将这个早就存在的问题进一步扩大化，造成大批文人徘徊在朝堂之外的局面。他们因为稻粱的关系，从江湖回到城市中来，以文才乞于豪门之间。他们在城市和江湖中来来去去，近乎忘记应守的清贫。

消散已久的"漫游"之风再次兴起，只不过这次目的不再是青山碧水及其他，而都是以杭城为代表的城市，"……宋承唐旧，岩居逸士，见于聘征，游者益耻。至于季年，下第不偶者，辄为篇章以谒藩府，京淮闽广，旁午道路，数十年不归，子弟不识其面目。囊金辇粟，求莞库之职以自活，视前之游戛戛然难相并矣。"① 他们往往在城市中所获不菲并蔚然成风："庆元、嘉定以来，乃有诗人为谒客者，龙洲刘过改之之徒不一人，石屏亦其一也。相率成风，至不务举子业，干求一二要路之书为介，谓之'阔匾'，副以诗篇，动获数千缗，以至万缗……"② 除了以诗获得利益之外，写人性情，相对自由的词的创作也加入进来。这个时期祝寿应酬词在这些文人笔下占了不小的比例，比如其中张榘词创作总量仅仅五十首，而应酬之作就达到四十三首。其中所寿对象多是朝中权贵，以丞相贾似道为共性代表。甚至连爱国词人刘克庄都未能免俗。是时"贾似道当国，尤好词人……八月八日，为其生辰，每岁四方以词为寿者以数千计，复设翘才馆，等其甲乙，首选者必有所酬"③。词在南宋之后，也成为"羔雁之具"（王国维《人间词话》）。

这样在城市中取悦权贵，谋求利益的文学作品，从另一个角度来看，都是只关注了个人利益，而对国世漠然的一种表现。虽然这些文人也不乏真性情的隐逸和言情之作，但出现在城市中的这种声音占了主流。那些隐逸的作品中表现的不是身心的真正逍遥，而是充满了无可奈何的虚空感。如罗与之

---

① 袁桷：《赠陈太初序》，《清容居士集》卷二十三。
② 方回：《瀛奎律髓》卷二十。
③ 刘毓盘：《词史》，上海书店 1985 年版，第 124 页。

《梦回》"酒薄难成醉，轻寒袭破衾。梦回孤客枕，听彻草虫吟。寂寞三秋夜，凄凉一片心。山林与朝市，底处豁愁襟"。在城市和山林中，两处的为难并不能像白居易那样，因为有丰厚的薪酬而得以在城市中安居下来。在城市中勉强的诰媚和回到山林中的寒苦使得这样的文人越来越趋于对现实的漠然和对自身感受的关注。还有如戴复古的《减字木兰花》："阻风中酒，流落江湖成白首。历尽艰辛，赢得虚名在世间。浩然归去，忆着石屏茅屋趣。想见山村，树有交柯犊有孙。"其中对在城市中获得的虚名感慨不已，已然不同于唐人在城市中成功的豪情，而是表现出对世界的疏离，在乡村中的田园情调也显得十分牵强。因为后者是在城市中"想见山村"，而"浩然归去"的结果无非是再次出山，或是困顿于山林的贫寒中。许多江湖文人也多有秀句，翁卷的"数僧归似客，一佛坏成泥"(《信州草衣寺》)；徐玑的"寒水终朝碧，霜天向晚红"(《冬日书怀》)；徐照的"众船寒渡集，高寺远山齐"(《题衢州石壁寺》)等都在"清空"的审美规则中充满末世的衰败情绪。他们在城市中归来后，努力地用诗歌来回头确认自己的文人身份，并表达着落寞的情怀。在清寒困窘的生存空间中，这些晚唐式诗句的再现诉说着时代巨大的空洞。

这些作品都在不同程度上体现着城市中喧嚣之上的世纪末情绪，对应着繁华之下，日益衰亡的南宋国世。

二是城市中的"西湖词人"。

"西湖词人"来自"西湖诗社"。吴自牧的《梦粱录》中言："文士有西湖诗社，此乃行都缙绅之士及四方流寓儒人，寄兴适情赋咏，脍炙人口，流传四方，非其他社集之比。"此中按照刘婷婷考证的结果，正是南宋末期影响深远的格律派后继，西湖词人群体。他们大多数是"行都缙绅之士"，如家世显贵可上溯六世祖的周密、宁宗太后家族的杨瓒、南宋初年名将之后的张枢等，也有"四方流寓儒人"，如吴文英等。他们自称"吟社"，以西湖(后转移到湖州)为活动中心，以对西湖(湖州)风景的吟咏为主要内容，成为一个影响力很大的文学创作团体。

这些成员多是贵胄之后，却和"江湖诗人"一样，有着"有志不获骋"

的苦衷所在。很多人都因身份曾经获得高官,却因官场的昏庸不得不从"魏阙"回到"山水"中,在无可奈何中明哲保身。比如其中的周密曾经"廉勤自持",几次担任国家要务,却在景定年间,因"限民田"事"除其浮额十之三","大忤时宰意,祸且不测",不得不退回江南山水间,"素抱弗展"(朱存理《珊瑚木难》卷五《弁阳老人自铭》)。故他们对国家不是不关注,而是无法关注和参与。这点和那些有才华的"江湖诗人"是一致的。

于是这些贵胄文人国破家亡的前三十年"一片空狂怀抱,日日化雨为醉。自仰扳姜尧章、史邦卿、卢蒲江、吴梦窗诸名胜,互相鼓吹春声于繁华世界,飘飘微情,节节弄拍,嘲明月以谑乐,卖落花而赔笑,能令后三十年西湖锦绣山水,犹生清响,不容半点新愁,飞到游人眉睫之上,自生一种欢喜痛快"。①

比如代表词人周密为人称道的《木兰花慢·苏堤春晓》:"恰芳菲梦醒,漾残月、转湘帘。正翠崦收钟,彤墀放仗,台榭轻烟。东园。夜游乍散,听金壶、逗晓歇花签。宫柳微开露眼,小莺寂妒春眠。冰奁。黛浅红鲜。临晓鉴、竞晨妍。怕误却佳期,宿妆旋整,忙上雕轺。都缘探芳起早,看堤边、早有已开船。薇帐残香泪蜡,有人病酒恹恹。"全词对春来俱是以一种小心翼翼的视角以及唯恐春方来又匆匆散去之后的惶恐,令人动容,一如他们在乱世到来之前努力维持的一种诗意的平静。用笔都精雅至极,而且延续和继承了周邦彦以来的回环往复的结构和叙事。最后结笔的花落酒沉传递出尽力访春后却来不及捕捉的怅惘,如同他们偶尔清醒后复归于颓然的沉溺。同时"薇帐残香泪蜡,有人病酒恹恹"又在通篇鲜妍之后传递出花残、雨冷、蜡结、酒阑清冷寂灭的味道。

这种清冷在他别的作品中也有显现,如"碧霄澄暮霭,引琼驾、碾秋光。看翠阁风高,珠楼夜午,谁捣玄霜。沧茫。玉田万顷,趁仙查、咫尺接天潢。仿佛凌波步影,露浓佩冷衣凉"(《木兰花慢·平湖秋月》),又如"觅

---

① 郑思肖:《山中白云词序》,见《郑思肖集》,上海古籍出版社1991年版,第295页。

梅花信息，拥吟袖、暮鞭寒。自放鹤人归，月香水影，诗冷孤山。"（《木兰花慢·断桥残雪》）这些词句虽用语偏丽，但营造的境界都趋于"清冷孤绝"，自有一种怀抱。"清"在某种程度上，不仅仅是他们的艺术审美追求，同时也是他们的人格追求。这种"欢喜痛快"是对不容于世的怀抱的一种反抗，在浊世中有一种坚持人格操守的力量所在。

他们和江湖诗人一样，用最后自我打造的诗意空间，隔离着越来越近的末世动乱。

三、这些世纪末情绪对文学的影响和成因分析

可以看到的是，江湖诗人和西湖词人们都在世纪末情绪的影响下，在末世文学中偏重于形式的雕琢，在形式上出现了唯美的倾向。

江湖诗人学习晚唐风，主张"苦吟"，强调穷而后工，在诗歌的艺术技巧上追求精妙，也即主张对偶上字字求工。从范晞文的《对床夜雨》中这段字法的论述中，可见一斑："老杜多欲以颜色字置第一字，却引实字来，如'红如桃花嫩，青归柳叶新'是也。不如此，则语既弱而气而馁。"又有"诗有生字，自是一病。苟欲用之，要使一句之意，尽于此字上见工，方为稳帖"。

西湖词人师承周邦彦和姜夔，也大多注意审音协律和语言的锤炼。在"西湖十景"的唱和中，杨缵帮周密改词的过程被周密记在词序中："……异日霞翁见之曰：'语丽矣，如律未协何。'遂相与订正，阅数月而后定。是知词不难作，而难于改；语不难工，而难于协。"对这一段词作有理论总结的张炎也在《词源》下卷中如是说："词中句法，要平妥精粹。一曲之中，安能句句高妙？只要拍搭衬副得去，于好发挥笔力处，极要用工，不可轻易放过，使人读之击节可也"，同时也谈到"字法"："句法中有字面，盖词中一个生硬字用不得。须是深加锻炼，字字敲打得响，歌诵妥溜，方为本色语。"

同时两者都在"清空"的境界上有所追求，上文已有论述。

究其原因，可有二者进行分析。第一，从南宋这段来看，创作环境（城市）予以创作主体一定的负面影响。江湖诗人身份大多在野，是因为城市官僚体系的失败和无法容纳。西湖词人身份大多从朝走向野，同样是因为这个原因。他们空怀一腔报国的志向，却无处可以实现，或因稻粱的关系困窘于江湖之上，或因避祸的原因中隐于城市的山水中。城市对于他们来说，是爱恨交织的对象，给予他们希望和失落。江湖诗人在其中曳裾豪门，获得寒门不菲赞助之资，却渐渐失落了作为文人的清高和尊严。西湖词人在其中游冶山水，获得了心灵暂时的栖居，却失却了作为士大夫应尽家国的责任。城市世纪末的情怀在这些文人身上显露无遗。宋文及翁《贺新郎·游西湖有感》将这种情绪表达到了极致："一勺西湖水。渡江来，百年歌舞，百年醅醉。回首洛阳花石尽，烟渺黍离之地。更不复、新亭堕泪。簇乐红妆摇画舫，问中流、击楫何人是？千古恨，几时洗？余生自负澄清志。更有谁、磻溪未遇，傅岩未起。国事如今谁倚仗，衣带一江而已！便都道、江神堪恃。借问孤山林处士，但掉头、笑指梅花蕊。天下事，可知矣！"

第二，从整个宋朝来看，中国历史的走向决定了这种情绪的出现。"安史之乱"后，中国封建社会的盛世开始中断，整体呈现出下滑的趋势。中晚唐的文学和宋代的文学在发生和发展上属于同一阶段，同为中古文学第二段的重要组成部分。因此，晚唐风在宋代始（北宋三体），也终结了宋代文学（江湖诗派），在诗歌上表现得尤为突出。其中"江西诗派"虽然横空突起，但元人方回的总结又道出了原委，宋诗的异变仍然是在学唐，只不过学习的祖宗成了杜甫。而且他们对字句的雕琢与晚唐"苦吟"的方式有着异曲同工之处。诗歌不注重于现实内容，而专注于形式，是"江西诗派"发展中的大病所在。而对形式的关注"举世病晚唐"，也是在抵制着另一种形式"举世学晚唐"，走向中唐式的沉郁。然而，这也悄然揭示着世纪末情绪在宋代的流传。

世纪末情绪在中国古代文学中常常以衰世的心理出现，但在宋朝很成特色。在纤细柔丽的花间词风从五代渗透到宋的同时，晚唐中的衰世之音就一直在宋朝回响不绝。虽然宋人多意识到这一点，以"江西诗风"加以抵制，但历史的走势决定了这个朝代的气象正是中晚唐封建社会末世时期的延续。因此，南宋末世典型的世纪末文学的出现，正是这种气象的集中表现。文人在末世中尤其是在末世城市中挣扎的情怀，代表着中国转型文人的隐痛，也对应着中国社会发展的新变。总体来说，南宋都市文学中的世纪末情绪，并非仅仅由南宋末世开始，而是生成于上一个朝代，因文人的敏感和在城市中的际遇，打造出这个时期有着显著特色的世纪末文学特色。①

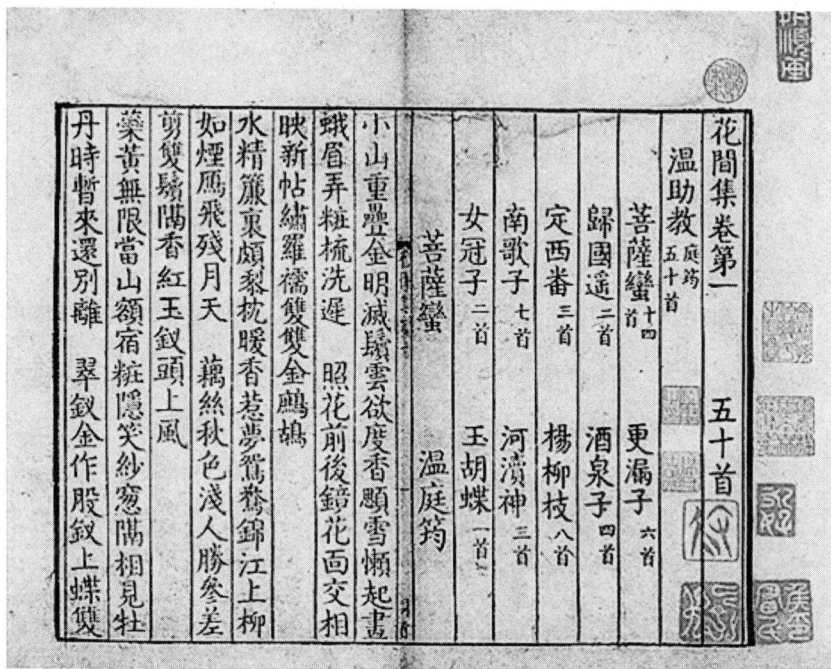

纤细柔丽的花间词风从五代渗透到宋的同时，晚唐中的衰世之音就一直在宋朝回响不绝，形成乃宋三百余年隐性和显性的世纪末情绪。

（五代）《花间集》

---

① 本节参考了刘婷婷的《宋季世风与文学》（中华书局 2010 年版）和张毅的《宋代文学思想史》（中华书局 2004 年版）二书写成。

第四章　都市的超越

在唐宋时期的城市中，宗教的存在十分重要。道教将老庄的思想纳入宗教谱系中去，佛教的禅宗又在这两个时期得到进一步地本土化，在日常生活中追求顿悟，对于城市中人的生活方式和思想有着深刻的影响。

第一节　城市中的宗教与文学的关系

城市在世俗的生活中主要功能是满足城市中人种种现实的欲望，同时也对人们精神上构成一定程度的满足。这其中宗教在城市中充当了重要的角色，它为城市居民在面对现实中的利益取舍、面对理想的旁落、面对生死的终极思考等方面提供了精神上的开脱、超越与自由，构成滚滚红尘之上的清凉甘雨。这些宗教对城市居民精神上的影响被文学以或隐或显的方式表现和留存下来。

本章选取了中晚唐时期白居易在洛阳成为"香山居士"的晚年文学态式、北宋东京大相国寺的存在与文学的关系、南宋辛弃疾任冲佑观宫观官的经历对其在信州和福州时期词的书写的影响，作为城市中宗教与文学关系的个案来考察城市中宗教对于文人书写乃至心态的影响。

本章第一节对白居易晚年的诗歌创作进行分析。白居易晚年历经文宗大和、开成，武宗会昌三个时期，其诗歌的书写呈现出世俗的特性。这一方面是因为他常以世俗之人自居的原因；另一方面也受到其所处的时代社会、政治、意识的影响。对于生命逝去的悲伤与独善其身是其基本的心理和书写的主题。他化解生命悲哀的方式是醉入酒乡与沉湎世间之乐。最后，他获得了对于生命达观和自由自在的体悟。总而言之，晚年的白居易试图在城市空间的万丈红尘中寻求生命的超越，并以其书写赋予了洛阳在中晚唐乐土的意义。

北宋东京的相国寺是为宋朝重要的皇家寺院和都城中著名的公共空间，具有神圣的宗教性和浓重的世俗性共存共荣的特质。本章第二节拟就相国寺这处具有复杂混合意义的场所，基于史料和文学作品作出分析，探究其中宗教与城市世俗的关系及其相互影响，以期对这处城市空间的存在意义作出一定新的诠释。本节分为三个部分，首先从政治角度考察了相国寺的渊源，剖析了北宋皇室对其进行强有力的干预，对其所施加的种种恩赐以及在其中进行的种种仪式活动的根本目的，在于利用宗教彰显皇室统治的神圣性与合法性，同时也是祈求宗教庇佑、镇护皇室统治的持续与长久。其次从经济的角度，对北宋相国寺作为一个商贸交易场所存在的状态进行了考察，得出相国寺显性而浓重的世俗性中依然存在着隐性神圣的宗教性的观点，并从中挖掘出相国寺不仅是百姓交易的场所，也是信息搜集流播的场所，甚至介入政治，影响皇帝的视听。最后从艺术的角度考察了北宋相国寺雕塑和壁画的存在意义。这些塑画出现在宋人观览的诗歌中，除了宗教题材的塑画直达人心之外，还有山水题材的壁画也具有隐含的宗教意义。综上所述，在史料的记载和文学的书写中，地处都城的相国寺一面与世俗生活最大限度地融合，既反映了宋代商品经济逐渐发展的经济情况和人心所向，又反映了宋代佛教趋于日常世俗的重大变化；一面极力在城市的世俗中突围，将宗教的教义在俗世的交易和生活中加以强调，令都人在此感受城市繁华的同时，也获得了俗世生活之外心灵的超越与向宗教趋近皈依之感。

南宋的辛弃疾曾在他退居前后有过任冲佑观宫观官的经历。这个官职带有的道教思想在宋代发展为"向老庄佛禅靠拢的士大夫道教"深刻地影响了辛弃疾在任和被罢免以及被起复宫观官的心理。本章第三节通过考察他任宫观官前后的居所，以及这期间的词作，试图还原辛弃疾这个时期中客观全面的心路历程。他既保留光复中原，为国有为的英雄之梦，又因官场的倾轧受到抑制而平生出对世间种种厌倦与疏离的心理。两次卜居信州地理位置不一，他的心境也不一，从对朝廷有所期待到彻底地远离官场是他两次在信州居住的心理。考察辛弃疾任宫观官的经历和词作可以窥见南宋退居士大夫的生活与心理的一斑。

第二节 "香山居士"：白居易晚年的文学态式

唐文宗大和三年（829）对于白居易来说，是他生命的一个重要分水岭。这一年，他五十八岁，在短暂地为官长安三个月之后，归于东都洛阳，开启了他晚年居洛的生命历程。他在东都洛阳为官至武宗会昌元年（841），这一年他七十岁，停少傅官。次年以刑部尚书致仕。在他生命的最后六年，他成为在家修行的居士，居于洛阳城中，在精神上皈依佛门，《旧唐书·白居易传》："会昌中，（白居易）请罢太子少傅，以刑部尚书致仕，与香山僧如满结香火社，每肩舆往来，白衣鸠杖，自称香山居士。"① 他于会昌六年（846）年卒于洛阳履道里宅，遗命葬香山如满师塔侧，最终如愿地将身心皈依于佛门。

白居易晚年历经文宗大和、开成，武宗会昌三个时期，一面优游在城市的繁华中，一面向宗教寻找生命的终极归属，减缓死亡迫近的恐惧，在城市空间的万丈红尘中寻求生命的超越。

很久以来，学界认为白居易晚年的闲适诗是他诗歌中最为平庸的部分。与此同时，学界又对他晚年居于洛阳的闲适诗作出了多角度的心理和思想分析。这些晚年的诗歌有慕陶的成分，有在道家和禅宗之间徘徊比较的犹

---

① 刘昫等：《旧唐书》卷一百六十六，见《景印文渊阁四库全书》，台湾"商务印书馆"1986年版，第271册，第168页。

疑，但都在面对生命终极之处的迫近有着理智的思考，成为后世追随的生命状态理想范本。在宋初流行了七十余年的"宋初三体"之一"白体"便是其中一个典型的代表。白居易晚年的生命状态对于封建社会文人来说具有典型意义，前期勇敢地干预政治与社会，后期安全地远离是非之地长安，全身而退，保全自身，安乐晚年。苏轼称自己为"东坡居士"也有向白居易晚年生活方式靠拢的意思。故本节对白居易晚年的诗歌作出考察，分析其中世俗与超越成分的意义。

一、"都市豪估"：白居易晚年诗歌世俗缘由

晚唐司空图在《与王驾评诗》中云："（元白）力勍而气孱，乃都市豪估耳。"[1] 由此可见，白居易的诗歌带着都市特有的气质，力量强劲而气韵孱弱，回味不永，有如都市财大气粗的商贾一般。

今人谢思炜认为，白居易常常以"中人"自居。而"中人"指的就是世俗人。白居易说："予非圣达，不能忘情，又不至于不及情者。"（《不能忘情吟》）这说的就是魏晋时期著名的"圣人忘情，最下不及情，情之所钟，正在我辈"的观点。谢思炜认为这种自我认识符合于中唐士人的思想特点，代表着士大夫最一般的生活常态。[2]

白居易生活的中唐是一个社会与文化生活异彩纷呈的世俗时代。在他生命的前期，"长安风俗，自贞元侈于游宴，其后或侈于书法、图画，或侈于博弈，或侈于卜祝，或侈于服食，各有所蔽也。"[3]（《唐国史补·卷下》）整

① 计有功：《唐诗纪事》卷六十三，见《景印文渊阁四库全书》，台湾"商务印书馆"1986年版，第1479册，第902页。
② 谢思炜：《白居易精品全集》，大连出版社1997年版，第7—8页。书中白居易的诗皆引自此版本。
③ 李肇：《唐国史补》卷下，见《景印文渊阁四库全书》，台湾"商务印书馆"1986年版，第1035册，第447—448页。

个时代还流行着代表世俗喜好的传奇小说。白居易早年的《长恨歌》与陈鸿的《长恨歌传》同时创作并流行于世间。传奇自不待言，白居易的《长恨歌》便是以普通人的感想来揣度帝妃爱情。白居易在发动新乐府运动时，更是以诗歌能够通俗到老少咸宜的程度为佳，能产生不胫而走的效果，进而上达天听。他书写的新乐府诗歌希望达到"其辞质而径，欲见之者易谕也；其言直而切，欲闻之者深诫也；其事核而实，使采之者传信也；其体顺而肆，可以播于乐章歌曲也"的效果。（《新乐府序》）谢思炜认为"白居易所表露的'中人'意识，实际上代表了士人思想意识最为世俗化的一个阶段，因此为丰富细腻的世俗感情的表达创造了有利条件"。①

白居易对自己的定位，使得他一方面能设身处地地为百姓平民着想，另一方面把自己"看作是一个并不异于他人的普通人、平常人，不害怕承认自己的平庸"。② 如他的《咏拙》诗中云"慕贵而厌贱，乐富而恶贫。同生天地间，我岂异于人？性命苟如此，反则成苦辛。以此自安分，虽穷美欣欣"。③ 于是，他不是如韩愈一般以圣贤自期，而是"在政治生活之外为自己划出很大一块个人生活地盘，将生活和精神的快乐作为人生最重要的追求"。④

这种世俗精神也与中唐险恶的党争和政治迫害有关，白居易晚年分司洛阳也是为了远离这种严酷的政治生活。当政治理想旁落后，当同僚中很多人丧生于骇人听闻的"甘露事变"中，白居易晚年安居在洛阳的平实生活便显得格外珍贵。在闲居洛阳的晚年岁月中，白居易顺其自然地表达出对生命的咏叹。不同于盛唐人纵览古今，想要加入历史的宏大意愿，白居易表达出对于生命短暂无法长存悲哀的生命意识，于是他用宗教来安顿日趋枯朽的生命。他尝试过又否定过道教的方术，在两相比较中，选择了佛教来作为生命的终极归宿。

---

① 谢思炜：《白居易精品全集》，大连出版社 1997 年版，第 10 页。
② 谢思炜：《白居易精品全集》，大连出版社 1997 年版，第 10 页。
③ 谢思炜：《白居易精品全集》，大连出版社 1997 年版，第 136 页。
④ 谢思炜：《白居易精品全集》，大连出版社 1997 年版，第 10 页。

关于禅宗，学者邓新跃说，"慧能创立中国禅宗，宣称'教外别传，不立文字，直指人心，顿悟成佛'。标榜佛性平等，无南北之别与贵贱贫富之分，并且明确宣称：'若欲修行，在家亦得，不由在寺。'（《坛经》）不必以人生为苦海，以彼岸为乐境，乐与不乐只是'悟'与'迷'之别，所以不必苦苦追寻西方极乐世界，若能顿悟，自心清净，就能'随所住处恒安乐'，这就是南宗禅的家常境界。"① 李泽厚对此也有解说："禅宗不要求某种特定的幽静环境或特定的仪式规矩去坐禅修炼，就是认为任何执着于外在事物去追求精神超越，反而不可能超越，远不如在任何感性世界、任何感性经验中'无所住心'——这即是超越。"② 尚永亮先生也延续了此观点，他认为"这种情形，用白居易的话说，就是'摄动是禅禅是动，不禅不动即如如'（《读禅经》）、'荣枯事过都成梦，忧喜心忘便是禅。'（《寄李相公崔侍御钱舍人》）"③ 白居易晚年作《在家出家》："衣食支分婚嫁毕，从今家事不相仍。夜眠身是投林鸟，朝饭心同乞食僧。清唳数声松下鹤，寒光一点竹间灯。中宵入定跏趺坐，女唤妻呼多不应。"正是实践了这种在日常生活中修行的理念和方式。

邓新跃认为，"禅宗反复向人说明，平常心即是道，佛法就在日常生活中……这便是中国禅宗的世俗化。"④"白居易诗中自甘平庸与凡俗的人生意识，是对道家贵生理论的继承，更是禅宗'道不舍日，用应缘处'的人生态度的具体表现。"⑤"白居易受南宗禅闲适境界的影响，以'平常心'面对生活，就是'要眠即眠，要坐即坐，热即取凉，闲即向火。'（《五灯会元》卷4景岑禅师语录）'饥来吃饭，困来即眠'（《景德传灯录》卷6慧海禅师语录）"⑥

① 邓新跃：《白居易闲适诗与禅宗人生境界》，《湘潭师范学院学报（社科版）》2002年第4期。

② 李泽厚：《中国古代思想史论》，人民出版社1986年版，第207页。

③ 尚永亮：《论白居易所受佛老影响及其超越途径》，《陕西师大学报（哲学社会科学版）》1993年第2期。

④ 邓新跃：《白居易闲适诗与禅宗人生境界》，《湘潭师范学院学报（社科版）》2002年第4期。

⑤ 邓新跃：《白居易闲适诗与禅宗人生境界》，《湘潭师范学院学报（社科版）》2002年第4期。

⑥ 邓新跃：《白居易闲适诗与禅宗人生境界》，《湘潭师范学院学报（社科版）》2002年第4期。

用诗歌写尽晚年的种种真实的感受。

大和三年他在洛阳写下了著名的《中隐》诗:"大隐住朝市,小隐入丘樊。丘樊太冷落,朝市太嚣喧。不如作中隐,隐在留司官。似出复似处,非忙亦非闲。不劳心与力,又免饥与寒。终岁无公事,随月有俸钱。君若好登临,城南有秋山。君若爱游荡,城东有春园。君若欲一醉,时出赴宾筵。洛中多君子,可以恣欢言。君若欲高卧,但自深掩关。亦无车马客,造次到门前。人生处一世,其道难两全。贱即苦冻馁,贵则多忧患。唯此中隐士,致身吉且安。穷通与丰约,正在四者间。"这首诗是他晚年生活理念的详细阐述。洛阳有分司一职,俸高事少。这座城市一方面与时代有所联系,一方面又不像长安的政治空气那么紧张。分司官员们一方面享受洛阳的山水之胜和园林之美;另一方面可以与退居在此志同道合的同僚们恣意言论,同时也享有自在的私人空间。这种生活理念一方面不离城市的世俗,享受城市之各种美好;另一方面有着存放自我生命舒展的空间。他的《知足吟》也表达了类似的心情。

二、悲与独:面对死亡的书写与心理

死亡在白居易晚年时常发生,有时候是自己的亲人,有时候是自己的挚友,有时候是自己的同僚邻居等,他以诗歌记录下自己面对死亡的感受。

大和三年,他在洛阳迎来了自己的小儿子,"五十八翁方有后,静思堪喜亦堪嗟……"(《予与微之,老而无子,发于言叹,著在诗篇。今年冬各有一子,戏作二什,一以相贺,一以自嘲》),"岂料鬓成雪,方看掌弄珠……"(《阿崔》)。可惜好景不长,大和五年阿崔三岁而夭,白居易白发人送黑发人,"掌珠一颗儿三岁,鬓雪千茎父六旬。岂料汝先为异物,常忧吾不见成人。悲肠自断非因剑,啼眼加昏不是尘。怀抱又空天默默,依前重作邓攸身。"(《哭崔儿》)白居易还有《初丧崔儿报微之晦叔》"书报微之晦叔知,欲题崔字泪先垂……"都表达出沉重的丧子之痛。

而好友元稹也于这年七月卒于鄂岳节度使任所,白居易悲痛到无以复加："……唯道皇天无所知"（《哭徽之二首》其一），"文章卓荦生无敌，风骨英灵殁有神。哭送咸阳北原上，可能随例作灰尘?"（《哭徽之二首》其二）

大和五年六年，白居易的邻居殁亡："老去亲朋零落尽，秋来弦管感伤多。尚书宅畔悲邻笛，廷尉门前叹雀罗。绿绮窗空分妓女，绛纱帐掩罢笙歌。欢娱未足身先去，争奈书生薄命何!"（原注：东邻王大理冬云亡，南邻崔尚书今秋薨逝。）他也以诗表达了友朋零落，生命短暂的慨叹。大和七年，友人晦叔（崔玄亮）也相继逝去，白居易以《徽之、敦诗、晦叔相次长逝。岿然自伤，因成二绝》吊之。而在大和五年，和友人敦诗（崔群）还有诗歌赠答："三十四十五欲牵，七十八十百病缠。五十六十却不恶，恬淡清净心安然。已过爱贪声利后，犹在病羸昏耄前。未无筋力寻山水，尚有心情听管弦。闲开新酒尝数盏，醉忆旧诗吟一篇。敦诗梦得且相劝，不用嫌他耳顺年。"（《耳顺吟寄敦诗梦得》）

此时的白居易已经六十岁，到了耳顺之年，对于先前勇进的岁月认为是"爱贪声利"，不值一谈，如今在诗酒生涯中恬淡其心，淡看年华老去，顺其自然。白居易将自己的心得分享给这些友人，这些友人却一个个次第离他而去……白居易忍不住叹息自己独存人世的孤独，"只应嵩洛下，长作独游人。"（《徽之、敦诗、晦叔相次长逝。岿然自伤，因成二绝》）"长夜君先去，残年我几何? 秋风满衫泪，泉下故人多。"（《徽之、敦诗、晦叔相次长逝。岿然自伤，因成二绝》）

此外，长庆以来，朝内牛李党争，文宗大和末，郑注、李训用事，尽逐两党之人，李党李德裕被贬袁州，牛党的杨虞卿被贬虔州，李宗闵被贬潮州。此时白居易分司洛阳置身事外，实乃幸事。他妻牛党杨虞卿的从妹杨氏，实际上也被动陷入党争。白居易分司东都期间多次以诗言志知足其实也是保全自身的无奈之举。

尚永亮先生说，"'读白诗者，或厌于此种屡言不已之知足思想，则不知乐天实有所不得已。盖乐天既以家世姻戚科举气类之关系，不能不隶属牛党，而处于当日牛党与李党互相仇恨之际，欲求脱身于世网，自非取消极之态度不可也.'联系到白居易的后期思想和生活来看,这段话实在是切中肯綮的笃论."① 白居易感于两党皆败,有《闲卧有所思二首》感慨不已。他写道"……偶因明月清风夜,忽想迁臣逐客心。何处投荒初恐惧?谁人绕泽正悲吟?始知洛下分司坐,一日安闲直万金。权门要路是身灾,散地闲居少祸胎。今日怜君岭南去,当时笑我洛中来。虫全性命缘无毒,木尽天年为不才。大抵吉凶多自致,李斯一去二疏回。"两首诗都有一种劫后余生之感,对官场怀有一种深深的恐惧感,为自己抽身离去而感到庆幸。

白居易在《序洛诗序》中写道"皇唐太和岁有理世安乐之音",而大和(太和)年间并非白居易写道的"理世",大和九年又发生了骇人听闻的"甘露之变",宦官反扑,杀戮朝官六七百人,曾与白居易同僚同游洛阳香山的舒元舆也在其中。这令犹存世间的白居易不得不感慨万千。同年他写下《九年十一月二十一日感事而作其日独游香山》:"祸福茫茫不可期,大都早退似先知。当君白首同归日,是我青山独往时。顾索素琴应不暇,忆牵黄犬定难追。麒麟作脯龙为醢,何似泥中曳尾龟?"他还写下了《咏史》一诗:"秦磨利刀斩李斯,齐烧沸鼎烹郦其。可怜黄绮入商洛,闲卧白云歌紫芝。彼为葅醢机上尽,此为鸾皇天外飞。去者逍遥来者死,乃知祸福非天为。"此时,劫后余生的感受于白居易而言更加强烈,物是人非的香山之游给他带来阴阳相隔之后沉痛的生死思考。身居高位的李斯、以口舌下齐七十余城的郦食其和为天下太学生景仰的嵇康,都死于非命。李斯临死前连最寻常的黄犬逐狡兔的愿望都不可得,嵇康临终弹《广陵散》成绝响,琴与人皆殁。世间有用之人才尽毁于滚滚红尘中,白居易以庄子的思想得出这样的结论,世间唯有平凡之人或离开政局、隐入商洛青山的出世之人如"商山四皓"者方可保全性命。这成为白居易在洛阳终老的榜样。

文宗开成元年,白居易妻兄杨虞卿卒于贬所虔州,这年归葬洛阳。亲人

---

① 尚永亮:《论白居易所受佛老影响及其超越途径》,《陕西师大学报(哲学社会科学版)》1993年第2期。

的逝去带来的悲痛和对官场的恐惧对于白居易而言更加彻骨。他写下《哭师皋》一诗，诗中有"今日哀冤唯我知"句，在悲痛之外又对险恶宦途有愤恨之感。这一年，他与李绅同游嵩洛，平心静气地对自己和李绅作出定位，"我为病叟诚宜退，君是才臣岂合闲？"（《春来频与李二宾客郭外同游因赠长句》）对于李绅满含祝福之意，对自我"闲"的处境心满意足。他在开成二年写下《迁叟》一诗："一辞魏阙就商宾，散地闲居八九春。初时被目为迁叟，近日蒙呼作隐人。冷暖俗情谙世路，是非闲论任交亲。应须绳墨机关外，安置疏愚钝滞身。"虽然他被时人认为是"迁叟""隐人"，但他自我定位为"疏愚钝滞身"。此时的白居易已经不在乎这些是非，只求远离官场的"绳墨机关"。同年他已兴起将余生归于佛门之感，他写道："七十欠四岁，此生那足论。每因悲物故，还且喜身存。……将何理老病？应付与空门。"（《六十六》）

开成三年，旧时相交游的裴度已升任太原尹和河东节度使，白居易不胜感慨："去岁暮春上巳，共泛洛水中流。今岁暮春上巳，独立香山下头。风光闲寂寂，旌旆远悠悠。丞相府归晋国，太行山碍并州。鹏背负天龟曳尾，云泥不可得同游。"（《奉和裴令公三月上巳日游太原龙泉忆去岁禊洛见示之作》）此时裴度青云直上，白居易虽有感慨，但仍以庄子"龟曳尾"的典故表达出独善其身和自由自在之意。

三、醉与乐：对生命悲哀化解的途径

学者刘伟安认为："从哲学的角度来看，人生不能彻底排除苦恼的侵袭。佛家说'众生皆苦'，道家说'人之生也，与忧俱生'，现代哲学家海德格尔也深刻指出：'只要人活着，'烦'就可以占有他'，'在世'的存在，就存在而言刻有'烦'的印记。"① 白居易晚年一面在洛阳悲悼逝去的亲人和友人，一面在洛阳感慨自我的衰老。落花春去，自己又"独有病眼花，春风吹不落"

---

① 刘伟安：《生命的沉醉——论陶渊明诗歌中的酒神精神》，《九江学院学报》2008 年第 5 期。

（《落花》)，伤感头发稀疏，老态龙钟的同时，平静地接受老去的事实，"朝亦嗟发落，暮亦嗟发落。落尽诚可嗟，尽来亦不恶……"（《嗟发落》)面对生命的无常，年华的老去，白居易也对生命的走向和归宿带来的苦恼和悲哀有着自己的化解之法。他以沉入酒乡的醉和城市世俗生活中的乐来淡化这些不可避免的忧伤。

白居易有时沉浸在酒中，舒展自己的生命，他写下《不如来饮酒七首》：

莫隐深山去，君应到自嫌。齿伤朝水冷，貌苦夜霜严。渔去风生浦，樵归雪满岩。不如来饮酒，相对醉厌厌。

莫作农夫去，君应见自愁。迎春犁瘦地，趁晚喂赢牛。数被官加税，稀逢岁有秋。不如来饮酒，相伴醉悠悠。

莫作商人去，恓惶君未谙。雪霜行塞北，风水宿江南。藏镪百千万，沉舟十二三。不如来饮酒，仰面醉酣酣。

莫事长征去，辛勤难具论。何曾画麟阁，只是老辕门。虮虱衣中物，刀枪面上痕。不如来饮酒，合眼醉昏昏。

莫学长生去，仙方误杀君。那将萍上露，拟待鹤边云。矻矻皆烧药，累累尽作坟。不如来饮酒，闲坐醉醺醺。

莫上青云去，青云足爱憎。自贤夸智慧，相纠斗功能。鱼烂缘吞饵，蛾焦为扑灯。不如来饮酒，任性醉腾腾。

莫入红尘去，令人心力劳。相争两蜗角，所得一牛毛。且灭嗔中火，休磨笑里刀。不如来饮酒，稳卧醉陶陶。（《不如来饮酒七首》)

他描写了世间各个阶层人士的烦恼忧虑，有隐士，有农夫，有商人，有征人，有修道者，有官员，有红尘世界中懵懂之人，他们的人生在白居易看来都不完美，隐士在山林间生活困窘清苦，农夫辛劳且税赋沉重，商人为利奔走世间南北且有人财两殇的可能，征人虽有建功立业的凤愿但世间荣登麒麟阁的人凤毛麟角，而且征人生活辛劳之余也性命之忧，修道之人虽有长生的愿望，但死于丹药的人不计其数，官员和尘世中人陷在钩心斗角的利益之间也少有幸存。这些人生的选择在白居易看来都没有意义，不如以入醉乡作为解脱世间各种苦恼的方法。

正如尼采所说："个体化原理崩溃之时从人的最内在基础即天性中升起的充满幸福的狂喜，我们就瞥见了酒神的本质，把它比拟为醉乃是最贴切的。"他又说，"酒神的激情就苏醒了，随着这激情的高涨，主观逐渐化入浑然忘我之境。"① 晚年的白居易这种人生观有向陶渊明靠拢的地方。宋人叶梦得在《石林诗话》中评论陶渊明的《饮酒》诗说："晋人多言饮酒，有至于沉醉者。此未必意真在于酒。盖方时艰难，人多惧祸，惟托于醉，可以粗远世故。"② 叶梦得的解说同样适合晚年的白居易，面对长安风云诡谲的政治态势，隐入洛阳，并隐入酒乡是白居易自保的一种方式。与此同时，他在酒乡中任意舒展生命，忘记环绕自身的种种烦忧，与自然合而为一的"陶陶"之乐在某种程度上消解了生命带来的悲哀。

像这样感受的诗句还有"留司老宾客，春尽兴如何？官寺行香少，僧房寄宿多。闲倾一盏酒，醉听两声歌。忆得陶潜语，羲皇无以过"（《闲吟二首》其一）。

还有他作于大和六年的《劝我酒》："劝我酒，我不辞。请君歌，歌莫迟。歌声长，辞亦切，此辞听者堪愁绝。洛阳女儿面似花，河南大尹头如雪。"（《劝我酒》）在生命的青春和生命的衰老两相对比下，他不辞美酒和清歌，希冀在狂欢中忘记悲哀，但其颓唐的情绪却掩映不住。

但有时候白居易又在饮酒中对生死作出理性的思考："把酒仰问天，古今谁不死。所贵未死间，少忧多欢喜。穷通谅在天，忧喜即由己。是故达道人，去彼而取此。勿言未富贵，久忝居禄仕。借问宗族间，几人拖金紫。勿忧渐衰老，且喜加年纪。试数班行中，几人及暮齿。朝餐不过饱，五鼎徒为

---

① 尼采：《悲剧的诞生》，周国平译，三联书店1986年版，第5页。
② 叶梦得：《石林诗话》，见《景印文渊阁四库全书》，台湾"商务印书馆"1986年版，第1478册，第1007页。

尔。夕寝止求安，一衾而已矣。此外皆长物，于我云相似。有子不留金，何况兼无子。"(《把酒》)在这首诗中，他达观地面对死亡的到来，古往今来，王侯将相与贩夫走卒一样，都会趋于消亡，同时他对自己生命在有生之年所拥有的欢喜、富贵、权位和长寿感到知足。在这样的心理中，死亡的悲哀被成功地淡化了。

白居易在药与酒的取舍间，通过友人道家服食的早亡，越发坚定了与酒为伴。他写道："闲日一思旧，旧游如目前。再思今何在，零落归下泉。退之服硫黄，一病讫不痊。微之炼秋石，未老身溘然。杜子得丹诀，终日断腥膻。崔君夸药力，经冬不衣绵。或疾或暴夭，悉不过中年。唯予不服食，老命反迟延。况在少壮时，亦为嗜欲牵。但耽辛与血，不识汞与铅。饥来吞热物，渴来饮寒泉。诗役五藏神，酒汩三丹田。随日合破坏，至今粗完全。齿牙未缺落，肢体尚轻便。已开第七秩，饱食仍安眠。且进杯中物，其馀皆付天。"(《思旧》)而他亦在这首诗中谈到自己"为嗜欲牵"，所为无不是满足自己的种种欲望，却在无意识中成为禅宗洪州禅修行的途径。"白居易所谓的'饥而食，渴而饮，昼而兴，夜而寝'，不但与马祖'行住坐卧、应机接物皆是道'的观点一致，而且与马祖另一著名弟子大珠慧海的这段著名公案若合符节：

> "有源律师来问：'和尚修道，还用功否？'师曰：'用功。'曰：'如何用功？'师曰：'饥来吃饭，困即睡觉。'曰：'一切人总如是，同师用功否？'师曰：'不同。'曰：'何故不同？'师曰：'他吃饭时，不肯吃饭，万种须索；睡时不肯睡，前半计较，所以不同也。'"[1]

这种思想诚如白居易所言的"能行便是真修道，何必降魔调伏身"(《不出门》)。禅宗的这种思想与道家的自然有契合处，但禅宗并不主张人与宇宙

---

[1]　谢思炜：《禅宗与中国文学》，人民文学出版社2018年版，第99页。

天人合一，而是认为人生是偶然无常的，因此人生各种目的是没有意义的。这种"禅宗的存在主义"①，"以人为中心、尊重人的个性和自由"，并认为虽然人的存在与存在的空间都没有意义，但人在此基础上按照自我的心意而活，在这个过程中能够获得意义。白居易一直承认自己的平庸和世俗，"虫全性命缘无毒，木尽天年为不才"，并非庄子笔下的"真人"。在读《庄子》一诗中，他虽然认同庄子的齐物论，万物"遂性逍遥虽一致"，但认为"鸾凰"与"蛇虫"的区别仍在，而且是前者胜于后者，用"慕贵而厌贱"的世俗之见进行比较和选择。②

但白居易在日常生活的方方面面之中，也找到了安身立命对抗死亡的"道"，"……睡足起闲坐，景晏方栉沐。今日非十斋，庖童馈鱼肉。饥来恣餐啜，冷热随所欲。饱竟快搔爬，筋骸无检束。……便可傲松乔，何假杯中渌？"（《春日闲居三首》其一）最后在适意中仍归酒乡。

有时白居易通过回忆昔年的岁月和生命过往中的繁华消解如今生活的平淡。他写于大和六年的《忆旧游》（题下原注：寄刘苏州）中言："忆旧游，旧游安在哉。旧游之人半白首，旧游之地多苍苔。江南旧游凡几处，就中最忆吴江隈。长洲苑绿柳万树，齐云楼春酒一杯。阊门晓严旗鼓出，皋桥夕闹船舫回。修蛾慢脸灯下醉，急管繁弦头上催。六七年前狂烂熳，三千里外思裴回。李娟张态一春梦，周五殷三归夜台。虎丘月色为谁好，娃宫花枝应自开。赖得刘郎解吟咏，江山气色合归来。"白居易曾在敬宗宝历元年（825）和宝历二年（826）年除苏州刺史，在寄与老友时任苏州刺史刘禹锡的诗中，他回忆起苏州的名胜之处。长洲苑的青青柳色，齐云楼上的把盏临风，阊门的森严旗鼓，皋桥的桨声灯影，苏州名妓带来的春宽梦窄，与同僚同游的夜色下归来（原注：娟、态，苏州妓名。周、殷，苏州从事），虎丘的月华，馆娃宫中的花枝，这些城市的美好被白居易如数家珍地道来。他追忆的不仅

---

① 谢思炜：《禅宗与中国文学》，人民文学出版社 2018 年版，第 99 页。

② 参见谢思炜：《禅宗与中国文学》，人民文学出版社 2018 年版，第 99—100 页。

仅是昔日的为宦生涯，而且也是昔年尚未老去的美好岁月，在此他追慕城市繁华的心理也盎然欲出。

白居易不仅追忆昔日的繁华过往，而且对洛阳城中的节日也以相当喜悦的心情记录。他写道："上苑风烟好，中桥道路平。蹴球尘不起，泼火雨新晴。宿醉头仍重，晨游眼乍明。老慵虽省事，春诱尚多情。遇客踟蹰立，寻花取次行。连钱嚼金勒，凿落写银罂。府酝伤教送，官娃岂要迎。舞腰那及柳，歌舌不如莺。乡国真堪恋，光阴可合轻。三年遇寒食，尽在洛阳城。"（《洛桥寒食日作十韵》）洛阳城此时正是寒食节，有雨水淡淡而下，天气初晴。白居易昨夜宿醉未醒，仍为此洛阳风景所打动，寻芳而往，沉湎于美酒的佳酿和官妓的美色与动人的歌舞。可见得白居易享乐生活的欲望都得到满足，而且在洛阳城中生活得十分惬意。

白居易有时也与同僚在洛阳地名胜之处游玩，如《秋日与张宾客舒著作同游龙门醉中狂歌凡二百三十八字》："……丈夫一生有二志，兼济独善难得并。不能救疗生民病，即须先濯尘土缨。况吾头白眼已暗，终日戚促何所成。不如展眉开口笑，龙门醉卧香山行。"在细数龙门伊阙的胜景之后，对自己的志向不能两全作出了理性的选择，既然无法兼济，不如独善其身。日月冉冉而去，自己已经老态横生，不如如庄子所言取人生难得的开口之笑。

白居易有时沉湎在宴游之中，"笙歌归院落，灯火下楼台"（《宴散》）。"笙歌旖旎曲终头，转作离声满座愁。筝怨朱弦从此断，烛啼红泪为谁流？夜长似岁叹宜尽，醉未如泥饮莫休。何况鸡鸣即须别，门前风雨冷修修。"（《夜宴惜别》）他在洛阳城私家园林的聚会中甘之如饴，不舍雅集尽头的离别，希望这种欢乐延续到无边无际。他用沉湎城市世俗生活之乐的方式，在某种程度上化解着生命故去与老去的悲哀。

四、喜与达：对于生命彻悟的心态

会昌元年，白居易年满七十，停太子少傅官。白居易告别官场，终于平安归于自由自在身。这年，他写下《百日假满少傅官停自喜言怀》一诗："长告今朝满十旬，从兹潇洒便终身。老嫌手重抛牙笏，病喜头轻换角巾。疏傅不朝悬组绶，尚平无累毕婚姻。人言世事何时了，我是人间事了人。"全诗传达出无官一身轻的喜悦之情。此时，他有妻族杨嗣复由相位贬为潮州刺史，他写下充满同情的诗句深表悲哀："若为当此日，迁客向炎州？"（《旱热》）他又有《寄潮州继之》劝慰杨："相府潮阳俱梦中，梦中何者是穷通？他时事过方应悟，不独荣空辱亦空。"这首诗不仅有道家人生一场大梦的观点，还有禅宗对"空"的认识。"禅宗的空，针对的是人的意识、意志……强调的是'不执着''无挂碍'，或说'放下'。……但并非不追求，而是指不可使'追求'异化（扭曲）心性，即禅宗所言'持而不执'。"（坡森：《我对"禅宗"的理解》）面对感受到的荣或者辱，人不要过分地喜悦或者悲哀，这都是"执着"，"挂碍"。

致仕之后的白居易多满足于自己履道池台的"壶天"境界，如《首夏南池独酌》："春尽杂英歇，夏初芳草深。熏风自南至，吹我池上林。绿蘋散还合，赪鲤跳复沈。新叶有佳色，残莺犹好音。依然谢家物，池酌对风琴。惭无康乐作，秉笔思沉吟。境胜才思劣，诗成不称心。"在这首诗中，白居易面对熏风南来的池台夏景，酌酒鸣琴，虽然赋诗不称心，但身处"胜境"的惬意感受油然而生。

尚永亮先生认为，"要追求'壶天'境界，首先必须看淡世事，看破红尘。只有这样，才能抽身退步，高蹈远引；而看破的要义，就在于置身事外，以旁观者的身份去漠视现实，淡化政治，由此扩大自我与社会的疏离程度。"①此时已经致仕的白居易要疏离的社会是混乱不堪的时局和政治，并非尘世的生活，"把它（履道池台）视作身在尘世却可摆脱尘世烦嚣的理想之境，借

① 尚永亮：《"壶天"境界与中晚唐士风的嬗变》，《东南大学学报（哲学社会科学版）》2006年第2期。

以休息身心、怡养情趣。"① 此外，他还有《池上寓兴二绝》对庄子文意翻新出奇地理解，也传达出在池台的悠闲之感。

会昌二年，白居易已然七十一岁。这一年他亦喜亦悲，喜曰自己生命还在，"白须如雪五朝臣，又值新正第七旬。老过占他蓝尾酒，病馀收得到头身。销磨岁月成高位，比类时流是幸人。大历年中骑竹马，几人得见会昌春。"(《喜入新年自咏》)他历经宪宗、穆宗、敬宗、文宗、武宗五朝，最后平安致仕，喜自己生命犹存而悲友人去世。这一年他晚年最后一位挚友刘禹锡卒，他写下《哭刘尚书梦得二首》"四海齐名白与刘，百年交分两绸缪……"泪不可止。他另有《感旧并序》，序曰："故李侍郎杓直，长庆元年春薨。元相公微之，大和六年秋薨。崔侍郎晦叔，大和七年夏薨。刘尚书梦得，会昌二年秋薨。四君子，予之执友也，二十年间，凋零共尽，唯予衰病，至今独存，因咏悲怀，题为感旧。"诗云："晦叔坟荒草已陈，梦得墓湿土犹新。微之捐馆将一纪，杓直归丘二十春。城中虽有故第宅，庭芜园废生荆榛。箧中亦有旧书札，纸穿字蠹成灰尘。平生定交取人窄，屈指相知唯五人。四人先去我在后，一枝蒲柳衰残身。岂无晚岁新相识，相识面亲心不亲。人生莫羡苦长命，命长感旧多悲辛。"这些挚友先后相继逝去，白居易感到深深的寂寞之感，同时流露出自己独自怀念挚友的落寞之感。有生之年并生的友人的逝去也提醒着白居易百年之期不远。故在他生命的最后几年，他完全皈依到佛门中来，成为在家修行的"香山居士"。

他在《达哉乐天行》中写到自己最后几年的活动和心态"或伴游客春行乐，或随山僧夜坐禅"。他对自己的余生作出安排，对物质金钱持不执着的看法，"但恐此钱用不尽，即先朝露归夜泉"。最后他达观乐天地总结"死生无可无不可"。佛门不仅成为他精神的归属之地，而且他身体力行地舍财帮助他人拔苦施乐。他在《开龙门八节石滩诗二首并序》记道：

---

① 尚永亮：《"壶天"境界与中晚唐士风的嬗变》，《东南大学学报（哲学社会科学版）》2006年第2期。

东都龙门潭之南有八节滩、九峭石，船筏过此，例反破伤。舟人楫师推挽束缚，大寒之月，裸跣水中，饥冻有声，闻于终夜。予尝有愿，力及则救之。会昌四年，有悲智僧道遇，适同发心，经营开凿，贫者出力，仁者施财。于戏！从古有碍之险，未来无穷之苦，忽乎一旦尽除去之，兹吾所用适愿快心，拔苦施乐者耳！岂独以功德福报为意哉？因作二诗，刻题石上，以其地属寺，事因僧，故多引僧言见志。

在这篇序言中，他有感于龙门附近八节滩、九峭石水行不畅，与僧人道遇同发愿心改善这一环境。他自觉做此善事快意在心，不求功德福报，并写下诗句纪念此事。诗云：

铁凿金锤殷若雷，八滩九石剑棱摧。竹篙桂楫飞如箭，百筏千艘鱼贯来。振锡导师凭众力，挥金退傅施家财。他时相逐西方去，莫虑尘沙路不开。七十三翁旦暮身，誓开险路作通津。夜舟过此无倾覆，朝胫从今免苦辛。十里叱滩变河汉，八寒阴狱化阳春。我身虽殁心长在，暗施慈悲与后人。

从诗中可知，白居易还是为自己做此善事自得，而且为生命的最终归宿考量："他时相逐西方去，莫虑尘沙路不开。"事成之后，他有《欢喜二偈》云：

得老加年诚可喜，当春对酒亦宜欢。心中别有欢喜事，开得龙门八节滩。
眼暗头旋耳重听，唯馀心口尚醒醒。今朝欢喜缘何事，礼彻佛名百部经。

可见得他此时的自得和皈依佛门之后的虔诚。
会昌六年，在白居易生命的最后一年，他写下了《自问此心呈诸老伴》，

"朝问此心何所思，暮问此心何所为。不入公门慵敛手，不看人面免低眉。居士室间眠得所，少年场上饮非宜。闲谈亹亹留诸老，美酝徐徐进一卮。心未曾求过分事，身常少有不安时。此心除自谋身外，更问其馀尽不知。"可见在他生命的最后，他有着远离官场的轻松和自在，做俗家居士的自如，与诸老相谈的言笑晏晏，徐徐饮酒的悠然，最重要的是，此时将归大限的他对自己一生总结为"心未曾求过分事，身常少有不安时"，表达出自知自足自安的感受。最后他偶尔思考生命的终极归属，但世间一切于他已经不足为道。

白居易晚年的诗歌书写呈现出世俗的一面。这种世俗的书写既有时代的原因，也有白居易对自己"中人"（世俗之人）定位的个人缘由。在从分司东都到卒于洛阳的十七年间，他面对着死亡频繁的发生，不仅书写下自己的悲哀心情，而且在死亡阴影迫近中思考生死，思考生命的终极走向。他晚年以饮酒的方式和眷念城市繁华的方式消解死亡步步紧逼带来的悲哀和紧张。在他生命的最后六年，他目睹着朝局的变幻，在亲人友人的次第逝去后感受着独存世间的落寞，最终选择皈依佛门，成为在家修行的居士。他一方面在红尘万丈中修行；另一方面行善，以实际行为向西方靠拢。他最后"开得龙门八节滩"的善举实际上是他早年中途夭折的"兼济"之心的延伸，与他"独善"之身同存于他生命的最后。他晚年一方面极力感受红尘中的各种美好；另一方面在红尘中修行并力图达到禅宗的闲适境界。他晚年的生活不离城市是世俗的，但也有超越现实的成分。他在感性世界和感性经验中求得"无所住心"，对世俗物质无所执着，舍财用于世间为难之处，同时知足保和的心境伴随他安度晚年，对于政治波谲云诡的中晚唐局势而言有一种超越的姿态。"这是白居易经过穷达通塞升沉进退的长久磨炼之后的最终人生归趋，这是对尘俗的超越，而超越中却饱含世情。"① 最后白居易以他晚年的书写

---

① 尚永亮：《"壶天"境界与中晚唐士风的嬗变》，《东南大学学报（哲学社会科学版）》2006年第2期。

赋予了东都洛阳这座城市特别的意味。它处于尘世之中，却相对远离了世间的利益纷争，能够容纳人们退身险恶宦海之后的余生，平静安乐至生命的终点，是为中晚唐时期的人间乐土。

　　白居易在分司东都到卒于洛阳的十七年间，他面对着死亡频繁的发生，最终选择皈依佛门，成为在家修行的居士。这个时期他不仅书写下自己的悲哀心情，而且在死亡阴影迫近中思考生死，思考生命的终极走向。最后白居易以他晚年的书写赋予了东都洛阳这座城市特别的意味。它处于尘世之中，却相对远离了世间的利益纷争，能够容纳人们退身险恶宦海之后的余生，平静安乐至生命的终点，是为中晚唐时期的人间乐土。

（南宋）梁楷《白居易拱谒·鸟窠指说》

第三节　大相国寺：宗教与世俗相融合的文学发生场所

　　北宋东京的大相国寺是为宋朝重要的皇家寺院和都城中著名的公共空间，历来就受到学者的关注，熊伯履先生的《相国寺考》和段玉明先生的《相国寺：在唐宋帝国的神圣与凡俗之间》，刘方先生的《汴京与临安：两宋文学中的双城记》中辟出专章《大相国寺：公共活动空间与文学生产场域》等著作都对这座名寺进行了文献的整理、详细的考证和精当的诠释。本节拟就相国寺这处具有复杂混合意义的场所，基于史料和文学作品做出分析，分析其中宗教与城市世俗的关系和相互的影响，以期对这处城市空间的存在意义做出一定新的诠释。

一、碑铭与诗歌中的相国寺：政教合一的特质与盛世之感

相国寺历史悠久，规模恢宏，在史料和碑铭、诗歌中多有对其的记载和描述。根据前人学者的考证，相国寺的渊源可追溯到战国时期。这处原址为信陵君的故宅，北宋魏泰撰的《东轩笔录》就记载为"旧传东京相国寺，乃魏公子无忌之宅，至今地属信陵坊，寺前旧有公子亭……"① 至于南北朝时期的北齐天保六年（555），在此曾建建国寺，后毁于兵燹。在唐朝此处又成为歙州司马郑景的私宅。在景云二年（711）被僧慧云购得此处，建建国寺，后因为睿宗以相王即位，因为感梦，在延和元年（712）敕改为大相国寺，并在先天元年（712）御书题额，成为寺中"十绝"之一，宋人郭若虚的《图书见闻志》卷五记道"大相国寺碑称寺有十绝：……睿宗御书牌额为一绝……"②

至于宋朝这座皇家寺院继续成为皇室关注的所在，叶梦得的《石林诗话》和胡仔《苕溪渔隐丛话》卷五十六都记道，宋太祖征江南，曹翰取庐山东林寺铁罗汉五百献之，"诏因赐相国寺"③。宋人高承在《事物纪原》中记道：《宋会要》曰：至道中（995—997）太宗御题额易曰大相国寺。④ 按照宋

---

① 魏泰：《东轩笔录》卷十三，见熊伯履：《相国寺考》，中州古籍出版社 1985 年版，第 4 页。

② 郭若虚：《图书见闻志》卷五，见熊伯履：《相国寺考》，中州古籍出版社 1985 年版，第 9 页。

③ 叶梦得：《石林诗话》卷中和胡仔：《苕溪渔隐丛话》卷五十六，见熊伯履：《相国寺考》，中州古籍出版社 1985 年版，第 37—38 页。

④ 高承：《事物纪原》卷七，见熊伯履：《相国寺考》，中州古籍出版社 1985 年版，第 9 页。

人王瓘撰的《北道刊误志》中所载：不仅太宗重新题额，而且在"其西法华院，有佛牙碑，太宗、真宗、仁宗御制颂偈赞"①，从此便可见得宋代历代帝王对此处的重视。据熊伯履先生考证，相国寺到了太宗时期才开始大规模地重修，"至道元年（995）五月重修大相国寺，广殿庭门廊楼阁凡四百五十五区"②，重修完成于真宗时期。真宗时人宋白的《大相国寺碑铭》中记载，真宗时期修成之后的大相国寺蔚为壮观："……其形势之雄，制度之广，剞劂之妙，丹青之英，星繁高手，云萃名工，外国之稀奇，八方之异巧，聚精会神，争能角胜，极思而成之也。伟夫觚棱鸟跂，梅梁虹伸。绣栭云楣，璇题玉砌，金碧辉映，云霞失容。争铎玲珑，咸韶合奏。森善法于目前，飘乐音于耳界……猗宏丽也，超胜也。皆不可称不可量。"③从这段文字中可以想见的是，大相国寺的重修聚合了当时的刻工和丹青名家，修成后规模宏大，仰接天际，珠围绣绕，壮丽之极！同时檐角垂下的铃铎在风中作响，有如尧舜时期的古乐发声，昭示着盛世的到来。相国寺在北宋不仅得到皇帝的题额和敕命的重建，而且"各院住持，例由诏旨任命，辞归亦经诏旨允准，每值住持就职，例遣中使降香，谓之'为国开堂'"④。

相国寺在北宋得到历代皇帝的重视，被大规模地扩建以及对住持的任命，原因在于北宋皇室欲借助宗教彰显其统治的合法性和权威性，以此理念来治国进而达到政教合一的统治目的。太宗尝言："浮屠氏有俾政治……凡为君治人，即是修行之地。行一好事，天下获利，即释氏所谓利他者也。……为君者抚育万类，皆如赤子，无偏无党，各得其所，岂非修行之道乎？虽方外之说，亦有可观者。"⑤从太宗的言语中可见，佛教已经与宋代的

① 王撰：《北道刊误志》，见熊伯履：《相国寺考》，中州古籍出版社1985年版，第36页。
② 王应麟：《玉海》卷三十四，见熊伯履：《相国寺考》，中州古籍出版社1985年版，第40页。
③ 宋白：《大相国寺碑铭》，见熊伯履：《相国寺考》，中州古籍出版社1985年版，第218页。
④ 见惟白：《建中靖国续灯录》卷九、卷十四，见熊伯履：《相国寺考》，中州古籍出版社1985年版，第79—80页。
⑤ 李焘：《续资治通鉴长编》卷二十四，见段玉明：《相国寺：在唐宋帝国的神圣与凡俗之间》，巴蜀书社2004年版，第237页。

统治合二为一了。宋白在《大相国寺碑铭》中也讲到此点，"……法王能仁，兼帝王要道，参而行之。经言广大，则无思不服。经言慈悲，则视民如伤。经言忍辱，则国君含垢。经言利益，则我泽如春。"①与太宗所言相和。太宗不仅以佛教的理念"天下获利"，将经言与帝王之道加以一一对应的理念来治理天下，而且将自己与佛教的偶像进行政教合一的重合②，相国寺于是成为皇家重要的政治场所，在此宗教的存在彻底臣服于皇室的政治需求，所以正如段玉明先生所言，"当宗教已被纳入控驭后，对它的恩宠就由尊奉变成了赏赐，成为帝王的一种德行与政治需要。"③欧阳修《归田录》卷下有这样一则意味深长的记载："太祖皇帝初幸相国寺，至佛像前烧香，问当拜与不拜？僧录赞宁奏曰：'不拜。'问其何故，对曰：'见在佛不拜过去佛。'赞宁者颇知书，有口辩。其语虽类俳优，然适会上意。故微笑而颔之，遂以为定制。至今行幸寺焚香，皆不拜也。议者以为得礼。"④在北宋，作为世俗权力代表的王者不仅奉行政教合一的理念，而且开始凌驾于宗教之上。位于都城中的相国寺在这个特定的场所和特别的时代⑤，从北宋开始就注定不再是纯粹的宗教场所，而是世俗政治强有力干预的所在，世俗性与宗教性在此合二为一。

此外朝廷的一系列活动如群臣的宴享，重臣的追荐，外使的烧香，官员的简阅都曾在此举行。新进进士也在此题名，效仿唐代慈恩题名，"……本

---

① 熊伯履：《相国寺考》，中州古籍出版社 1985 年版，第 218 页。
② 普济《五灯会元》卷六记载太宗一则轶事："太宗皇帝一日幸相国寺，见僧看经，曰：'是甚么经？'僧曰：'《仁王经》。'帝曰：'既是寡人经，因甚却在卿手里？'僧无对。"（段玉明：《相国寺：在唐宋帝国的神圣与凡俗之间》，巴蜀书社 2004 年版，第 87 页）
③ 段玉明：《相国寺：在唐宋帝国的神圣与凡俗之间》，巴蜀书社 2004 年版，第 221 页。
④ 欧阳修：《归田录》卷下，见郭朋：《宋元佛教》，福建人民出版社 1981 年版，第 154—155 页。
⑤ 段玉明先生认为，"自此之后，中国佛教真正地化入了帝王政治的系统之中"。（段玉明：《相国寺：在唐宋帝国的神圣与凡俗之间》，巴蜀书社 2004 年版，第 81 页）

朝进士题名，皆刻石于相国、兴国两寺，盖效慈恩也。"①进士在此题名感谢神佛庇佑的同时，也有希望享有皇朝无上荣光，千秋不朽的意味。这些活动都使得相国寺成为国之重地，显示出它浓重的政治世俗性和宗教性的融合。

同时，进入相国寺的士庶人等瞻仰相国寺的题额，行走在规模空前，金碧辉煌的寺院中乃至与皇帝钦定的住持见面，在心理上受到佛国气氛感染的同时，无一不是对于皇帝恩威无所不在的臣服，进而对当下太平盛世的感受，具有宗教性之外浓重的世俗性，"都人市女，百亿如云。……巡礼围绕，旃檀众香。仰而骇之，谓兜率广严，摄归于人世。……凭栏四顾，佳气荣光……"②来此的士女更多的感受到的是"佳气葱茏"的盛世之感。这种在相国寺的多面感受正是北宋历代皇帝所期望达到的效果，也是相国寺宗教性与世俗性融合最突出的表现。

如此强调北宋皇室对宗教的政治干预，并不是抹杀皇室对宗教的崇奉。恰恰相反，北宋皇室对相国寺这种强有力的干预背后，隐藏着对宗教镇护功能的认同与追捧。而这种认同与追捧往往体现在相国寺进行的各种礼仪活动之中。北宋皇室一方面将相国寺确立为寺院体系中的最高等级；另一方面在相国寺多举行重要的仪式。除了上述活动外，北宋皇帝还频频到相国寺观赏、巡幸、祈报、恭谢。史料记载："天子岁时游豫，上元幸集禧观相国寺……首夏幸金明池观水嬉，琼林苑宴射，大祀礼成，则幸太一宫集禧观相国寺恭谢"③。"国朝凡水旱灾异，有祈报之礼"④，也多在相国寺举行。据熊伯履先生考证，"宋代除由君主亲自向寺观举行祈报外，有时分遣近臣举行"⑤，如宋祁有《相国寺祈雨马上口占》诗一首："青鸾刹下天香集，丞相

---

① 高似孙：《纬略》卷五，见熊伯履：《相国寺考》，中州古籍出版社1985年版，第88页。

② 宋白：《大相国寺碑铭》，见熊伯履：《相国寺考》，中州古籍出版社1985年版，第218页。

③ 熊伯履：《相国寺考》，中州古籍出版社1985年版，第80页。

④ 徐松：《宋会要辑稿》第十八册，见熊伯履：《相国寺考》，中州古籍出版社1985年版，第82页。

⑤ 熊伯履：《相国寺考》，中州古籍出版社1985年版，第84页。

车前佛月低。知有风人无限思，火城催向五门西。"① 这首诗极言丞相前来祈雨的阵仗之大。在神宗朝元丰年间的一次祈雨的仪式中，神宗梦有僧人助雨，"遣中贵人寻梦中所见物色"，为"相国寺三门五百罗汉中第十三尊像"②。这则史料展现出相国寺宗教神异力量的同时，也暗示着北宋皇室统治的天授神权，"维大雄氏，真大圣人。佐佑大君，兴隆大化。受记付嘱，为世外护"。③

此外皇帝还在此举行生日的庆祝，徽宗时敕令所删定官许景衡有《天宁节上寿紫宸退诣相国寺祝寿宴尚书省》诗可佐证，"霜天宫阙九门开，共献君王万寿杯。善祝敫来倾宝刹，赐筵还许燕中台。乐连百戏鸳鸯集，花覆千官锦绣堆。说与伶伦逢此日，年年长赋醉蓬莱。"④宋时定徽宗诞辰为天宁节。孟元老《东京梦华录》卷九可为佐证："（十月）初十日天宁节……初十日尚书省宰执率宣教郎以上，并诣相国寺罢散祝圣斋筵，次赴尚书省都厅赐宴。"⑤ 在这首诗中，有"善祝敫来倾宝刹"句，可与孟元老的记载"诣相国寺罢散祝圣斋筵"互证。还有为君王疾病祈祷，君王忌日的纪念等这些在相国寺举行的活动，都暗示着北宋皇室对于宗教神奇力量的信服和追捧，相信相国寺中的神佛能够庇护他们千秋万岁，身体安康和治国的长治久安，如宋白所言"然由造有相之功德，广无边之福田。固皇图如泰山；跻苍生于寿域。翼灾沴不作，僭贼不生，风雨咸若，寰区谧宁欤"。⑥ 这些可视为相国寺宗教性的有力表现和其作为超越性的存在。

综上所述，相国寺在北宋成为世俗政治和宗教光环共同围绕，包含着特殊意义的一处场所。在其中，北宋皇室强有力地代入和驾驭，显示着其统治

① 北京大学古文献研究所：《全宋诗》，北京大学出版社 1996 年版，第 4 册，第 2561 页。
② 叶梦得：《石林诗话》卷中，见段玉明：《相国寺：在唐宋帝国的神圣与凡俗之间》，巴蜀书社 2004 年版，第 149 页。
③ 宋白：《大相国寺碑铭》，见熊伯履：《相国寺考》，中州古籍出版社 1985 年版，第 218 页。
④ 北京大学古文献研究所：《全宋诗》，北京大学出版社 1996 年版，第 23 册，第 15557 页。
⑤ 孟元老：《东京梦华录全译》，姜汉椿译，贵州人民出版社 2008 年版，第 163 页。
⑥ 宋白：《大相国寺碑铭》，见熊伯履：《相国寺考》，中州古籍出版社 1985 年版，第 218 页。

的合法性和无上权威性，以及无上荣光。而浓重的世俗政治性和宗教性在此合并之后，北宋皇室又相信此处宗教的神奇魔力，可以帮助时代风调雨顺，保佑自己的生命无限延长并健康无虞，永享国祚绵长。这些在相国寺举行的活动可视为皇权与宗教之间联系的集中表现：北宋皇室既融合皇权和宗教两者，甚至将皇权凌驾宗教之上，又在仪式和心理上认为宗教是超越凡俗的神奇存在。相国寺这处政教合一场所中的活动和其意义也被以文学的形式记载下来。这些对相国寺的书写记载了相国寺惊人的规模和形制，其中的官方活动，与史料相互印证了曾经发生在这里的一切。更重要的是，这些碑铭和诗歌除了记载相国寺的历史之外，还记载了北宋士女在这个场所中的心态，即对于太平盛世的充分感受以及在此沐浴皇恩的心态。

二、史料与诗歌中的相国寺市场：显性的世俗性和 隐性的宗教性

相国寺在北宋不仅是皇室举行盛大仪式的场所，还在此渐渐形成都城的中心市场，显示出浓重的世俗性。这种世俗性首先表现在它作为市场的交易功能上。相国寺因为地处"东京里城的南部，是当时最繁华的区域，又正在汴河北岸，交通便利"①，正是得天独厚的中心市场的最佳选址，因此史料记载："东京相国寺乃瓦市也，僧房散处，而中庭两庑可容万人，凡商旅交易，皆萃其中，四方趋京师以货物求售转售他物者，必由于此。"②

历来对相国寺中市场交易的盛况以孟元老《东京梦华录》中的回忆和记载为代表："相国寺每月五次开放，万姓交易。大三门上皆是飞禽猫犬之类，珍禽奇兽，无所不有。第二三门皆动用什物，庭中设綵幕，露屋义铺，卖蒲合簟席、屏帏洗漱、鞍辔弓箭、时果、腊脯之类。近佛殿，孟家道院王道人

---

① 熊伯履：《相国寺考》，中州古籍出版社1985年版，第89页。
② 王栐：《燕翼贻谋录》卷二，见熊伯履：《相国寺考》，中州古籍出版社1985年版，第89页。

蜜煎，赵文秀笔，及潘谷墨占定。两廊皆诸寺师姑卖绣作、领抹、花朵、珠翠、头面、生色销金花样幞头、帽子、特髻、冠子、條线之类。殿后资圣门前，皆书籍玩好图画，及诸路散任官员土物香药之类。后廊皆日者货术、传神之类。……"①

如上所述，相国寺市场不仅出售这些日常生活用品，令民众乐往，而且还有诸多书籍古玩碑帖等人文气息的物品。这种功能多见于诗歌的书写和记录。如上文中提到的"潘谷墨"便是墨中的极品。"东坡云，潘谷作墨所以精妙轶伦堪为世珍者，惟杂用高丽煤故也。以是诗云：徂徕无老松，易水无良工。珍材取乐浪，妙手惟潘翁。鱼胞熟万杵，犀角盘双龙。墨成不敢用，进入蓬莱宫。蓬莱春昼永，玉殿明房栊。金笺洒飞白，瑞雾萦长虹。遥怜醉常侍，一笑开天容。"②（苏轼《孙莘老寄墨四首》其一）从苏轼诗意可知潘谷墨为御用书飞白之物，为天子青睐，被贡入宫中的同时也流入民间，成为相国寺所售之物，料其价格应不菲。直到南宋，相国寺市场出售的研墨声名仍然在流传，南宋理宗时人陈著在《试墨三首》其二中吟道"墨卿与我是相投，了得时需便罢休。不见江南井中藏，只为相国寺门留"。③ 不仅墨是如此，相国寺市场中文人所瞩目的物件都有着这样的属性。梅尧臣曾经和宋敏求在相国寺买得翠玉罂一枚，并用诗记录下来："古寺老柏下，叟货翠玉罂。兽足面以立，瓜腹肩而平。虚能一勺容，色与蓝水并。我独何为者，忽见目以惊。家无半钟畜，不吝百金轻。都人莫识宝，白日双眼盲。"④（《同次道游相国寺买得翠玉罂一枚》）"罂"是小口大肚的瓶子，据梅尧臣诗中的描述，此"翠玉罂""兽足"鼎立，"瓜腹"比肩而平，造型别致，同时可容纳勺子大小，盛水在翠玉材质的映衬下，盈盈如蓝。梅尧臣一见倾心，虽然所蓄不

---

① 孟元老：《东京梦华录全译》，姜汉椿译，贵州人民出版社 2008 年版，第 45 页。

② 胡仔：《苕溪渔隐丛话》后集卷二十九，见熊伯履：《相国寺考》，中州古籍出版社 1985 年版，第 93 页。

③ 北京大学古文献研究所：《全宋诗》，北京大学出版社 1996 年版，第 64 册，第 40116 页。

④ 北京大学古文献研究所：《全宋诗》，北京大学出版社 1996 年版，第 5 册，第 2849 页。

多，仍以百金购得，而且不吝表达自己获得此宝物的狂喜，谓世人不识如盲人在白昼。后据史料记载，梅尧臣又将此罂赠与欧阳修，欧阳修和他一样以为是"碧玉"，后"在颍州时，尝以示僚属。坐有兵马钤辖邓保吉者，真宗朝老内臣也，识之，曰：此宝器也，谓之翡翠。"① 更不用说常见于典籍记载的赵明诚李清照伉俪在相国寺为碑文典衣的故事了，"……余建中辛巳，始归赵氏。时先君作礼部员外郎，丞相时作吏部侍郎。侯年二十一，在太学作学生。赵、李族寒，素贫俭。每朔望谒告出，质衣，取半千钱，步入相国寺，市碑文果实归，相对展玩咀嚼，自谓葛天氏之民也。"②

　　相国寺地处在宋代都城的中心，不受到传统伽蓝选址在山水胜处这种固定模式的影响。虽然前朝亦有先例，如唐代长安的大慈恩寺，但相国寺在成为宗教圣地的同时，最大限度地融合到城市的世俗生活中，这也是时代向前发展的表现。熊伯履先生认为这与时代资本主义萌芽有关。有学者认为在宋代商品经济逐渐取代自然经济。这些时代的表现无不表现出整个宋代与前朝不一样的特点，国家鼓励商贸，处于都城繁华所在的相国寺市场是宋帝国日常剪影重要的一角。

　　其次，相国寺的世俗性表现在其中僧人世俗的生活方式。在整个时代商品经济巨大的洪流下，相国寺除了成为交易的市场，是为都城的商贸中心外，僧人的生活也开始与世俗接轨，有甚者更是打破佛教的清规戒律。如相国寺僧人娶艳娟为妻，被世人敬称为"梵嫂"，"相国寺"被深讽为"敕赐双飞之寺"，"相国寺里辰院比丘澄晖，以艳娟为妻，……忽一少年踵门晖，愿置酒参会梵嫂，晖难之，凌晨但见院牌用纸漫书曰：敕赐双飞之寺"。③ 再有如应该戒食荤腥不杀生的僧人在相国寺卖起了"炙猪肉"，而且使之成为

① 欧阳修：《归田录》卷二，见刘方：《汴京与临安：两宋文学中的双城记》，上海古籍出版社 2013 年版，第 65 页。

② 李清照：《金石录后序》，见熊伯履：《相国寺考》，中州古籍出版社 1985 年版，第 92 页。

③ 陶谷：《清异录》卷上，见段玉明：《相国寺：在唐宋帝国的神圣与凡俗之间》，巴蜀书社 2004 年版，第 281 页。

朝廷官员的常驻之地，"相国寺烧朱院，旧日有僧惠明，善庖，炙猪肉尤佳，一顿五斤。杨大年与之往还，多率同舍具飱。一日大年曰：'尔为僧，远近皆呼烧猪院，安乎？'惠明曰：'奈何？'大年曰：'不若呼烧朱院也。'都人亦自此改呼。"①

这一面是时代的影响，宋代商品经济的发展带动了整个时代的消费和享乐之风；一面也是禅宗在宋代的巨大变化，从适意走向纵欲。葛兆光先生在《禅宗与中国文化》中谈道："在禅宗那里，还是有一条通往享乐主义的通道的，甚至会比世俗人还要能享乐。试看宋代以后的禅僧，喝酒吃肉，风流蕴藉，放纵情欲，与士大夫有什么两样？"②地处政治中心的相国寺不可避免地受到时代风气的影响，僧人的放纵情欲和逐利而行都是这种社会风气下的产物。

再次，相国寺的世俗性表现在这处场所成为时代流播消息的重要来源，甚至成为朝廷收集民情民意的有力渠道，对于皇帝的视听有所干预。于是这个特点被挟怨之人加以利用，成为打倒政敌的有效手段。

北宋名臣蔡襄因为官场恩怨，被对手处心积虑地构陷，捏造其事端并印售流播于相国寺，以至于上传于天子御览，几遭不测。"蔡襄在昭陵朝与欧阳文忠公齐名一时。英宗即位，韩魏公当国，首荐二公，同登政府。先是君谟守泉南日，晋江令章拱之在任不法，君谟按以赃罪，坐废终身。拱之，望之表民同胞也，至是即讼冤于朝，又撰造君谟乞不立厚陵为皇子疏，刊板印售于相兰。中人市得之，遂干乙览，英宗大怒，君谟几陷不测。魏公力为营救。"③这则史料中的"相兰"正是京都的相国寺。蔡襄为官正直，得罪的同僚亲属利用相国寺的中心位置流播对蔡襄不利，几乎是置其于死地的消息，等待宫中宦官采集并上传给英宗，以达到致命的报复。

---

① 张舜民：《画墁录》卷一，见段玉明：《相国寺：在唐宋帝国的神圣与凡俗之间》，巴蜀书社2004年版，第251页。
② 葛兆光：《禅宗与中国文化》，上海人民出版社1986年版，第103页。
③ 王明清：《玉照新志》卷四，见熊伯履：《相国寺考》，中州古籍出版社1985年版，第91页。

再如徽宗时人"武夷先生"徐常为支持王安石变法的曾布所不容。曾布也是利用相国寺所售其文集上呈徽宗，达到了打击政治对手的目的。"建中靖国初，有宿儒曰徐常，持节河朔，风采隐然，重于时，然持论与时大异。曾文肃布恶之，尝具诋先烈人姓名，陈之乙览，常列其间，然未有以罪也。会市肆有刊《武夷先生集》者，乃常所为文，文肃之子纡，适相国寺，偶售得之。首篇乃熙宁间《上王荆公书》，诋常平法者。纡以置几案间，不为意。文肃偶入黉舍见之，袖以入，明日遂奏榻前，且谓常元未尝上此书，特沽流俗之名耳。言者从之，遂免所居官，竟以蹭蹬。"①从上述史料可知曾布曾就徐常反对变法的言论屡屡上书徽宗，但未达到其打击徐常的目的。徽宗虽然支持变法，但并未怪罪徐常，直到徽宗看到自相国寺流传的徐常文集，其中首篇就是徐常反对王安石变法的一篇非正式上书的文章。曾布抓住其并未真正上书给王安石，有沽名钓誉之嫌，而且对民众有很大的影响这点，彻底地达到了打倒徐常的目的。

由此可见，相国寺市场流播的消息非常受到官方的关注和重视，可以决定一个官员的命运。这样的例子还有黄庭坚被贬期间题诗于画，流入相国寺市场，被政敌附会抓住诗歌的讽刺之意不放，欲"重其贬"。如果不是因为黄庭坚六十岁未听到宣布的旨意就客死在宜州，他便不得不因此被贬到更加险恶的永州。"党祸既起，山谷居黔。有以屏图遗之者，绘双蝶翩舞，冒于蛛丝，而队蚁憧憧其间，题六言于上曰：'蝴蝶双飞得意，偶然毕命网罗。群蚁争收坠翼，策勋归去南柯。'崇宁间，又迁于宜，图偶为人携入京，鬻于相国寺肆。蔡客得之，以示元长，元长大怒，将指为怨望，重其贬，会以讣奏，仅免。"②

最后，相国寺的世俗性还表现在对时代意识形态构成影响。《东轩笔录》

① 岳珂：《桯史》卷十三"武夷先生"条，见熊伯履：《相国寺考》，中州古籍出版社1985年版，第91—92页。
② 岳珂：《桯史》卷十一"蚁蝶图"条，见熊伯履：《相国寺考》，中州古籍出版社1985年版，第92页。

卷三记载这样一件史料："本朝穆修首倡古道，……晚年得到《柳宗元集》（有的版本作《韩柳集》），募工镂板，印数百帙，携入京相国寺设肆鬻之。有儒生数辈至其肆，未评价值，先展揭披阅，修就手夺取，瞋目谓曰，汝辈能读一篇不失句读，吾当以一部赠汝。其忤物如此，自是经年不售一部。"①穆修是真宗时进士，他不满五代以来及时代西昆体华而不实的靡丽文风，继柳开之后，力主恢复韩愈、柳宗元散文传统，于是自印《韩柳集》鬻书于相国寺，希望能够以此扭转时代文风。虽然他的文学主张有偏颇之处，把道德本体直接当作文学的本体，视道统和文统为一，把道德和文章等同起来，并反对排斥文学创作中非道德的情感因素。这点对宋代散文的发展是不利的，但开了后来理学家文论的先河。穆修鬻书相国寺的消息，很快在社会上传开，尹洙、苏舜钦兄弟等径向投师。穆修视为知己，谆谆教授，终使他毕生提倡的古文运动得以后继有人，发扬光大。不仅如此，而且他的主张对仁宗年间欧阳修的古文运动也有较大的影响。又如王安石变法时，时人不满，在相国寺题拆字诗深讽之。"王荆公柄国时，有人题相国寺壁云：'终岁荒芜湖浦焦，贫女带笠落柘条。阿侬去家京洛远，惊心寇盗来攻剽。'人皆以为夫出，妇忧荒乱也。及荆公罢相，子瞻召还，诸公饮苏寺内问之，苏曰：'于贫女句可以得其人矣。终岁，十二月也，十二月为青字；荒芜，田有草也，草田为苗字；湖浦焦，水去也，水旁去为法字；女戴笠为安字；柘落木条剩石字；阿侬是吴言，合吴言为误字；去家京洛为国；寇盗为贼民；盖言青苗法，安石误国贼民也。'"②从这则史料可见得相国寺市场的题壁行为构成时代意识形态的显性表现，也隐晦地代表了时代对于政策的不满。

上述可见，北宋相国寺这片神圣的宗教空间几乎被市场交易无处不在地占据，参与了时代经济进程的发展，介入朝廷政治的抉择，影响时代的意识

① 魏泰：《东轩笔录》卷三，（按《曲洧旧闻》卷四《五朝名臣言行录》卷十一亦载此事，但《柳宗元集》作《韩柳集》），见熊伯履：《相国寺考》，中州古籍出版社 1985 年版，第 91 页。
② 袁褧、袁颐：《枫窗小牍》，卷上，见熊伯履：《相国寺考》，中州古籍出版社 1985 年版，第 94 页。

形态，在时代中的显性世俗性要大于其中包含的隐性宗教性。但其宗教性的超越性在交易中依然存在，而且对于交易的持续繁荣起着重要的支撑作用。这种隐性的宗教性突出地表现在来此交易的人们心理暗示之中。之前的学者都认为在相国寺内的交易市场中有着宗教的加持，在强烈的世俗性之中包含着宗教的教义和神佛主宰的存在以及美好世界现世再现的意义。这种宗教性的心理暗示一是"积善积德"。刘方先生认为，"在世俗商业活动、世俗供养与神圣宗教信仰、功德之间，存在'物质和精神财富交换之间的关系'：这些物品通过寺院得以循环和流动，从而起到积聚功德、积累善业、在轮回转世之间消除恶报等作用。"① 二是交易的公平。段玉明先生认为，"由于寺院神圣空间的特性，在内展开的一切经济活动在观念上即都受到神佛的鉴察。藉此神佛的参与，在僧俗两众的观念里，寺院之内的一切经济活动应该假定都是诚信无欺的，也就都是公平和公正的。即使出现相反的情形，那也自有神佛裁量，责任不在僧俗两众。相国寺市场之能特别繁荣，在很大程度上正是由于有此观念的支撑"。② 如孟元老提到的"赵文秀笔"极有可能成为欧阳修频频购买的对象，"……京师诸笔工，牌榜自称述。累累相国东，比若衣缝虱。"（欧阳修《圣俞惠宣州笔戏书》）虽然他不甚满意相国寺购得的笔，云"或柔多虚尖，或硬不可屈。但能装管榻，有表曾无实。价高仍费钱，用不过数日。岂如宣城毫，耐久仍可乞"，意曰相国寺的笔出售高得离奇，比及梅尧臣赠送的宣州笔而言不够好用和耐用，物不值其价。但可以想见的是，只要进入了相国寺交易市场的商品大多都身价百倍，同时，形成相国寺出售物品公平合理的品牌效应，成为都人竞相争抢的对象。三是消除了人与人的距离。相国寺交易市场中参与者众，"上至王公大臣，下至庶民百姓，都以购物者的身份卷入其中，没有世俗的等级关系，人人自由而平等"③，这正是佛教西方极乐世界再现的图景。

---

① 刘方：《汴京与临安：两宋文学中的双城记》，上海古籍出版社 2013 年版，第 49 页。
② 段玉明：《相国寺：在唐宋帝国的神圣与凡俗之间》，巴蜀书社 2004 年版，第 272—273 页。
③ 段玉明：《相国寺：在唐宋帝国的神圣与凡俗之间》，巴蜀书社 2004 年版，第 274—275 页。

正是宗教这种隐性而又神奇的力量，使得来到相国寺内进行交易的人们都能获得一种仁慈、诚信、平等的感受，从而乐于往来其中，从而使得相国寺这座万姓交易、无所不包的场所虽饱受战争破坏和改朝换代的影响，却依然繁华不灭，经久不衰。据史料记载，相国寺市场在北宋灭亡后，为金统治其间，市场交易仍然持续而且甚于北宋，"北宋相国寺每月五次开市的习惯，到金末已增加为每月八次"①；"南渡之后繁盛益增"②。所以相国寺市场如此繁华，经久不衰的原因除了它中心的地理位置之外，主要在于相国寺这个场所具有的宗教性带来的心理感受的支撑。在这个特殊的时代下，相国寺一方面融入时代的洪流之中，一方面在其中的交易都带有这个场所特殊的意义。其中的芸芸众生在交易的同时，在心理上产生积善行德，相对公平，人人平等的感受。因此，相国寺饱含人间烟火，是为融入世俗；而都人在其中的出入都不自觉地在心理上将宗教的教义加以强调，并使得相国寺市场繁华不灭，则是宗教超越性依然存在的有力表现。

除了上述所言的市场交易中宗教性对民众心理的暗示外，僧人的越界行为举止都受到了社会的否定。虽然这些特立独行的相国寺僧人满足了自己的欲望，是为融入世俗，而世人对其的讽刺和杨亿对其的质疑，从另外一个角度都说明世俗对这些违反清规戒律的僧人行为是持否定态度的。世俗以讽刺和质疑的方式在某种程度上要求相国寺僧人的行为举止应该符合传统对僧人的定义，从这个层面上而言，这是宗教教义在世俗中的坚持，并构成了超越的成分，维持着相国寺作为宗教所在的纯正意义。

综上所述，相国寺成为了都城的交易中心，在这里流通的不仅仅是日常生活用品，流通的也是人们对时代政令的看法。人们在此或鬻书，或题壁，表达自己的不满和观点。正因为相国寺成为时代风向的所在地，朝廷也介入其中收集信息，上达天听。这也反映了皇帝对流传在相国寺的消息的重视，

---

① 熊伯履：《相国寺考》，中州古籍出版社1985年版，第111页。
② 刘祁：《归潜志》卷七，见熊伯履：《相国寺考》，中州古籍出版社1985年版，第111页。

朝廷官员的贬谪多因此而生。在这里贵族庶民杂处其间，各取所需，在物品流动的同时，众生在心理上趋于此处存在神佛监视下的绝对公正公平的感受，于是宗教的神圣性在世俗的交易下产生，超越于世俗之上。僧人在此违反清规戒律的行为遭到反讽和质疑，也说明在此宗教的神圣性依然存在。总体来说，地处都城中心的相国寺虽然具有浓重显性的世俗意味，但仍然隐形地保留了宗教的神圣性。在这个过程中，文学以诗歌的形式展示了史料之外的诸多细节，如交易中具体的物品和买者的感受，又如相国寺市场中文人创作的对时事的看法。这些诗歌与史料互证的同时，也更加细致地记录了相国寺市场中交易的细节和时代中人对时局的看法。

三、诗歌中的相国寺塑画：在艺术中强调的宗教性

相国寺内的壁画与雕塑堪称艺术绝品，声名远扬，成为相国寺的又一大特色，是其宗教性通过艺术得以有力彰显的表现。这些宗教题材的塑像和壁画大量地覆盖在相国寺的空间之中，给前来或行香或交易或游玩的民众以强烈的宗教教义宣传，从史料和宋人诗歌对其的书写中，依然可以想见宋人观览这些塑画时的震撼和感受。

相国寺保留了唐代"塑圣"杨惠之和"画圣"吴道子的真迹。《全宋诗》中有多首记载相国寺这些名家塑画的诗歌，如梅尧臣的《刘原甫观相国寺净土杨惠之塑像、吴道子画，又越僧鼓琴，闽僧写真，予解其诧》《和原甫同邻几过相国寺净土院，因观杨惠之塑，吴道子画，听越僧琴，闽僧写宋贾二公真》，刘敞的《和原父同江邻几过净土院，观古殿吴道子画、杨惠之塑像，及显僧传当世贵人形骨，仁僧鼓琴作》。从这些题目可知宋代相国寺净土院内存唐代雕塑名家杨惠之所雕之像和吴道子的壁画。

相国寺除了有前朝名家真迹之外，也不乏宋朝本朝的名家手迹。宋人郭若虚的《图画见闻志》卷六有一则这样的史料，"高丽国敦尚文雅，渐染华风，……熙宁甲寅年，遣使金良鉴入贡，访求中国图画，锐意购求，……丙

辰冬，复遣使崔思训入贡，因将带画工数人，奏请模写相国寺壁画归，国诏许之，于是尽模之持归，其模画人颇有精于工法者。"①高丽国专程在英宗年间模写相国寺的壁画带回国，由此可见，相国寺壁画艺术达到旷古无两，精美无双的程度，名满天下，蜚声中外。

这些壁画艺术水准如此之高在于北宋历朝对相国寺的壁画很重视，常常下诏画师比试，其中胜者方能画此壁画，所以相国寺的壁画出自于当时最为杰出的艺术家之手，并被他们精心维护。在熊伯履先生和段玉明先生的考证和搜集中，相国寺有多位名家绘宗教题材的画在此。如太宗时人高益画相国寺"东壁阿育王所乘（战象）及战士鹿马等"，"皆取形似，尤富气焰"②。他还有鬼神之作"画相国寺壁"，被评为"意思无穷，如书夜然"，"至今称绝"③。后来随着时间流逝，高益的壁画"经时坼剥，上（太宗）惜其精笔，将营治之"。太宗诏令为时人高文进所回应，"以蜡纸模其笔法后移于壁"，"尽得益之骨气"④高文进不仅修复了高益的壁画，还"自画后门里东西二壁五台峨眉文殊普贤变象，及后门西壁神、大殿后北方天王等"⑤。在史料中，高文进还荐引蜀人王道真。王不仅与高文进一起修复了高益的壁画，还"于大殿西偏门南面东壁，画宝志化十二面观音相，又与文进对画寺庭北门东面大神"。⑥《图画见闻志》卷三还补充记道：王还绘制了"给孤独长者买祇陀太子园因缘"，"志公变十二面观音像"⑦。同时代的还有李用及和李象坤。二李都善画鬼神，曾与上述的高王二人"同画相国寺壁"。李用及其画"体格

---

① 郭若虚：《图画见闻志》卷六，见熊伯履：《相国寺考》，中州古籍出版社1985年版，第67页。
② 刘道醇：《圣朝名画评》卷二，见熊伯履：《相国寺考》，中州古籍出版社1985年版，第61页。
③ 刘道醇：《圣朝名画评》卷三，见熊伯履：《相国寺考》，中州古籍出版社1985年版，第61—62页。
④ 刘道醇：《圣朝名画评》卷一，见熊伯履：《相国寺考》，中州古籍出版社1985年版，第63页。
⑤ 刘道醇：《圣朝名画评》卷一，见熊伯履：《相国寺考》，中州古籍出版社1985年版，第63页。
⑥ 刘道醇：《圣朝名画评》卷一，见熊伯履：《相国寺考》，中州古籍出版社1985年版，第64页。
⑦ 郭若虚：《图画见闻志》卷三，见熊伯履：《相国寺考》，中州古籍出版社1985年版，第64页。

雄瞻，筋力魁壮，既无所羁束，又不专诡怪……至今称之"。① 李象坤与李
用及合画"东门之北"的"牢度久斗圣变相"②，"并为良手"③。太宗时还有
沙门元蔼笔法精妙，为太宗青睐，因此扬名天下，"常画本寺（相国寺）西
经藏院后大悲菩萨"④。神宗熙宁年间画师李元济在"召画相国寺壁"的比赛
中，被"推之为第一"，"其（相国寺）间佛铺，多是元济之迹也"⑤。同时代
的名家崔白"于佛道鬼神山林人物，无不精绝"，绘"相国寺廊之东壁，有
炽盛光十一曜坐神等；廊之西壁，有佛一铺，圆光透彻，笔势欲动"。⑥《图
画见闻志》卷三中还记载了"同画相国寺寺壁"，"人称伏之"的王易和画"相
国寺北廊高僧"的陈坦⑦。至于北宋徽宗末年，孟元老回忆和记到："大殿两
廊，皆国朝名公笔迹，左壁画炽盛光佛降九曜鬼百戏，右壁佛降鬼子母揭
盂。殿庭供献乐部马队之类。大殿朵廊皆壁隐楼殿人物，莫非精妙。"⑧

从上述史料可知，这些佛教题材各异，有的是表现君主支持佛教的故
事，比如高益绘制的阿育王。段玉明先生认为阿育王杀兄而登王位与太宗废
侄自立的经历暗合，所以太宗才自比阿育王，支持佛教，为自己的合理性找
宗教的支持。这也表现出北宋皇室对相国寺宗教教义的重视，以及世俗政治
对相国寺宗教强有力的定义。

有的反映外来宗教与本土宗教的融合，如崔白绘制的"炽盛光十一曜坐
神"与孟元老记载的"炽盛光佛降九曜鬼百戏"有所出入。段玉明先生认为
"炽盛光佛降九曜"中的"炽盛光如来"和"九曜"在唐代自印度传入中国。

---

① 郭若虚：《图画见闻志》卷三，刘道醇：《圣朝名画评》卷三，见熊伯履：《相国寺考》，中
　州古籍出版社 1985 年版，第 63—64 页。
② 郭若虚：《图画见闻志》卷六，见熊伯履：《相国寺考》，中州古籍出版社 1985 年版，第 65 页。
③ 郭若虚：《图画见闻志》卷三，见熊伯履：《相国寺考》，中州古籍出版社 1985 年版，第 65 页。
④ 刘道醇：《圣朝名画评》卷一，见熊伯履：《相国寺考》，中州古籍出版社 1985 年版，第 65 页。
⑤ 郭若虚：《图画见闻志》卷三，见熊伯履：《相国寺考》，中州古籍出版社 1985 年版，第 66 页。
⑥ 郭若虚：《图画见闻志》卷四，见熊伯履：《相国寺考》，中州古籍出版社 1985 年版，第 66 页。
⑦ 郭若虚：《图画见闻志》卷三，见熊伯履：《相国寺考》，中州古籍出版社 1985 年版，第 66 页。
⑧ 孟元老：《东京梦华录全译》，姜汉椿译，贵州人民出版社 2008 年版，第 45 页。

"九曜"既是佛教的术语，又是道教的术语，"九曜"与道教的紫气，月孛两曜构成"十一曜"，反映了外来宗教与本土宗教的融合。①

但随着北宋立国渐长，佛教的本来题材受到重视，比如以五台山为道场的文殊菩萨；以峨眉山为道场的普贤菩萨；四大天王之北方多闻天王；以及给孤独长者为了建立适合供养佛陀的圣地，不惜黄金向祇陀太子购买园林，最后感动太子共同供养佛陀的故事；以及张僧繇为六朝时期的高僧志公画像时出现十二面观音相的奇迹；代表佛陀的舍利弗与代表婆罗门教派的牢度叉斗法胜利，最终使得牢度叉皈依佛门的故事；佛陀让吃婴儿的"母夜叉"变成守护婴儿的鬼子母神的故事等都开始大量地被绘制。

虽然相国寺壁画的题材大多来自佛经，画面的背后连接着特定的经文。"两者之间的互读互释，共同趋向特定的指涉，亦增强了寺院壁画的神秘向度"，②这样的壁画如阿育王的故事、给孤独长者的故事、牢度叉斗法的故事等，但大部分菩萨和天王的造像则早就根植于普罗大众心中，"观看者无须了解佛教的任何思辨思想"③，便在直接的视觉冲击中感受到佛法无所不在，巨大无穷的力量。相国寺作为一个空间的神圣感便凸显出来。虽然阿育王故事的绘制还有着世俗权力对宗教神圣性的覆盖，但北宋大部分时期相国寺的壁画以佛教为主，宗教性在朝廷选拔画师的重视中，在精心绘制和维护下，在民众的观瞻中得到强有力的强调。

这种宗教性的感受在梅尧臣与刘敞刘攽兄弟以及江复休观赏相国寺中唐代塑画时，显得格外突出。一行人或臣服于相国寺这些塑画的艺术魅力，或臣服于艺术魅力之后宗教的神圣性。

梅尧臣诗云"吾侪来都下，将踰三十春。不闻此画塑，想子得亦新。兹寺临大道，常多车马尘。设如前日手，晦昧已惑人。曷分今与古，曷辨伪与真……"（《刘原甫观相国寺净土杨惠之塑像吴道子画又越僧鼓琴闽僧写真予

---

① 段玉明：《相国寺：在唐宋帝国的神圣与凡俗之间》，巴蜀书社2004年版，第119、131页。
② 段玉明：《相国寺：在唐宋帝国的神圣与凡俗之间》，巴蜀书社2004年版，第135页。
③ 段玉明：《相国寺：在唐宋帝国的神圣与凡俗之间》，巴蜀书社2004年版，第135页。

解其诧》）①，意谓相国寺地邻大道，城市的世俗气息渗透到其中，寺中的绝品绘画与雕塑湮没在其中久矣，而且自唐到五代再到宋时的相国寺不知几多名家在同一个地点反复雕画，古与今，伪与真已无从分辨。梅尧臣慨叹在东京居住近三十年，也未曾听闻前朝这样的艺术精品竟然存在在这滚滚红尘之处。他在同时期的另一首诗中谈到自己惊喜的感受："……褐来游绀宇，历玩同逡巡。吴画与杨塑，在昔称绝伦。深殿留旧迹，鲜逢真赏人。一见如宿遇，举袂自拂尘。金碧发光彩，物象生精神。岁月虽已深，奇妙不愧新。惊嗟岂无意，振播还有因。乃知至精手，安得久晦堙。……"（《和原甫同邻几过相国寺净土院，因观杨惠之塑，吴道子画，听越僧琴，闽僧写宋贾二公真》）② 他和刘敞刘攽兄弟以及江复休同游到此，感叹这些唐代艺术精品深藏在层层殿宇之中，少见真正欣赏它们的人。现在他们一起特来观赏，感觉有如注定要遇到一般亲切，以衣袂拂去画塑上的尘埃，画塑依然金碧生辉，活灵活现，虽为唐制，但不输当下的画师名家。宋人刘道醇的《五代名画补遗》"塑作门第六"记载道："杨惠之不知何处人，与吴道子同师张僧繇笔迹，号为'画友'，巧艺并著。而道子声光独显，惠之遂都焚笔砚毅然发奋，专肆塑作，能夺僧繇画相，乃与道子争衡。时人语曰：'道子画，惠之塑，夺得僧繇神笔路。'惠之尝于……汴州安业寺净土院大殿内（塑）佛像（睿宗延和元年七月二十七日改为大相国寺）……"这则史料记载了杨惠之曾塑像于此，不仅如此，还详细地记载了他塑像神奇的艺术魅力，不仅飞禽走兽不敢接近，而且在黄巢之乱中因为"惜其神妙，率不残毁"，真正地达到了"精绝殊圣，古无伦比"③ 的境界。而吴道子的壁画曾在唐代被奉为相国寺"十绝"之一，排到第四，可见其经典性，"……佛殿内有吴道子画文殊、维摩

---

① 北京大学古文献研究所：《全宋诗》，北京大学出版社 1996 年版，第 5 册，第 3014 页。

② 北京大学古文献研究所：《全宋诗》，北京大学出版社 1996 年版，第 5 册，第 3017 页。

③ 刘道醇：《五代名画补遗》"塑作门第六"，见刘方：《汴京与临安：两宋文学中的双城记》，上海古籍出版社 2013 年版，第 55 页。

像，为一绝"①。杨惠之和吴道子的绝妙手法穿越时光，依然给观者深深的震撼之感，即壁画和塑像散发的宗教神圣性不言而喻。

刘攽在此感受到的宗教神圣性更加强烈，"真赏非俗嗜，雅游知胜缘。百身化前佛，方丈纳诸天。工以智自表，名由高益传。吴生擅粉绘，杨氏妙钧埏。……"（《和原父同江邻几过净土院观古殿吴道子画杨惠之塑像及显僧传当世贵人形骨仁僧鼓琴作》）②其中"百身化前佛，方丈纳诸天"中的"百身"即佛经中所言的"千百忆化身"，指卢舍那佛；"前佛"指的是释迦。据段玉明先生所言，相国寺大殿以弥勒（后佛）与阿弥陀佛、卢舍那佛并置；同时他认为索佩尔在《相国寺：一所北宋皇家寺院》一书中将卢舍那佛与释迦牟尼佛混为一谈了③。从诗句可以推想，刘攽很有可能犯了同样的错误，看到为杨惠之所塑的塑像应该是卢舍那佛的塑像，但也将此认定为是释迦牟尼佛。后面的"方丈纳诸天"其中的"诸天"指的是佛教众神，这句诗指的是寺内的空间因为满满当当的塑像和绘画有如佛经中的天界。这正是佛教中"曼荼罗"的意思，即"由造像和图画构成的特殊空间"④。刘攽在此中的感受好像完全进入了佛经中的天国，这正是他的感受不同于梅尧臣的地方。他感受到的更多的是塑画中宗教神圣性的强调；而梅尧臣虽然有这样的感受，但他更多的是从艺术的角度来欣赏塑画的魅力。从刘攽的诗意中可以得知，三十年不闻此塑画的一行人得知是因为"智自"的特别说明和和画师高益的宣扬。"工以智自表，名由高益传"这一联构成偶对，因此"智自"应与"高益"构成对应，都是人名（法号），"智自"应为沙门比丘法号。画师高益很大程度上是从艺术的角度加以宣扬，而沙门"智自"的说明也在名家光环的背后无形地宣扬佛门教义，因此相国寺这些雕塑和壁画所包含的宗教神圣性

---

① 郭若虚：《图画见闻志》卷五"相蓝十绝"条，见熊伯履：《相国寺考》，中州古籍出版社1985年版，第20页。

② 北京大学古文献研究所：《全宋诗》，北京大学出版社1996年版，第11册，第7280页。

③ 段玉明：《相国寺：在唐宋帝国的神圣与凡俗之间》，巴蜀书社2004年版，第102页。

④ 段玉明：《相国寺：在唐宋帝国的神圣与凡俗之间》，巴蜀书社2004年版，第135页。

也得到强化。

相国寺壁画除了宗教题材之外，还有不少山水画，也是本朝名家所为。如《圣朝名画评》卷一记载的太宗时人燕文贵"多画山水人物"，为高益所赞叹和推荐，"臣奉诏画相国寺壁，其间树石，非文贵不能成也"。① 还有《宋诗纪事》转引《雅言杂载》，记道有太祖开宝平西蜀，有蜀人石恪"善画山水禽鱼"，被遣入京，被"宣于相国寺画壁"②。此外《圣朝名画评》卷二还记有王端"尤善画山山石林木，亦师关同之笔，好为礧石溅水怪树老根，有出人意思。今相国寺净土院北立条院，有端所画东壁，其烟岚云嶂之势，皆得其趣"。③《图画见闻志》卷四也载道此事，同时记录这样一则史料"相国寺净土院旧有画壁，惜乎主僧不鉴，遂至朽墁"。④ 段玉明先生认为相国寺这处画壁应该绘制的是山水，因为与佛教无关，"是以不为寺僧所惜，至于'朽墁'"。⑤ 但仁宗进士，神宗朝官员郭祥正有诗《寂照大师匣藏相国寺坏壁秋景》一首见存于《全宋诗》，可见得并不全然如此，北宋时代相国寺的僧人已经对名家的山水风景画有珍视之意。

相国寺山水壁画为时人和僧人所推重，也有着宗教的隐约含义。对相国寺山水壁画的书写除了史料，详见于《全宋诗》中两篇诗歌。刘攽的诗歌描述山水剩迹的精彩之余，感受到山水壁画带来的出尘之感，回应着宗教带来的脱却俗世的意味。而郭祥正的诗歌也有如此的感受，"京城车马多尘埃，一见妙画心眼开"（《寂照大师匣藏相国寺坏壁秋景》）⑥，但表现出对俗世不可久居的警世意味，背后有隐约地劝人皈依宗教的说法目的。

---

① 刘道醇：《圣朝名画评》卷一，见熊伯履：《相国寺考》，中州古籍出版社 1985 年版，第 62 页。

② 《宋诗纪事》转引《雅言杂载》，见熊伯履：《相国寺考》，中州古籍出版社 1985 年版，第 63 页。

③ 刘道醇：《圣朝名画评》卷二，见熊伯履：《相国寺考》，中州古籍出版社 1985 年版，第 65 页。

④ 郭若虚：《图画见闻志》卷四，见熊伯履：《相国寺考》，中州古籍出版社 1985 年版，第 65—66 页。

⑤ 段玉明：《相国寺：在唐宋帝国的神圣与凡俗之间》，巴蜀书社 2004 年版，第 129 页。

⑥ 北京大学古文献研究所：《全宋诗》，北京大学出版社 1996 年版，第 13 册，第 8769 页。

刘攽有诗《和李公择题相国寺坏壁山水歌》留存下相国寺的山水壁画的描述，诗云："苍山本自千万丈，怪尔断落盈尺中。枯松挂崖正矫矫，白云出谷方溶溶。忆昨高秋十日雨，百川涌溢腾蛟龙。丹青坏劫不可驻，金碧拂地俱成空。人间流落万馀一，掇拾补缀几无从。当时画手合众妙，得此诚是第一工。松阴行人何草草，秃帻小盖马色骢。长涂未竟不得息，啸歌正尔来悲风。巨灵擘华疏黄河，夸娥移山开汉东。海波芥子互出没，大雄游戏神与通。我今与君未尝觉，指视壁画将无同。新诗飘飘脱俗格，得闲会复来从容。"①前四句写道画面境界开阔，有千万丈苍山的感受摄入画中壁上，蓦然进入观者眼中，山间"枯松倒挂倚绝壁"，谷中白云岚气缠绕其间。正是前面文献中描述的"其烟岚云嶂之势，皆得其趣"的意思。然后讲到这绝妙丹青的劫难，"高秋十日雨，百川涌溢腾蛟龙"。据学者刘方考证，指的应是英宗治平年间的一次"雨患"。《图画见闻志》卷六记载："治平乙巳岁，雨患。大相国寺以汴河势高，沟渠失治，寺庭四廊，悉遭潴浸，圮塌殆尽。其墙壁皆高文进等画，惟大殿东西走马廊相对门庑不能为害……"因为连日秋雨，这些壁画流落人间，万存其一。虽然英宗年间曾重修过这些"四面廊壁"，用的也是当时的名手"李元济等"，并"用内府所藏副本小样重临仿"，但"掇拾补缀几无从"，达不到原来的精妙效果。补画过的画面虽然"各有新意"②，但不尽如人意，如作者刘攽便觉"松阴行人何草草，秃帻小盖马色骢"。这句诗也有可能指壁画遭到水患后残缺不全的状态，"行人"的巾帻缺失，所乘的马颜色斑驳，或青或白。这令作者和工于画的李公择感到深深的悲哀。随后作者表达寄希望于神灵疏浚黄河，不再泛滥波及这些壁画。结尾处作者和李公择都未曾感受到神佛的威力，但觉在壁画的残山断水之间感受到出尘之意，作诗超出俗格，会反复再来。

郭祥正也有诗写到这些相国寺散落的山水壁画，也在观览之后而平生出

---

① 北京大学古文献研究所：《全宋诗》，北京大学出版社 1996 年版，第 11 册，第 7140 页。

② 郭若虚：《图画见闻志》卷六，见刘方：《汴京与临安：两宋文学中的双城记》，上海古籍出版社 2013 年版，第 68—69 页。

尘之感，诗云："京城车马多尘埃，一见妙画心眼开。深山老木秋思静，苦雾郁郁诸峰埋。客骑蹇驴打不动，懊恼似忧寒雨来。崖平路转斗然绝，笔力未断空徘徊。胡为皴剥仅盈尺，镵以大箧过琼瑰。师云昔是殿堂壁，治平大水余皆摧。恰如卢仝玉碑子，中路扑折令人哀。玉碑一折乃无用，此画虽缺犹堪裁……"（《寂照大师匣藏相国寺坏壁秋景》）这首诗也提到了因为"治平"年间大水毁坏而仅存的山水壁画中的片段风景，深山老林，郁郁诸峰，雾缠云绕，氤氲欲雨，有客蹇驴踽踽独行。笔力似断非断，皴法作山。这首诗的结尾意思指向现实，谓人世险恶，而世人多不知。

这两首记录相国寺山水壁画的诗歌虽然一指向艺术，一指向俗世，但本书认为这些山水画一方面展示了这些名家的技艺，一方面也是向传统寺院所在定位意义的一种回归。段玉明先生认为，"按照佛教戒律，僧众的一切商贸活动都在禁止之列。……如此，寺院选址首先应该尽量远离这些地区，以确保僧众不被卷入其中。更进一步，为了确保僧众修行不受世俗生活的干扰，充满物质诱惑的城镇都是寺院选址应该远离的地方。……其选址即有明显的山野倾向"。[1] 同时，段玉明先生认为"此类非宗教题材……被……引入相国寺中……反映了世俗趣味对寺院壁画无可回避的影响"[2]。但本书认为在红尘甚嚣尘上的相国寺壁画中出现这么多的山水壁画，应该也有对僧众和香客这样的环境营造的用意和心理暗示，即一墙之隔的寺院之外即是俗世，而相国寺内的空间则回归到令人有出尘之感的山水之中来，回归到寺院所在地的传统意义上来。张渊在《宋代山水画与禅宗画的水墨艺术》一文中也有这样类似的观点。在这篇论文中，首先他认为画山水于寺院盛行于南宋，形成禅宗画，但在本书的考察中北宋相国寺壁画已经出现大规模的这样的题材。其次张渊认为这些画师"认为山水有趣灵，能显映圣人之道，认为山水

---

[1] 段玉明：《相国寺：在唐宋帝国的神圣与凡俗之间》，巴蜀书社2004年版，第269—270页。

[2] 段玉明：《相国寺：在唐宋帝国的神圣与凡俗之间》，巴蜀书社2004年版，第139页。

天地之间可容他们的精神世界'逍遥游',可以独与天地精神独往来"。① 这虽然是道家的思想,但被归于"禅宗画"的概念。由此可见,北宋三教并立的存在和三教相互融合影响的思想状态。所以这些山水壁画一方面构成艺术,一方面令人起清心寡欲之感。对于刘攽而言,虽然未感受到宗教神佛的神圣和威力,但所咏诗歌自觉已经有了超出俗格之趣,这不能不说是山水壁画的作用,给人置身于红尘之外另一个清静空间的感受,这不正是佛教和道教的教义所在吗?对于郭祥正而言,虽然诗意苦涩,有警世之意,但对世俗险恶的描述和对世人蒙昧不知状态的警醒,潜藏着对俗世的否定之意,这背后不正是对皈依宗教的无形说法吗?

综上所述,相国寺的壁画包含大量的宗教题材和山水题材与塑像一起构成了寺中强烈的宗教意义。这其中虽然也有政治性的着意绘制,如太宗朝对阿育王故事的绘制,但随着立国渐长,佛教题材的故事绘画占了主流。这些佛教题材的壁画和塑像以直观的形象,故事展开的画面给前来的香客和游人直接的宗教震慑感,宣扬着佛法的无所不在。文人在此的观瞻一方面臣服于艺术穿透灵魂的魅力,一方面也进入壁画和塑像营造的宗教空间中,对此顶礼膜拜。除了宗教题材,相国寺的壁画还有大量的山水题材,这些山水壁画一方面丰富了相国寺的空间,一方面也有向传统意义上山水间寺院回归的用意,令来此观赏的游人瞬间进入不染尘俗的空间中来。所以相国寺的这些画塑都在无形中将宗教的神圣性加以强调,努力地保留地处俗世中心相国寺的宗教意义,构成来此观瞻的游人心理上的超越之感。相国寺的宗教意义在宋人的诗歌中得到了特别的凸显。

本节梳理了北宋东京相国寺的渊源,自北宋建国始,它便成为具有浓重世俗意义和皇室管理的皇家寺院。在北宋大多数时间,它成为交易的市场,成为僧人半僧半俗的居住所在以及生意场,成为朝廷罢黜官员的缘由所

---

① 张渊:《宋代山水画与禅宗画的水墨艺术》,《上海交通大学学报(哲社科版)》1993年第1期。

在，成为想要改变社会风尚的策源地，甚至成为"戏场"（王安石《相国寺启同天节道场行香院观戏者》），"舞场"（韩维《答范景仁叹花花在相国寺近舞场》），城市浓重的世俗性中仍然存在其作为宗教场所的神圣性。但另一方面，相国寺以精美绝伦的画塑也吸引着众生，在浓重的世俗性中努力维持了宗教性的存在。因此地处都城的相国寺一面与世俗生活最大限度地融合，反映了宋代商品经济逐渐发展的经济情况和人心所向，与此同时反映了佛教在北宋的变化，"佛教把对象扩大到普通百姓，逐渐变化成为人们的日常生活而存在的佛教"[①]；一面极力在城市的世俗中突围，将宗教的教义在俗世的交易和生活中加以强调。而文学或以碑铭的方式，或以诗歌的方式记录下这处融合宗教与城市世俗生活场所的形貌以及其中的活动，还生动地记录了北宋士庶在时代中的心态，或表达出对时代的膜拜之感，或表达对时政的看法，从而这些书写相国寺的文学作品不同于只提供事件的史料，在具有史的认识价值的同时，提供了比事件更为广阔、更为生动的生活画面和时代中人在相国寺这个场所中的心理状态。在这些文学作品和史料的记载中，北宋的相国寺在城市中香火鼎盛，令都人在此感受城市繁华的同时，也获得了俗世生活之外心灵的超越与向宗教趋近皈依之感。

第四节 冲佑观：辛弃疾退居前后词中的士大夫道教思想

辛弃疾曾任冲佑观宫观官，宫观官的经历与宫观官道教的思想逐渐影响他退居前后的心态。他任职宫观官期间曾短暂地一起一落，有不到一年的时间他身在福州，而在退居的岁月里他两次都选择了江南东路的信州卜居下

[①] 小岛毅：《中国思想与宗教的奔流：宋朝》，何晓毅译，广西师范大学出版社 2017 年版，第 181 页。

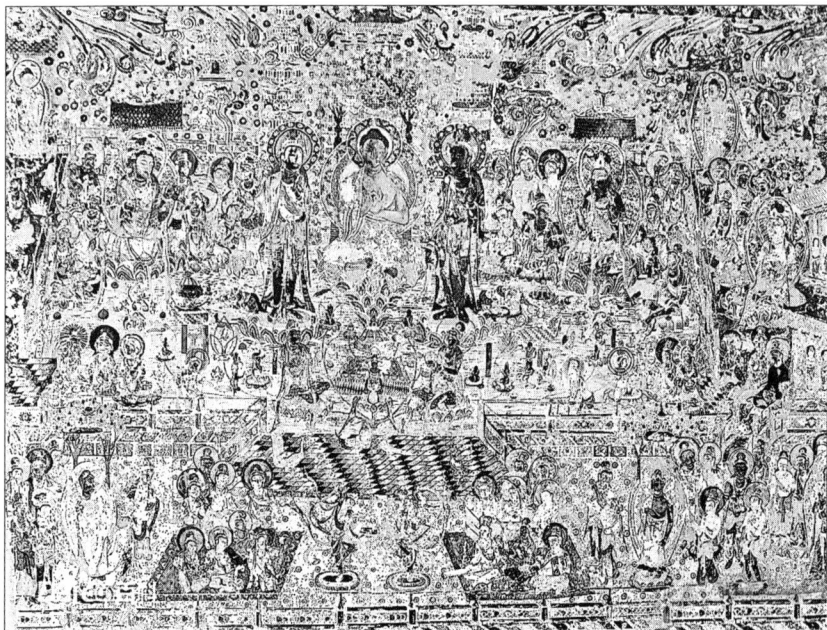

相国寺的壁画包含大量的宗教题材和山水题材与塑像一起构成了寺中强烈的宗教意义。这些佛教题材的壁画和塑像以直观的形象，故事展开的画面给前来的香客和游人直接的宗教震慑感，宣扬着佛法的无所不在。文人在此的观瞻一方面臣服于艺术穿透灵魂的魅力，一方面也进入壁画和塑像营造的宗教空间中，对此顶礼膜拜。相国寺的这些画塑都在无形中将宗教的神圣性加以强调，努力地保留地处俗世中心相国寺的宗教意义，构成来此观瞻的游人心理上的超越之感。相国寺的宗教意义在宋人的诗歌中得到了特别的凸显。

莫高窟佛教壁画

来。虽然第一次的带湖之居靠近城市，第二次营造的新居在铅山期思山水之间，但从宋代的地理位置来看，都处于信州城的区域之中。本书从他任职宫观官前后，在福州与信州的词作考察他此间的道家思想。

一、辛弃疾主管冲佑观前后经历考

辛弃疾从四十八岁这年开始，任宫观官。其中曾有近两年的时间被罢免宫观官，后复官。

按《辛稼轩年谱》记载：淳熙十四年（1187）辛弃疾（四十八岁）"主管冲佑观当在本年"①。"冲佑观"即建宁府武夷山冲佑观，是北宋神宗年间设置的"祠禄之官"②。这一年辛弃疾四十八岁，按照《宋史·职官志》卷一百七十的记载："宋制，设祠禄之官，以佚老优贤……（旧制，六十以上知州资序人，本部长官体量精神不致昏昧堪厘务者，许差一任，兼用执政官陈乞者加一任。绍兴二十二年，臣僚言：'郡守之职，其任至重，昨朝廷以年及七十，令吏部与自陈宫观，乞将前项指挥永为著令。'从之）"③，辛弃疾未到正常任宫观使的年纪。他是以"优贤"的身份主管于此，"辛弃疾有功而人多言其难驾驭，公（王淮）言此等缓急有用，上即畀祠官。"④ 按照史料记载，王淮本意举辛弃疾为帅，但受到周必大的阻碍，"因即特与稼轩以宫观也"⑤ 按"宋制，食祠禄者例不须亲往供职"⑥，辛弃疾于是以退居士大夫的身份在信州（上饶）早年营造的家居居住下来。⑦ 辛于其五十四岁的光宗绍

---

① 邓广铭：《辛弃疾传辛稼轩年谱》，三联书店 2019 年版，第 212 页。

② "时朝廷方经理时政，患疲老不任事者废职，欲悉罢之。乃使任宫观，以食其禄。王安石亦欲以此处异议者，遂诏：'宫观毋限员。并差知州资序人。以三十月为任。'又诏：'杭州洞霄宫、亳州明道宫、华州云台观、建州武夷观、台州崇道观、成都玉局观、建昌军仙都观、江州太平观、洪州玉隆观、五岳庙自今并依嵩山崇福宫、舒州灵仙观置管干或提举、提点官。'"（脱脱等：《宋史》卷一百七十《职官志》）

③ 脱脱等：《宋史》卷一百七十《职官志》。

④ 杨万里：《杨诚斋集》卷一百二十《宋故少师大观文左丞相鲁国王公神道碑》。

⑤ 张端义：《贵耳集》卷下："王丞相欲进拟辛幼安除一帅，周益公坚不肯，周问益公云：'幼安帅材，何不用之？'益公答云：'不然，凡幼安所杀人命，在吾辈执笔者当之。'王遂不复言。"

⑥ 邓广铭：《辛弃疾传辛稼轩年谱》，三联书店 2019 年版，第 268 页。

⑦ 按《辛稼轩年谱》记载，淳熙八年（1181），辛弃疾任江西安抚使，"是年，带湖新居落成"。（邓广铭：《辛弃疾传辛稼轩年谱》，三联书店 2019 年版，第 202 页）

熙四年（1193）年至绍熙五年（1194）七月短暂地知福州，任福建安抚使。

　　而据邓广铭先生的考证，"稼轩罢归六七年之后始得奉祠"。辛作于淳熙十五年（1188）的《蝶恋花·戊申元日立春席间作》："谁向椒盘簪彩胜？整整韶华，争上春风鬓。往日不堪重记省，为花长把新春恨。春未来时先借问。晚恨开迟，早又飘零近。今岁花期消息定，只愁风雨无凭准。""此词作于戊申元日，然借花为喻，以其开迟且又飘零过早，故有'往日不堪重记省，为花长把新春恨'及'今岁花期消息定，只愁风雨无凭准'之句，盖于此颇致其感慨也。"①《辛稼轩年谱》考证辛弃疾（五十五岁）于"（光宗）年绍熙五年（1194）七月，以谏官黄艾论列，罢帅任，主管建宁府武夷山冲佑观"。②《宋会要·职官》七三之五八对此记道："绍熙五年七月二十九日知福州辛弃疾放罢，以臣僚言其残酷贪饕，奸赃狼藉。"③

　　《辛稼轩年谱》中又考证宁宗庆元二年（1196）辛（五十七岁）于"九月，以言者论列，罢宫观"。《宋会要·职官》七五之六六记录：庆元（1196）二年九月十九日有"朝散大夫主管建宁府武夷山冲佑观辛弃疾罢宫观"之纪事。原因在于"以臣僚言弃疾赃汙恣横，唯嗜杀戮，累遭白简，恬不少悛。今俾奉祠，使他时得刺一州，持一节，帅一路，必肆故态，为国家军民之害"。④

　　《辛稼轩年谱》记道："庆元四年（1198）五月（辛五十九岁）复集英殿修撰，主管建宁府武夷山冲佑观"⑤。辛有词可为佐证："老退何曾说著官。今朝放罪上恩宽。便支香火真祠俸，更缀文书旧殿班。　扶病脚，洗衰颜。快从老病借衣冠。此身忘世浑容易，使世相忘却自难。"（《鹧鸪天·戊午拜复职奉祠之命》）"稼轩绍熙四年秋以集英殿修撰知福州，五年秋七月放罢，而集英殿修撰之贴职尚在。其年九月以御史中丞谢深甫论奏，降充秘阁修

---

① 辛弃疾著，邓广铭笺注：《稼轩词编年笺注》，上海古籍出版社2018年版，第335页。
② 邓广铭：《辛弃疾传辛稼轩年谱》，三联书店2019年版，第234页。
③ 邓广铭：《辛弃疾传辛稼轩年谱》，三联书店2019年版，第234页。
④ 邓广铭：《辛弃疾传辛稼轩年谱》，三联书店2019年版，第243—244页。
⑤ 邓广铭：《辛弃疾传辛稼轩年谱》，三联书店2019年版，第245页。

撰，庆元又以何澹论奏而落职。据词中'更缀文书旧殿班'句，知此处所谓复职，当为复集英殿修撰。"《稼轩集抄存》引朱熹《稼轩谱序》亦云：'戊午，公复起，主管冲佑观，益相亲切。'知此处所谓奉祠，仍为原来之宫观也。"①

从上述文献可见得，辛弃疾任宫观官都不是因为到了致仕的年龄正常任职，而是因为弹劾他的谗言落职，变相地架空其权力，实为贬谪后的安置。这其中甚至因为谗言一度连宫观官都不能任职，可见得辛弃疾宦海生涯之艰难。

二、信州带湖时期辛弃疾的道家思想

辛弃疾主管冲佑观后，在退居信州的岁月里，在思想上不可避免地受到祠官道教思想的影响，在词的大量创作中呈现出复杂的道教思想。这种思想受到时代文化思潮的影响："……中唐到北宋乃是中国文化史上一个极其重要的转折时代，在这个时代里，儒、道、佛三大文化思潮都处在一种蜕变之中……道教也分化出'向老庄佛禅靠拢的士大夫道教'……使士大夫形成了一种向内追求人格完善、恪守伦理纲常的自觉意识，清净平和的性格特征及自然适意、养气修身的生活情趣。"②这种思想呈现在文学作品中有来自道教的烟霞传说，有来自老庄著作的丰富典故，也有来自佛禅思想的偈语。这些文学表征共同构成了辛弃疾退居在信州的心灵世界，可以从中窥见南宋退居士大夫退居生活与心灵世界的一角。

辛弃疾的友人洪迈在淳熙八年（1181）为他的带湖新居写下《稼轩记》。他首先谈到了位于"江南东路"的信州地理位置的重要："国家行在武林，广信最密迩畿辅。东舟西车，蜂午错出，势处便近，士大夫乐寄焉。环城中外，买宅且百数。"③同时，信州在《宋史·地理志》卷八十八"江南东路"

---

① 辛弃疾著，邓广铭笺注：《稼轩词编年笺注》，上海古籍出版社 2018 年版，第 609 页。
② 葛兆光：《道教与中国文化》，上海人民出版社 1987 年版，"序言"第 8 页。
③ 洪迈：《文敏公集》卷六《稼轩记》。

的记载中，信州按户口多少、富庶程度划分为第三等级"上"①。而辛弃疾选择了信州郊区的一块土地卜居下来："郡治之北可里所，故有旷土存，三面傅城，前枕澄湖如宝带，其从千有二百三十尺，其衡八百有三十尺，截然砥平，可庐以居，而前乎相攸者皆莫识其处。天作地藏，择然后予。济南辛侯幼安最后至，一旦独得之，既筑室百楹，财占地什四。乃荒左偏以立圃，稻田泱泱，居然衍十弓。意他日释位得归，必躬耕于是，故凭高作屋下临之，是为'稼轩'。田边立亭曰'植杖'，若将真秉耒耨之为者。东冈西阜，北墅南麓，以青径款竹扉，锦路行海棠。集山有楼，婆娑有室，信步有亭，涤砚有渚。皆约略位置，规岁月绪成之，而主人初未之识也。绘图界予曰：'吾甚爱吾轩，为吾记。'"②从洪迈的描述来看，虽然他的带湖家居不在信州城市之中，但距离"郡治所"仅一里左右，而且"三面傅城"，距离城区并不遥远，可以说他退居后既保留了自己自由的空间，又不离城市中心交通的便捷与经济的繁华。

在信州带湖时期的辛弃疾士大夫式的道教思想颇为多元，既追求精神上的自由，也认同道家与佛家相通的"人生如梦幻"的思想，同时在道教思想之下他壮心未已的有为精神仍然遮掩不住，跃跃欲出。

（一）追求精神自由的士大夫道教思想

辛弃疾在闲居信州带湖时，写下诸多词篇，多用庄子和佛教的典故，表达出在精神上追求自由的希冀。

辛弃疾写于淳熙十四年（1187）的《水调歌头·庆韩南涧尚书七十》上阕为中有"上古八千岁，才是一春秋。不应此日，刚把七十寿君侯。看取垂天云翼，九万里风在下，与造物同游。君欲计岁月，尝试问庄周"。③这

---

① 脱脱等：《宋史》卷八十八《地理志》。
② 洪迈：《文敏公集》卷六《稼轩记》。
③ 辛弃疾著，邓广铭笺注：《稼轩词编年笺注》，上海古籍出版社2018年版，第288页。全书辛弃疾词均引自这个版本，不再一一注明。

其中用到《庄子》中丰富的典故。"八千岁"出自《庄子·逍遥游》篇:"上古有大椿者,以八千岁为春,八千岁为秋。""看取垂天云翼,九万里风在下"也出自《逍遥游》篇:"鹏之背不知其几千里也。怒而飞,其翼若垂天之云,……鹏之徙于南冥也,水击三千里,抟扶摇而上者九万里,……风之积也不厚,则其负大翼也无力。故九万里则风斯在下矣。""与造物同游"出自《庄子·天下》篇:"上与造物者游,而下与外死生,无终始者为友。""韩南涧"即韩无咎,辛在祝寿之余用道家的典故表达了对寿者长寿的祝福,也表达出希冀对人世间的种种利害与难以逃避的生死的超越,追求一种生命自由的渴求。

类似的还有这个时期的《醉花阴·为人寿》:"黄花谩说年年好。也趁秋光老。绿鬓不惊秋,若斗尊前,人好花堪笑。蟠桃结子知多少。家住三山岛。何日跨归鸾,沧海飞尘,人世因缘了。"他用道教中美丽的神仙世界来比拟生命尽头的去处,用神仙传说中的沧海桑田的变迁来淡化人间时代更迭带来的伤感,最后用佛家"因缘了结"的观点强化人生一世存在的渺小和幻灭之感,从而表达出想要彻底地超脱尘世,向往生命自在的意味。

还有如《水调歌头·题永丰杨少游提点一枝堂》也是充满了道家与禅家的典故,指向精神"逍遥游"的意义:

> 万事几时足,日月自西东。无穷宇宙,人是一粟太仓中。一葛一裘经岁,一钵一瓶终日,老子旧家风。更著一杯酒,梦觉大槐宫。
>
> 记当年,吓腐鼠,叹冥鸿。衣冠神武门外,惊倒几儿童。休说须弥芥子,看取鹍鹏斥鷃,小大若为同。君欲论齐物,须访一枝翁。

这首词用《庄子·逍遥游》"鹪鹩巢于深林,不过一枝"之意说明信州友人隐居之所的狭小,也暗示了友人于尘世的欲望减少。辛又化用《庄子·秋水》篇:"计中国之在海内,不似稊米之在太仓乎?"之典为"无穷宇宙,人是一粟太仓中"进一步说明个体生命的存在在整个宇宙中显得何其渺小，所需亦是不多。因此辛又用《景德传灯录》卷二十二泉州后招庆和尚：
"问：'如何是和尚家风?'师曰：'一瓶兼一钵，到处是生涯'。"① 这个佛家典
故印证前面的观点。上阕的最后用唐人传奇小说《南柯太守传》加强了道家
与佛家"人生如梦"的观点。在这篇唐传奇的最后，主人翁淳于棼在繁华一
梦后遁入了道门。这个结局也在此指向道教的精神世界。下阕用《庄子·秋
水》篇"鹓鶵"不食腐鼠的典故暗喻自己的高洁。又用《维摩诘经》："若菩
萨信是解脱者，以须弥之高广，内芥子中，无所增减"中的须弥之大和芥子
之小 ② 与《庄子·逍遥游》篇中的鲲鹏斥鷃的大小相印，共同指向庄子"齐
物为一"的观点，又与上阕和题目中友人隐居居所之小相照应，而最终指向
突破常规"大小之辩"的局限性，在精神上达到真正自由与逍遥的境界。

　　像这样的主题还有如"引入沧浪鱼得计，展成寥阔鹤能言。"（《浣溪
沙·席上赵景山提干赋溪台，和韵》）用《庄子·徐无鬼》篇中"于鱼得计"
的自在与道教仙人丁令威的典故表达出对精神自由的追求。这是其道教思想
中的一支，而辛弃疾有的词则专用佛教的典故来阐发内心的解脱之意，如
《江神子·闻蝉蛙戏作》的下阕："心空喧静不争多，病维摩，意云何。扫地
烧香，且看散天花。"辛用到《维摩诘所说经·观众生品》第七中的典故："维
摩诘以身疾，广为说法。佛告文殊师利：'汝诣问疾。'时维摩室有一天女，
见诸天人，闻所说法，便现其身，即以天花散诸菩萨大弟子上。花至诸菩萨
即皆堕落，至大弟子便著不堕。"③辛用此典强调自己在信州闲居生涯中内心
已经无所挂碍，进入自在的状态。

（二）人生如梦幻的士大夫道教思想

　　除了上述词作中出现了"人生如梦幻"的主题，这个时期他还频频去往

---

① 释道原：《景德传灯录》卷二十二。见辛弃疾著，邓广铭笺注：《稼轩词编年笺注》，上海
古籍出版社 2018 年版，第 421—422 页。

② 辛弃疾著，邓广铭笺注：《稼轩词编年笺注》，上海古籍出版社 2018 年版，第 422 页。

③ 辛弃疾著，邓广铭笺注：《稼轩词编年笺注》，上海古籍出版社 2018 年版，第 433 页。

信州的佛寺，疏解内心的不平，在词作中呈现"人生如梦幻"的道家与佛教的思想，如《临江仙·醉宿崇福寺，寄祐之弟。祐之以仆醉先归》《浪淘沙·山寺夜半闻钟》《水调歌头·元日投宿博山寺，见者惊叹其老》等。如他写下这样的词句："身世酒杯中，万事皆空。古来三五个英雄。雨打风吹何处是，汉殿秦宫。梦入少年丛，歌舞匆匆。老僧夜半误鸣钟。惊起西窗眠不得，卷地西风。"（《浪淘沙·山寺夜半闻钟》）这首词表现出浓重的佛家思想"万事皆空"，劝解自己放下英雄功业的念想。这点佛家与道家都持"人生如梦"的观点，他努力用酒杯来追求内心世界的平静。又如"头白齿牙缺，君勿笑衰翁。无穷天地今古，人在四之中。臭腐神奇俱尽，贵贱贤愚等耳，造物也儿童。老佛更堪笑，谈妙说虚空。"（《水调歌头·元日投宿博山寺，见者惊叹其老》）中用道家"齐物"和"无为"的观点加上佛家"万事虚空"观让闲居在此的自己平静地接受自己受到抑制的现实。"臭腐神奇俱尽，贵贱贤愚等耳"用的是《庄子·知北游》篇中的典故："故万物一也。是其所美者为神奇，其所恶者为臭腐。臭腐化为神奇，神奇复化为臭腐。故曰通天下一气耳。圣人故贵。"庄子认为宇宙中的一切都在发生变化和转变，同时世间一切事物虽有差别，但都是世间存在的事物，这一点即"万物一也"。所以在庄子的观点中在这个世界中不须有为，而是主张"无为"，顺天道而行。

他与淳熙十五年作下一首《沁园春·戊申岁，奏邸忽腾报谓余以病挂冠，因赋此》：

老子平生，笑尽人间，儿女恩怨。况白头能几，定应独往；青云得意，见说长存。抖擞衣冠，怜渠无恙，合挂当年神武门。都如梦，算能争几许，鸡晓钟昏。

此心无有亲冤，况抱瓮、年来自灌园。但凄凉顾影，频悲往事；殷勤对佛，欲问前因。却怕青山，也妨贤路，休斗尊前见在身。山中友，试高吟《楚些》，重与招魂。

从题目可知他因被人弹劾，赋闲在信州已五六载，而"奏邸乃反有以病挂冠之讹传"[①]，他殊觉可笑，赋词解嘲。回首昔日也有"都如梦"的道家与佛禅的慨叹，同时化用《庄子·天地》篇中"子贡南游于楚，反于晋，过汉阴，见一丈人方将为圃畦，凿隧而入井，抱瓮而出灌，滑滑然用力甚多而见功寡"的典故为"此心无有亲冤，况抱瓮、年来自灌园"来说明自己闲居在信州已无"机心"，内心已经达到庄子所言的不受世俗沾染，纯洁空明的心境。用"殷勤对佛，欲问前因"以禅家的观点自嘲现世自己的当下情状。

（三）士大夫道家思想下的壮心不已

尽管辛弃疾赋闲在信州数年，但他壮心未已，仍然时时以北伐收复故国为己任，因此在他的赋闲的词中虽然以"士大夫的道家思想"暂时强迫自己万事看开，不挂碍在怀，但他常常忍不住在词作中流露出自己真实的想法。如上述词作中他一面淡看讹传他"以病挂冠"的流言，一面写道"凄凉顾影，频悲往事"的伤怀，对自己投奔南宋的初心仍不放弃；又如《水调歌头·元日投宿博山寺，见者惊叹其老》中虽然写道自己的老态，但在结尾处振起："老境何所似，只与少年同"，仍然保有少年横刀跃马的豪气。

作于淳熙十五年（1188）的《蝶恋花·戊申元日立春席间作》是他内心真实的写照：

> 谁向椒盘簪彩胜？整整韶华，争上春风鬓。往日不堪重记省，为花长把新春恨。
>
> 春未来时先借问。晚恨开迟，早又飘零近。今岁花期消息定，只愁风雨无凭准。

这首词是一首传统意义上以伤春为主题的婉约词，辛弃疾伤春惜春，感

---

① 辛弃疾著，邓广铭笺注：《稼轩词编年笺注》，上海古籍出版社 2018 年版，第 342 页。

慨花期开迟，转眼已成凋零，何况还有"朝来寒雨晚来风"的摧残，未尝不是在借花抒发自己抱负落空，因谗言被闲置的郁郁怀抱。

对于好友授官而去，他面对自己久久被闲置在信州的现状艳羡且无奈。如《最高楼·送丁怀忠教授入广。渠赴调都下，久不得书，或谓从人辟置，或谓径归闽中矣》："相思苦，君与我同心。鱼没雁沈沈。是梦他松后追轩冕，是化为鹤后去山林？对西风，直怅望，到如今。"他以"梦松"为祝人登三公位的典故写到了自己的艳羡，用陶潜《搜神后记》道教中丁令威的典故写道了自己对友人去向不分明的想象。最后用至今对友人难以忘怀的思念写出了自己闲居信州的无奈，想出山有所作为却被闲置，功业落于空，而自己又难以在信州真正沉湎于闲云野鹤的尘外日子。他无法忘记他南渡过来的本意。

还有他为与自己相交八年的友人应仕而去也写下了自己满怀的羡慕而被闲置的无奈。《醉翁操（顷予从廓之求观家谱，见其冠冕蝉联，世载勋德。廓之甚文而好修，意其昌未艾也。今天子即位，覃庆中外，命国朝勋臣子孙之无见任者官之；先是，朝庭屡诏甄录元祐党籍家；合是二者，廓之应仕矣。将告诸朝，行有日，请予作诗以赠。属予避谤，持此戒甚力，不得如廓之请。又念廓之与余游八年，日从事诗酒间，意相得欢甚，于其别也，何独能恝然。顾廓之长于楚辞，而妙于琴，辄拟醉翁操，为之词以叙别。异时廓之绾组东归，仆当买羊沽酒，廓之为鼓一再行，以为山中盛事云）》：

> 长松，之风。如公，肯予从，山中。人心与余兮谁同。湛湛千里之江，上有枫。噫送子于东，望君之门九重。女无悦己，谁适为容。
>
> 不龟手药，或一朝兮取封。昔与游兮皆童，我独穷兮今翁。一鱼兮一龙，劳心兮忡忡。噫命与时逢。子取之食兮万钟。

俞陛云对此释为："此赠范先之作。范为世臣之后，与稼轩交甚久。其时廷旨录用元祐党籍后裔，先之将趋朝应仕，稼轩因其长于楚辞，且工琴，为赋《醉翁操》以赠别。上阕言与其仕隐殊途，故有人心不同之句。后言昔童而今叟，子龙而我鱼，言之慨然。此词为《稼轩集》中别调，亦庄亦谐，似骚似雅，固见交谊深久，亦见感怀激越也。"① 词中用《庄子·逍遥游》篇的"不龟手之药"的典故不再用来抒发自己对"无用"和"有用"的思辨，而是以此表达对范先此去或受到重用的艳羡。

这样的主题又见《水调歌头·送施枢密圣舆帅江西。信之谶云："水打乌龟石，方人也大奇""方人也"实"施"字》：

相公倦台鼎，要伴赤松游。高牙千里东下，箫鼓万貔貅。试问东山风月，更著中年丝竹，留得谢公不？孺子宅边水，云影自悠悠。

占古语，方人也，正黑头。穹龟突兀，千丈石打玉溪流。金印沙堤时节，画栋珠帘云雨，一醉早归休。贱子亲再拜：西北有神州。

辛弃疾送友人帅江西，首句写出了友人高洁之襟怀：像张良一样想功成身退，"从赤松游"，接着用谢安的典故极力地表达自己的不舍，同时在下阕对友人此去深深致意："贱子亲再拜：西北有神州"，希望志同道合的友人此去不要忘记北伐中原的使命。

三、在七闽有为之余抽身而退的道教思想

冲佑观宫观官的任职对于辛弃疾在绍熙四年、五年间（1193—1194）出任福建安抚使期间的思想也有一定的影响。他领旨上任之际，光宗对他作如此评语："……益平豪爽之气，而见温粹之容……"②（《太府卿辛弃疾集英殿修撰知福州制》）他在福州任上也尽力有为，为地方和国家在经济、民生、

① 俞陛云：《词境浅说》，北京联合出版公司 2018 年版，编者序。

② 辛弃疾著，邓广铭笺注：《稼轩词编年笺注》，上海古籍出版社 2018 年版，第 230 页。

讼案、教育等多方面做了许多实事。按《辛稼轩年谱》中的记载：在接近一年的时期中，他"置备安库，积锱至五十万缗，用以籴米粟，供宗室及军人之请给"，"檄福清县主簿鞠长溪县囚，稼轩又亲按之，辨释五十余人"，"委长溪令曹蛊改采鬻盐之法，又差官吏置铺，就坊场出卖犒赏库回易盐"，"修建福州郡学"①。尽管他有多方作为，但在这一时期中的词作仍透露出想要抽身而退的道教思想，即他认同老庄要"无为"的观点，努力摆脱世俗激烈的竞争，尽可能地回归到简单的生活中。

如他的《临江仙（和王道夫信守韵，谢其为寿，时作闽宪）》：

> 记取年年为寿客，只今明月相随。莫教弦管便生衣。引壶觞自酌，须富贵何时。
>
> 入手清风词更好，细书白茧乌丝。海山问我几时归。枣瓜如可啖，直欲觅安期。

在这首词的下阕他引用《太平广记》中对白居易本为天上神仙的传说进行了化用，抒发自己不愿恋栈尘世，当归去尘世之外的海外神山的愿望。最后用自己想要追随道家神仙安期生的愿望表达自己想要从"闽宪"的官场抽身而退的志向。

这种思想又见这个时期的《满江红·和卢国华》的下阕："还自笑，人今老。空有恨，萦怀抱。记江湖十载，厌持旌纛。濩落我材无所用，易除殆类无根潦。"在这首词中，他也表达了对官场生涯的厌倦，"记江湖十载，厌持旌纛"，又用《庄子·逍遥游》篇中用惠子的话自嘲为"濩落"大而无用之才，在自嘲之余，也表达出想要抽离官场的意味。

他这期间的道家思想既有老、庄的成分，也有佛禅的成分。这首《最高楼·吾拟乞归，犬子以田产未置止我，赋此骂之》：

---

① 辛弃疾著，邓广铭笺注：《稼轩词编年笺注》，上海古籍出版社 2018 年版，第 232—233 页。

吾衰矣，须富贵何时？富贵是危机。暂忘设醴抽身去，未曾得米弃官归。穆先生，陶县令，是吾师。

待葺个、园儿名佚老。更作个、亭儿名亦好。闲饮酒，醉吟诗。千年田换八百主，一人口插几张匙？便休休，更说甚，是和非！

从这首词的题序中可见辛弃疾已有辞官归隐之意，同时用"礼遇穆生忘设醴"的典故暗示朝廷对他的不信任，也可见出他以"归正人"的身份在南宋处处受到猜疑的宦海生涯。在下阕用《庄子·大宗师》篇中"夫大块载我以形，劳我以生，佚我以老，息我以死"的典故表达自己想要遵循天地之间运行的"大道"，与自然合二为一的愿望。又用《景德传灯录》中的典故表明"田是主人人是客"的观点①，对儿子想要置办田产的想法进行了讽刺，同时也传达出世间一切均无法常驻，个体生命的存在与所需越是简单越能与大道相契合。这种佛禅思想与道家也是相同的，《庄子·知北游》篇中有"汝生非汝有也"句，《庄子·庚桑楚》篇中有"全汝形，抱汝生，无使汝思虑营营"句，都传达出个体生命都无法被自我所拥有，那么身外之物更不需要考虑能拥有几时的意义。

四、瓢泉时期罢任宫观官的道教思想

辛弃疾于绍熙五年（1194）秋七月罢帅任后，再任宫观官，本年回到信州期思卜筑。他的新居于庆元元年（1195）落成。②虽然他这次闲居的地点在山水之间，但从地理区域而言，仍然属于信州。不同的是，这次归来他的

---

① 《景德传灯录》卷十一韶州灵树如敏禅师："'有僧问：'如何是和尚家风？'师曰：'千年田、八百主。'僧云：'如何是千年田、八百主？'师云：'郎当屋舍没人修。'"（辛弃疾著，邓广铭笺注：《稼轩词编年笺注》，上海古籍出版社2018年版，第492页）
② 见辛弃疾著，邓广铭笺注：《稼轩词编年笺注》，上海古籍出版社2018年版，第234、237、240页。

心境更加平和，卜居的选址较于淳熙年间更加靠近山水，而不是靠近城市。

这个时期他有《兰陵王·赋一丘一壑》词自明心志，下阕云："遇合。事难托。莫系磬门前，荷蒉人过，仰天大笑冠簪落。待说与穷达，不须疑著。古来贤者，进亦乐，退亦乐。"他用论语孔子击磬的典故反其本意而用之，以"莫"否定了孔子"明知不可为而为之"的进取之意，又化用淳于髡仰天大笑齐威王礼物太少的典故来表达自己无实际官职后一身轻松的快意。最后用《庄子·让王》篇中"古之得道者，穷亦乐，通亦乐，所乐非穷通也，道德于此，则穷通为寒暑风雨之序矣"的典故传达出自己不以穷通为意的达观思想。

此间又有《卜算子·饮酒成病》：

> 一个去学仙，一个去学佛。仙饮千杯醉似泥，皮骨如金石。
>
> 不饮便康强，佛寿须千百。八十余年入涅槃，且进杯中物。

这首词既有道教又有佛教的思想，以酒杯来自宽情怀。他又有词《水调歌头·将迁新居不成，有感，戏作。时以病止酒，且遣去歌者，末章及之》明示因病止酒，止酒期间又有《汉宫春·即事》中云："知翁止酒，待重教莲社人沽。空怅望，风流已矣，江山特地愁予。"用陶渊明欲饮酒且加入白莲社的典故诉说自己自比陶渊明，止酒后近道且近禅的放达思想。陶渊明在江西庐山东林寺与道人陆修静，慧远禅师交好，也有止酒诗，辛弃疾用这些典故也传达出他此时复杂的道家思想，既近老庄，又亲佛禅。

这期间辛弃疾在庆元二年（1196）九月被弹劾"罢宫观"①，他频频用《庄子·则阳》篇中"触蛮相争"的典故诉说自己对这些官场的谗言与倾轧无比厌倦，并淡看对他的诽谤："赃汙恣横，唯嗜杀戮，累遭白简，恬不少

---

① 见辛弃疾著，邓广铭笺注：《稼轩词编年笺注》，上海古籍出版社 2018 年版，第 243 页。

俊。"① 如《玉楼春·隐湖戏作》：

> 客来底事逢迎晚。竹里鸣禽寻未见。日高犹苦圣贤中，门外谁酣蛮触战。
> 多方为渴寻泉遍。何日成阴松种满。不辞长向水云来，只怕频烦鱼鸟倦。

又如《鹧鸪天·睡起即事》：

> 水荇参差动绿波。一池蛇影噤群蛙。因风野鹤饥犹舞，积雨山栀病不花。
> 名利处，战争多。门前蛮角日干戈。不知更有槐安国，梦觉南柯日未斜。

都表达出对谤议的蔑视，并进一步使用庄子的典故表达自己已不在意外界的看法，学习道家式的高人顺乎自然的思想，如"自古高人最可嗟。只因疏懒取名多。居山一似庚桑楚，种树真成郭橐驼"（《鹧鸪天》）。

虽然二年之后，辛弃疾复职集英殿修撰，重新主管冲佑观，但他在感皇恩之余，表达出自己难以独善其身的无奈与叹息："老退何曾说著官。今朝放罪上恩宽。便支香火真祠俸，更缀文书旧殿班。　扶病脚，洗衰颜。快从老病借衣冠。此身忘世浑容易，使世相忘却自难。"（《鹧鸪天·戊午拜复职奉祠之命》）

他在这次罢官与复官后，老庄的思想更为浓重，从写于庆元五年（1199）的两首《哨遍》可见一斑。他将自己营建在信州铅山瓢泉的新居其中一处起名为"秋水堂"，又名"秋水观"，用的正是《庄子·秋水篇》之意。

---

① 辛弃疾著，邓广铭笺注：《稼轩词编年笺注》，上海古籍出版社 2018 年版，第 243—244 页。

蜗角斗争，左触右蛮，一战连千里。君试思、方寸此心微。总虚空、并包无际。喻此理。何言泰山毫末，从来天地一稊米。嗟小大相形，鸠鹏自乐，之二虫又何知？记跖行仁义孔丘非。更殇乐长年老彭悲。火鼠论寒，冰蚕语热，定谁同异。

嘻。贵贱随时。连城才换一羊皮。谁与齐万物？庄周吾梦见之。正商略遗篇，翩然顾笑，空堂梦觉题秋水。有客问洪河，百川灌雨，泾流不辨涯涘。于是焉河伯欣然喜。以天下之美尽在己。渺沧溟、望洋东视。逡巡向若惊叹，谓我非逢子。大方达观之家未免，长见犹然笑耳。此堂之水几何其？但清溪、一曲而已。（《哨遍·秋水观》）

这首词中，他再次用"触蛮相争"的庄子典故表达出对官场倾轧的厌倦，又用《庄子·齐物篇》与《庄子·秋水篇》中的大小、是非等之辩表达自己对官场变幻莫测的厌倦和不以得失影响平静心境的达观。

他意犹未尽，又用同样的韵写下了另一首《哨遍》：

一壑自专，五柳笑人，晚乃归田里。问谁知：几者动之微。望飞鸿、冥冥天际。论妙理。浊醪正堪长醉。从今自酿躬耕米。嗟美恶难齐，盈虚如代，天耶何必人知。试回头五十九年非。似梦里欢娱觉来悲。夔乃怜蚿，谷亦亡羊，算来何异。

嘻！物讳穷时。丰狐文豹罪因皮。富贵非吾愿，皇皇乎欲何之。正万籁都沈，月明中夜，心弥万里清如水。却自觉神游，归来坐对，依稀淮岸江涘。看一时鱼鸟忘情喜。会我已忘机更忘己。又何曾、物我相视。非鱼濠上遗意，要是吾非子。但教河伯、休惭海若，大小均为水耳。世间喜愠更何其。笑先生、三仕三已。（《哨遍·又用前韵》）

在这首词中他沿用了《庄子》的典故写道自己归来信州卜居的自足，效仿陶渊明归来山水田园之间闲居。回首自己度过的六十年岁月，南渡过来的雄心壮志，辗转各地为官的努力有为，朝廷多次起落自己的宦海生涯，都觉得如庄子所言的大梦一场般悲喜莫名。在信州再次卜居山水之间得到道家所言的"忘机"与"忘己"之感，用斗谷于菟三仕三已无喜亦无愠的典故表明自己此时心境也是如此，得不喜，失不忧，最后辛弃疾认同了庄子的观点，认为两者都没有意义，表达出不以世事为怀的道家思想。而在这首貌似达观的词中，其实仍然流露出对世事无法忘怀的情感，如"似梦里欢娱觉来悲"对自己南渡过来饱受谗言和朝廷不信任的对待的经历感到悲凉，可怜少年时的英雄豪气被消磨殆尽；又如"丰狐文豹罪因皮"，表达出对自己才华的自负与对谗言的无奈之感。

  总之，辛弃疾任冲佑观宫观官的经历以及这个官职的道教思想深远地影响了他中晚年的词作。道教至于宋朝，形成了"士大夫道教"，按照葛兆光先生的观点，"其实，对道教来说，……主要在士大夫中发生影响的这些东西更多是庄、禅的特色……"①考察辛弃疾中晚年的词作，庄与禅的思想交缠并生，使得他在被闲置的信州岁月里能够淡化受到抑制带来的不平感受。虽然他报国北复中原的英雄梦从未旁落，这些道教思想仅仅构成他一时一处暂时的宽解，但成为他心灵上的一剂清凉的良药，以此来化解来自官场的谗言和朝廷的猜疑带来的不平和厌倦之感。甚或言之，朝廷对他起复，信任的时间于他而言又不知道能有多久，结局仍然是壮年被迫闲置，主管冲佑观，因此他在福州任上，一面身体力行地尽力有为，一方面也流露出厌倦官场倾轧想要抽身而退的消极思想。在信州的两次卜居，第一次靠近城市中心，且信州离京畿临安最近，表现出对再入宦海仍存期待之心；而第二次卜居信州城的山水之间，则流露出对官场和尘世的深深疏离与失望。他第二次回到信州的词作中"士大夫道教"思想更为浓重，构成了对于居住在都市和尘世在实际空间和思想上的超越。考察辛弃疾任冲佑观始末和这期间的词作，可以窥见南宋退职官员生活与其思想的一斑，具有一定的个案意义。

---

① 葛兆光：《道教与中国文化》，上海人民出版社 1987 年版，"序言"第 6 页。

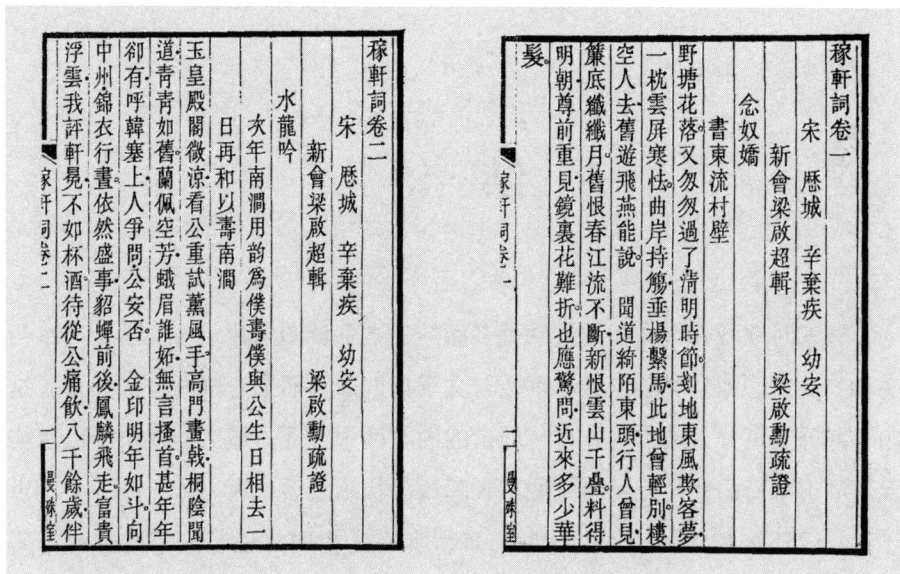

考察辛弃疾中晚年的词作，庄与禅的思想交缠并生，使得他在被闲置的信州岁月里能够淡化受到抑制带来的不平感受。虽然他报国北复中原的英雄梦从未旁落，这些道教思想仅仅构成他一时一处暂时的宽解，但成为他心灵上的一剂清凉的良药，以此来化解来自官场的谗言和朝廷的猜疑带来的不平与厌倦之感。他中晚年生命的大部分时间仍然是身在壮年却被迫闲居，主管冲佑观。

（南宋）《稼轩词》

结 语

　　唐宋时期城市与文学的关系是多面的，本书试图从建筑与文学、山水与文学、城市心理与文学、城市宗教与文学这四个方面来考察两者的关系。这四个部分又可分为城市的外在与城市的内在两个方面。城市的建筑与山水构成了城市书写的外在，而在对城市天际线的描画之后是唐人宋人种种心理世界和心灵终极追求的展示。这些心理世界有的指向对王朝国家的热爱与忠贞，有的指向过去对当下指导与监督的意义，有的指向在题写名胜的背后渴望个体生命不朽的生命意识。这样丰富的心理图景在考察城市的内在更清晰地表露出唐人宋人的生活追求与心灵追求。唐人在是为政治中心的城市以诗歌努力地接近权力的中心，给初唐的洛阳添加了功利又诗意的气息；中唐长安城对于两场轰动城市的爱情进行品评与介入，表达出从古至今对于真爱的崇尚；宋人笔下的城市风情背后传达出的世俗的城市享乐精神至今仍在流传；宋人对于扬州城的互文书写、创新建构表达出既缅怀唐时繁华又意欲打造本朝经典的复杂心态；有宋三百余年流转在城市中的世纪末情绪由隐性变为显性的过程中，是宋人感受到在大历史中社会发展趋于没落的伤感。这些都指向现实的世俗。而白居易在城市中居住，向佛门修行的过程；宋人在城市中寺院的种种活动不离世俗，又在心灵上获得超越之感；辛弃疾在起落间受到宫观官经历的影响，形成"士大夫道教"的精神世界这些个案都昭示着城市居民除却世俗的追求之外有着更高的心灵追求。这些丰富的心理世界与心灵追求构成了城市这处场所丰盈而饱满的内在。

　　本书旨在探求城市与文学的关系。首先城市以多彩的方式提供给文人丰富的书写素材，同时城市以历史文化形成的文脉影响着对文人对城市文学的续写。而文学对城市的书写意义是多面和巨大的。第一，文学能使城市扬名天下，流传千古。第二，文学能够表现和再现远去或消失的城市建筑景观，再现整个城市和时代的变迁。表现是当这些建筑景观还存在的时候，文学对它的书写。而再现则是当这些建筑景观已经消失的时候，文学对它的追忆和书写。第三，文学将本来不属于城市的建筑景观，转嫁到城市中，成为城市文化的一部分。第四，文学能够改变城市的气质，使城市的文化含义更为丰富。第五，文学能够真实地展示历史中城市居民的居住体验与生活追求乃至更高的心灵追求，使得历史中的城市在凝重的一面之外具有了可亲可感的触觉。这两者相互影响，相互作用，形成唐宋时期复杂多样的城市与文学的联系以及表征，对于当下的城市建设也有着重要的借鉴和现实意义。

参考文献

一、基本文献

姚思廉：《梁书》，《景印文渊阁四库全书》，台北：台湾"商务印书馆"1986 年版。

长孙无忌等：《唐律疏义》，《景印文渊阁四库全书》，台北：台湾"商务印书馆"1986 年版。

李白著，王琦注：《李太白全集》，中华书局 1977 年版。

李吉甫著，贺次君注：《元和郡县图志》，中华书局 1983 年版。

李林甫：《唐六典》，中华书局 1992 年版。

白居易：《白孔六帖（外三种）》，上海古籍出版社 1992 年版。

李肇：《唐国史补》，《景印文渊阁四库全书》，台北：台湾"商务印书馆"1986 年版。

杜佑：《通典》，《景印文渊阁四库全书》，台北：台湾"商务印书馆"1986 年版。

计有功：《唐诗纪事》，《景印文渊阁四库全书》，台北：台湾"商务印书馆"1986 年版。

范摅：《云溪友议》，古典文学出版社 1957 年版。

孟棨：《本事诗续本事诗》，上海古籍出版社 1991 年版。

王建著，尹占华校注：《王建诗集校注》，巴蜀书社 2006 年版。

刘昫等：《旧唐书》，《景印文渊阁四库全书》，台北：台湾"商务印书馆"1986 年版。

王溥：《唐会要》，上海古籍出版社 1998 年版。

王溥：《五代会要》，《景印文渊阁四库全书》，台北：台湾"商务印书馆"1986 年版。

薛居正等：《旧五代史》，中华书局 1976 年版。

李昉等：《文苑英华》，中华书局 2003 年版。

李昉等：《太平广记》，中华书局 1961 年版。

乐史：《太平寰宇记》，见《景印文渊阁四库全书》，台北：台湾"商务印书馆"1986年版。

宋敏求：《春明退朝录》，见《景印文渊阁四库全书》，台北：台湾"商务印书馆"1986年版。

柳永著，薛瑞生校注：《乐章集校注》（增订本），中华书局2015年版。

张舜民：《画墁录》，见《景印文渊阁四库全书》，台北：台湾"商务印书馆"1986年版。

黄裳：《演山集》，见《景印文渊阁四库全书》，台北：台湾"商务印书馆"1986年版。

孟元老著，姜汉椿译注：《东京梦华录全译》，贵州人民出版社2009年版。

欧阳修等：《新唐书》，中华书局1975年版。

欧阳修：《欧阳修全集》，中华书局2001年版。

沈括：《长兴集》，见《景印文渊阁四库全书》，台北：台湾"商务印书馆"1986年版。

司马光：《温国文正司马公文集》，见《四部丛刊初编》。

王安石撰，李壁注，李之亮补笺：《王荆公诗注补笺》，巴蜀书社2002年版。

陈师道：《后山谈丛》，见《景印文渊阁四库全书》，台北：台湾"商务印书馆"1986年版。

叶梦得：《避暑录话》，见《景印文渊阁四库全书》，台北：台湾"商务印书馆"1986年版。

叶梦得：《石林诗话》，见《景印文渊阁四库全书》，台北：台湾"商务印书馆"1986年版。

叶梦得：《石林燕语》，见《景印文渊阁四库全书》，台北：台湾"商务印书馆"1986年版。

陈亮：《龙川集》，见《景印文渊阁四库全书》，台北：台湾"商务印书馆"1986年版。

葛立方：《韵语阳秋》，见《景印文渊阁四库全书》，台北：台湾"商务印书馆"1986年版。

张邦基：《墨庄漫录》，见《景印文渊阁四库全书》，台北：台湾"商务印书馆"1986年版。

王应麟著，傅林祥点校：《通鉴地理通释》，中华书局2013年版。

王应麟:《玉海》,见《景印文渊阁四库全书》,台北:台湾"商务印书馆"1986 年版。

王栐:《燕翼诒谋录》,见《景印文渊阁四库全书》,台北:台湾"商务印书馆"1986 年版。

祝穆:《古今事文类聚》,见《景印文渊阁四库全书》,台北:台湾"商务印书馆"1986 年版。

楼钥:《攻媿集》,见《丛书集成初编》,中华书局 1985 年版。

郑兴裔:《郑忠肃奏议遗集》,见《景印文渊阁四库全书》,台北:台湾"商务印书馆"1986 年版。

胡仔:《苕溪渔隐丛话》,见《景印文渊阁四库全书》,台北:台湾"商务印书馆"1986 年版。

赵汝愚:《宋名臣奏议》,见《景印文渊阁四库全书》,台北:台湾"商务印书馆"1986 年版。

郑思肖:《郑思肖集》,上海古籍出版社 1991 年版。

脱脱等:《宋史》,见《景印文渊阁四库全书》,台北:台湾"商务印书馆"1986 年版。

袁桷:《清容居士集》,浙江古籍出版社 2015 年版。

方回:《瀛奎律髓》,见《景印文渊阁四库全书》,台北:台湾"商务印书馆"1986 年版。

马端临:《文献通考》,见《景印文渊阁四库全书》,台北:台湾"商务印书馆"1986 年版。

周复俊:《全蜀艺文志》,见《景印文渊阁四库全书》,台北:台湾"商务印书馆"1986 年版。

田汝成:《西湖游览志余》,见《景印文渊阁四库全书》,台北:台湾"商务印书馆"1986 年版。

李濂:《汴京遗迹志》,中华书局 1999 年版。

周召《双桥随笔》,见《景印文渊阁四库全书》,台北:台湾"商务印书馆"1986 年版。

周城:《宋东京考》,中华书局 1988 年版。

彭定求等:《全唐诗》,中华书局 1999 年版。

徐松撰,张穆校补:《唐两京城坊考》,中华书局 1985 年版。

徐松撰，李健超增订：《增订唐两京城坊考》，三秦出版社 2006 年版。

浦起龙：《读杜心解》，中华书局 2000 年版。

鲁迅编：《唐宋传奇集》，三秦出版社 2019 年版。

古本小说集成编辑委员会：《古今小说集成》，上海古籍出版社 1994 年版。

北京大学古文献研究所：《全宋诗》，北京大学出版社 1991 年版。

唐圭璋编纂，王仲闻参订，孔凡礼补辑：《全宋词》，中华书局 1999 年版。

二、近人论著

陈寅恪：《元白诗笺证稿》，上海古籍出版社 1978 年版。

郭朋：《宋元佛教》，福建人民出版社 1981 年版。

刘毓盘：《词史》，上海书店 1985 年版。

熊伯履：《相国寺考》，中州古籍出版社 1985 年版。

李泽厚：《中国古代思想史论》，人民出版社 1986 年版。

葛兆光：《禅宗与中国文化》，上海人民出版社 1986 年版。

葛兆光：《道教与中国文化》，上海人民出版社 1987 年版。

刘希为：《隋唐交通》，台北：新文丰出版公司 1992 年版。

洛阳市地方史志编纂委员会办公室编：《洛阳：丝绸之路的起点》，中州古籍出版社 1992 年版。

谢思炜：《白居易精品全集》，大连出版社 1997 年版。

王耀辉：《文学文本解读》，华中师范大学出版社 1999 年版。

许总：《宋诗史》，重庆出版社 2000 年版。

赵园：《北京：城与人》，北京大学出版社 2002 年版。

卞孝萱：《唐人小说与政治》，鹭江出版社 2003 年版。

李德辉：《唐代交通与文学》，湖南人民出版社 2003 年版。

张毅：《宋代文学思想史》，中华书局 2004 年版。

段玉明：《相国寺：在唐宋帝国的神圣与凡俗之间》，巴蜀书社 2004 年版。

尚永亮：《贬谪文化与贬谪文学——以中唐元和五大诗人之贬及其创作为中心》，兰州大学出版社 2004 年版。

荆其敏、张丽安:《城市母语——漫谈城市建筑与环境》,百花文艺出版社2004年版。

王梅芳:《舆论监督与社会正义》,武汉大学出版社 2005 年版。

杨东平:《城市季风:北京和上海的文化精神》(修订本),新星出版社 2006 年版。

戴伟华:《地域文化与唐代诗歌》,中华书局 2006 年版。

孙逊、杨剑龙主编:《阅读城市:作为一种生活方式的都市生活》,上海三联书店 2007 年版。

李久昌:《国家、空间与社会——古代洛阳都城空间演变研究》,三秦出版社 2007 年版。

孙逊、杨剑龙主编:《都市空间与文化想象》,上海三联书店 2008 年版。

陈新剑:《历代诗人咏襄阳》,上海三联书店 2010 年版。

刘婷婷:《宋季世风与文学》,中华书局 2010 年版。

刘方:《汴京与临安:两宋文学中的双城记》,上海古籍出版社 2013 年版。

孙逊:《城市史与城市社会学》,上海三联书店 2013 年版。

蒋勋:《蒋勋破解莫奈之美》,北京联合出版公司 2015 年版。

蒋勋:《蒋勋破解德加之美》,北京联合出版公司 2015 年版。

蒋勋:《写给大家的西方美术史》(增订版),湖南美术出版社 2016 年版。

吴钩:《宋:现代的拂晓时辰》,广西师范大学出版社 2016 年版。

谢思炜:《禅宗与中国文学》,人民文学出版社 2018 年版。

辛弃疾著,邓广铭笺注:《稼轩词编年笺注》,上海古籍出版社 2018 年版。

俞陛云:《词境浅说》,北京联合出版公司 2018 年版。

邓广铭:《辛弃疾传 辛稼轩年谱》,三联书店 2019 年版。

三、研究论文

谢宇衡:《杜甫〈遣怀〉诗"吹台"辩》,《文学遗产》1991 年第 3 期。

陈继会:《关于城市文学的文化前考察》,《艺术广角》1991 年第 6 期。

尚永亮:《论白居易所受佛老影响及其超越途径》,《陕西师大学报(哲学社会科学版)》

1993 年第 2 期。

张渊：《宋代山水画与禅宗画的水墨艺术》，《上海交通大学学报（哲社科版）》1993 年第 1 期。

赵为民：《开封古吹台肇建考》，《音乐研究》1996 年第 4 期。

程锡麟：《互文性理论概述》，《外国文学》1996 年第 1 期。

洪凤桐：《世纪末情绪：人文知识分子与都市文学共同构筑的文化主题》，《艺术广角》1996 年第 3 期。

王保林、王翠萍：《"墙"与"街"——中国城市规划中的文化问题》，《规划师》2000 年第 1 期。

郭绍林：《唐五代洛阳的科举活动与河洛文化的地位》，《洛阳大学学报》2001 年第 1 期。

邓新跃：《白居易闲适诗与禅宗人生境界》，《湘潭师范学院学报（社科版）》2002 年第 4 期。

俞孔坚：《景观的含义》，《时代建筑》2002 年第 1 期。

秦海鹰：《互文性理论的缘起与流变》，《外国文学评论》2004 年第 3 期。

刘石：《"东阁官梅动诗兴，还如何逊在扬州"史实考索》，《江海学刊》2005 年第 6 期。

关四平：《唐传奇〈霍小玉传〉新解》，《文学遗产》2005 年第 4 期。

尚永亮：《"壶天"境界与中晚唐士风的嬗变》，《东南大学学报（哲学社会科学版）》2006 年第 2 期。

郑阳：《城市历史景观文脉的延续》，《文艺研究》2006 年第 10 期。

俞青：《人本主义城市文脉与城市公共空间塑造》，《福建建设科技》2006 年第 2 期。

张鸿声：《"文学中的城市"与"城市想象"研究》，《文学评论》2007 年第 1 期。

李勇：《印象派绘画中的城市精神》，《艺苑》2007 年第 2 期。

王筱芸：《"变旧声作新声"——柳永歌词的都市叙述与北宋中叶都市文化建构》，《文学评论》2007 年第 3 期。

陈兰村、毛徐俊、冯堡蔚：《文学为建筑增辉——文学与建筑关系漫谈》，《中外建筑》2007 年第 2 期。

唐思风、邹楠：《古代城市街巷空间艺术的浅探》，《建筑与环境》2007 年第 2 期。

刘伟安：《生命的沉醉——论陶渊明诗歌中的酒神精神》，《九江学院学报》2008 年第 5 期。

程磊：《"岘山汉水"怀古主题的唐宋嬗变——兼论"山水怀古"》，《南昌大学学报（人社科版）》2010 年第 5 期。

李力：《文本互涉——故事新编的解构性文本策略》，《鲁东大学学报（哲学社会科学版）》2011 年第 2 期。

赵坤：《中国城市文学中的建筑书写》，武汉大学博士论文，2012 年。

陈燕妮：《论宋诗中的金明池》，《江汉论坛》2014 年第 7 期。

程宇静：《扬州平山堂历史兴废考述》，《扬州大学学报（人文社会科学版）》2014 年第 3 期。

符继成：《也谈坊市制及宋初词坛沉寂原因》，《文学遗产》2015 年第 2 期。

王兆鹏：《欧阳修对扬州平山堂景观的建构与书写》，《新疆大学学报（哲学·人文社会科学版）》2017 年第 3 期。

马特：《从缺席到在场：生态批评的城市维度》，《外国文学研究》2017 年第 4 期。

四、海外文献

[美] 芒福德：《城市发展史》，中国建筑工业出版社 1985 年版。

[德] 尼采：《悲剧的诞生》，周国平译，三联书店 1986 年版。

[美] 李普曼：《舆论学》，华夏出版社 1987 年版。

[法] 卢梭：《社会契约学》，商务印书馆 1987 年版。

[美] R. E. 帕克等：《城市社会学——芝加哥学派城市研究文集》，宋俊岭等译，华夏出版社 1987 年版。

[法] 蒂费纳·萨莫瓦约：《互文性研究》，邵炜译，天津人民出版社 2003 年版。

[美] 宇文所安：《盛唐诗》，三联书店 2004 年版。

[美] 宇文所安：《初唐诗》，三联书店 2005 年版。

[美] 宇文所安：《追忆》，三联书店 2005 年版。

［美］安东尼·奥罗姆：《城市的世界——对地点的比较分析和历史分析》，陈向明译，世纪出版集团上海人民出版社 2005 年版。

［德］约瑟夫·皮珀：《闲暇：文化的基础》，刘森尧译，新星出版社 2005 年版。

［美］宇文所安：《中国"中世纪"的终结》，三联书店 2006 年版。

［美］理查德·利罕：《文学中的城市》，上海人民出版社 2009 年版。

［法］鲍赞巴克、索尔莱斯：《观看，书写：建筑与文学的对话》，广西师范大学出版社 2010 年版。

［日］小岛毅：《中国思想与宗教的奔流：宋朝》，何晓毅译，广西师范大学出版社 2017 年版。

五、网络报纸文献

吴钩：《为什么说宋代发生了一场"城市革命"?》，澎湃新闻网，2015 年 11 月 24 日。

吴钩：《正月十五：宋人的狂欢节》，《天津日报》2016 年 2 月 22 日。

后　记

　　我开始以"古代城市和文学"为主题方向的考察至今已有十余年。这些年我考察从唐到宋的城市文学，考察城市的建筑景观和城市的自然山水景观，进而考察城市日常生活中的城市心理到超越城市世俗之上的心灵追求，逐渐从城市的外在进入城市的内在。从文献中逐渐看见唐宋城市的外在风貌，体察到唐宋城市居民生活的内在需求，感受到从古至今居住在城市或是到访一座城市的感受其实并无大的不同，都指向来到城市让生活更美好的理念。城市建筑承载了美好生活的愿景成为了"景观"；城市的名山大川因为源源不绝的人的活动，成为一个有意义的场所，同样指向城市当下生活的种种，有着现实的意义，从自然景观成为人文景观；书写城市各种意识的背后，无不表达着如何让在城市中的居住更加接近自己理想中的状态。唐人和今天的我们一样追着城市爱情的最终结局，以舆论的方式议论甚至介入爱情的最终结局；宋人和今天的我们一样渴望有更多的休闲时光，安享盛世的静好。所以这些唐宋城市文学的背后都寄托着不曾改变的居住需求。这些存在在文献和文学中的城市剪影让人感觉是如此亲切。

　　对唐宋城市与文学关系的考察，可以清晰地发现文学的作用是巨大的，不仅记录城市当下的文化，而且嫁接城市的文化构成，再现城市的文化形态，甚至改变城市的文化属性，让城市的发展与存在在时间中永恒，同时也对当下的城市文化建设有着重要的现实意义。我们探求城市文化的过往，那些在城市文本中或如仙境或如桃源的时代成为当下城市建设的背景，具有深刻的借鉴意义，我们从中得到蓝本和动力。城市的发展应一代比一代更好，更接近理想中的状态。这就是城市存在的意义以及城市文学的意义。

本书对这个宏大主题的考察还远远不够，这些思考还只是冰山一角，希冀更多的人来关注这个主题，并对其进行更进一步地挖掘。本书的一些章节是十余年中发表在一些期刊上，还有一些章节是近来的思考。宋代的城市文学在南宋更为发达，出现了许多城市笔记，在日趋狭小、内忧外患的国土上继续追忆和构筑城市与时代的繁华，在偏安南方的一百余年中他们的城市心理有着更复杂的状态，辛弃疾的信州、福州的居住心理和南宋城市世纪末情绪的个案研究还远远不够涵盖南宋城市文学的丰富，是为下一步研究的方向。

这十余年的考察得到过许多学界前辈的指点和帮助，感谢恩师戴建业教授和罗时进教授，感谢尚永亮教授，感谢王兆鹏教授，感谢彭富春教授，感谢汤江浩教授与林岩教授，余祖坤教授等，在此一并表示感谢！

感谢人民出版社洪琼先生的精心指导！

感谢一直以来关心我的师长亲友！虽不一一列出，但都感铭在心！

感谢所有参考文献的学者！

感谢为此书出版付出辛劳工作的各位老师！

感谢！